Iris Lemanczyk
Ins Paradies?

W0088487

IRIS LEMANCZYK

Ins Paradies?

HORLEMANN

Meine Reise war lang.
Deutschland ist für mich so kalt und eng.
Du weißt nicht, wie man sich fühlt: neue Sprache, neue Kultur.
Ich schaue dich an – du schaust mich an. Ich weiß nicht, was du denkst.

Mehdi Maballegh ist 18 Jahre alt und stammt aus Pakistan. Vor zwei Jahren ist er allein, ohne seine Familie nach Deutschland geflüchtet. Im Sprachkurs hat er dieses Gedicht geschrieben.

Für alle, die es geschafft haben, und ganz besonders für die, die es nicht geschafft haben.

Adnan

»Hey, Adnan, träumst du? Wir warten auf deinen Tipp?« Rahid stieß seinen Freund grinsend in die Seite. »Was ist los mit dir, Mann?«

Adnan schaute erst Rahid, dann Nour verlegen an, dann hinauf zu den Zweigen der Dattelpalme, die etwas Schatten spendete. Was mit ihm los war? Nichts. Er hielt sich nur an ihre Abmachung: keine schlechten Nachrichten. Er hatte sowieso keine Lust auf schlechte Nachrichten. In letzter Zeit gab es zu viele davon. Nicht nur bei ihm, sondern auch bei Rahid und Nour. Bei all seinen Kumpels. Sie hatten die Schnauze voll von schlechten Nachrichten.

Doch die Abmachung schützte sie nicht vor den schlechten Nachrichten. Das hatte Adnan vorhin wieder mit voller Wucht zu spüren bekommen. Sollte er das seinen Kumpels etwa erzählen? Sollte er ihnen berichten, dass er Herrn Saya, den Besitzer der einzigen Autowerkstatt in Midoun, gefragt hatte, ob er bei ihm eine Ausbildung machen könne? Und dass Herr Saya nur schweigend den Kopf geschüttelt hatte. Sollte er ihnen sagen, dass Automechaniker sein Traumberuf war? Nein, das brauchte er ihnen nicht zu sagen, das wussten sie. Aber sie wussten nicht, dass Herr Saya erneut den Kopf geschüttelt hatte, als Adnan um irgendeine Arbeit in der Autowerkstatt gebeten hatte. Egal welche, egal zu welchem Lohn.

Er brauchte Geld. Dringend. Doch Herr Saya hatte bereits seine zwei Angestellten entlassen, weil keine Arbeit mehr da war. Die Leute hier auf der Insel Djerba hatten immer weniger Geld. Viele, die früher ein Auto besaßen, hatten dies längst verkauft. Tanken. Reparaturen. Steuern. Zu teuer. Alles zu teuer, wenn man kein Geld verdiente.

»Wir warten immer noch auf deinen Tipp«, riss ihn Rahid aus seinen Gedanken.

»Tipp?«

»Mann, der träumt echt«, meinte Nour. »Afrika-Cup. Fußball. Schon vergessen?«

Adnan nickte, blies die Backen auf und atmete hörbar aus. »Tunesien wird ganz weit vorne mitspielen. Wir werden es mindestens bis ins Halbfinale schaffen und dort gegen Sambia oder Ghana antreten.«

»Gegen Ghana machen wir keinen Stich«, erwiderte Nour.

»Abwarten«, meinte Adnan und strich sich seine schwarzen Locken aus der Stirn, »wenn wir Ghana besiegen, dann ist alles möglich.«

»Das nenne ich eine positive Einstellung. Gefällt mir.« Rahid hielt den rechten Daumen nach oben.

Adnan lächelte gequält. Vor ein paar Tagen fand er die Abmachung noch gut. Sehr gut sogar. Bereitwillig hatte er zugestimmt, als sie beschlossen, dass die Freunde keine schlechten Nachrichten mehr austauschen wollten. Doch damit waren die schlechten Nachrichten eben nicht aus der Welt.

»Ich muss los.«

Adnan wollte allein sein. Er wollte raus aus Midoun. Weg von den schlechten Nachrichten. Dafür gab es nur einen Ort: den Strand, das Meer. Er nickte seinen Freunden zu. Die kannten Adnan, wussten, dass er manchmal etwas eigenartig war und seine Ruhe brauchte. Rahid und Nour verstanden das zwar nicht, denn sie waren froh, wenn sie nicht alleine waren, doch sie akzeptierten, dass Adnan ein stiller Zeitgenosse war, der manchmal lieber alleine sein wollte.

Adnan marschierte durch die schmalen Gassen der Altstadt, in denen der weiße Putz von den Häuserwänden bröckelte. Ein Schuhputzer, etwa in Adnans Alter, hockte auf dem Gehweg neben dem Café Amghar und wartete auf Kundschaft. Adnan hatte ihn noch nie gesehen. Er ging zügig weiter, kam durch Midouns Außenviertel, wo drei Jungs mit einer leeren Dose kickten. Wie Rahid, Nour und ich früher, dachte Adnan. Ein Graffiti an der Wand zeigte eine emporgereckte Hand, die mit den Fingern das Victory-Zeichen formte. »Revolution« stand daneben. Das »V« für Victory bildete gleichzeitig das »V« für Revolution. Ein Mopedfahrer knatterte an Adnan vorbei. Sehnsüchtig blickte Adnan ihm nach, bevor er auf einen staubigen Trampelpfad bog, der bald schon durch einen Olivenhain führte.

Oliven und Datteln, was anderes gab es auf Djerba nicht. Über eine Million Dattelpalmen. 700.000 Olivenbäume. Adnan kannte die Zahlen. In der Schule hatte sie der Lehrer voller Stolz genannt. Nicht nur einmal. Midoun – der Garten Djerbas, voll mit Dattel- und Olivenbäumen, Granatäpfeln und Feigenkakteen, sagte der Lehrer dann immer. Dattel- und Olivenbäume nützten Adnan im Moment auch nichts. Denn die Bauern brauchten keine zusätzlichen Erntehelfer.
Adnan beschleunigte seine Schritte über den staubtrockenen Boden. Ein paar Ziegen dösten im Schatten der Bäume. Manche knabberten an der Baumrinde, Grashalme waren eine Seltenheit. Endlich stand er am Meer. Diese kleine Felsbucht war sein Lieblingsplatz. Manchmal waren Angler hier und hofften auf einen Fang fürs Abendessen. Heute war er allein. Adnan atmete den Duft von Seetang und Salzwasser ein. Er blickte auf das azurblaue Wasser und lächelte. Hier fühlte er sich wohl. Hier gelang es ihm, an nichts zu denken. Nicht an Herrn Sayas Absage, nicht an die Geldsorgen, die seine Familie plagten. Nicht an andere schlechte Nachrichten.

Eine leichte Brise trug das Lachen der Urlauber zu ihm. Unbeschwertes Lachen von unbeschwerten Menschen, die keine Sorgen kannten, so stellte sich Adnan die Touristen vor, die in der »zone touristique« ihren Urlaub verbrachten. Dort, wo der Strand golden und feinsandig war, weil die Angestellten der Hotels den Strand mit einem Rechen sauber hielten. Wo es Hotels mit Pools und Golfplätzen gab. Wo frisches Gras wuchs, weil es jeden Tag bewässert wurde. Wo Liegestühle am Strand auf die Gäste warteten, genauso wie Jetski, Motorboote, Katamarane oder Surf-bretter. Wo man sogar mit einem Fallschirm durch die Luft schweben konnte. Wo sich auf den Buffets das Essen stapelte. Wo es wie im Paradies war.

Adnan war noch nie in diesem Paradies gewesen, aber seine Mutter. Sie hatte als Zimmermädchen in einem der Hotels gear-beitet. Im Djerba Plaza Hotel, den Namen würde Adnan nie ver-gessen. Djerba Plaza Hotel, das Paradies mit Tennisplätzen, zwei Pools und Flachbildschirmen in jedem Zimmer. Das Para-dies lag auf Djerba, auf seiner Insel. Direkt vor ihm, doch für ihn unerreichbar.

Er suchte sich einen flachen Kieselstein. Zwischen Daumen, Zei-gefinger und Mittelfinger prüfte er dessen Glätte, wog ihn noch ein paar Sekunden in der Hand, warf ihn ein bisschen hoch, dann beugte er sich etwas nach hinten, holte aus und warf den Stein gekonnt auf das Wasser. Der kam auf einer kleinen Welle auf und sauste weiter zum nächsten kleinen Wellenkamm. Nach dem dritten Sprung versank der Kiesel. Dreimal – ein mäßiger Wurf. Sechsmal hintereinander war sein Rekord.

Wieder suchte sich Adnan einen passenden Stein. Noch einen. Und noch einen. Das Werfen erforderte Konzentration, lenkte ihn wunderbar ab. Es gab nur Weite und Freiheit und die Kiesel-steine.

Der Wind wurde stärker, die Sonne stand schon tief. Beinahe eine Stunde würde er zurück nach Hause brauchen. Mit einem Louage, dem Sammeltaxi, das er an der Straße anhalten könnte, würde es zehn Minuten, höchstens eine Viertelstunde dauern. Aber seit das Geld so knapp war, war an eine Fahrt mit dem Lou-age nicht zu denken.

Als er zum Café Amghar kam, war der Schuhputzer verschwun-den. Adnan verlangsamte seine Schritte und schaute durchs Fenster hinein. Drinnen saß sein Vater, auf dem Tisch vor ihm ein kleines Glas Minztee. Vater starrte vor sich hin. Adnan lä-chelte, denn es war gut, dass Vater im Amghar saß. Im Café hat-te er etwas Abwechslung und war unter Menschen. Armer Papa, dachte Adnan. Wie sehr hatte der Schlag mit dem Knüppel ihn verändert. Sein Vater bemerkte ihn nicht.

Adnan schlenderte die enge Gasse entlang. Eigentlich hatte er keine Lust nach Hause zu gehen. Dort war es ihm zu eng. Zu laut. Zu viele Menschen in einem Zimmer. Doch er wusste nicht, wo er sonst hingehen sollte. Rahid besuchen? Oder Nour? Bei beiden war es genauso eng und genauso laut. Automatisch bog er deshalb in die Gasse ein, in der die weißen Häuser einen neuen Anstrich dringend nötig gehabt hätten. Die Mauern strahlten noch die Wärme des Nachmittages ab. Adnan ging direkt in den Hof, zum Brunnen, aus dem acht Familien ihr Wasser holten.

An der Hauswand vor dem Zimmer, in dem seine Familie wohnte, ließ sich Adnan auf den Boden gleiten. Er schloss die Augen, genoss die warme Wand und die letzten Sonnenstrahlen, schnupperte den Duft von gebratenem Fleisch, hörte den Streit zweier Frauen. Nachdem die Frauen verstummt waren, blieb es still. Nichts war zu hören, nur der Wind spielte mit der Wäsche, die zum Trocknen auf der Leine baumelte. Adnan hatte die Augen immer noch geschlossen.

»Nein, eigentlich bin ich nicht dafür.« Es war die Stimme seiner Mutter. »Es muss anders gehen. Er ist zu jung. Es hat bis jetzt funktioniert, es wird auch weiter funktionieren.«

»Es hat nur funktioniert, weil ich euch Geld gegeben habe.« Das war die Stimme von Onkel Sami, dem Bruder seines Vaters. »Das kann ich nun nicht mehr. Ich weiß selbst nicht, wie ich für meine Frau und die zwei Kinder sorgen soll. Ich kann euch nicht mehr unterstützen, tut mir leid.«

Die Mutter seufzte. »Ich weiß, Sami. Ich weiß. Du hast sehr viel für uns getan. Dafür danke ich dir. – Ich werde morgen noch einmal die Hotels abklappern und fragen, ob sie ein Zimmermädchen brauchen.«

»Das hast du doch schon so oft gemacht, Fatima. Immer hast du dieselbe Antwort bekommen. Seitdem viel weniger Touristen nach Djerba kommen, braucht man auch in den Hotels viel weniger Personal.«

Es hörte sich an, als hätten die beiden diese Unterhaltung schon mehr als einmal geführt.

»Schau doch nur Sadika und ihren Mann aus dem übernächsten Haus an. Früher wurde Sadika fast jeden Abend als Bauchtänzerin gebucht. In irgendeinem Hotel gab es immer einen tunesischen Abend. Und ihr Mann spielte dazu auf der Flöte. Nun sitzen Sadika und ihr Mann beinahe jeden Abend zu Hause. Es gibt kaum noch tunesische Abende, weil es kaum noch Touristen gibt. Wie sollst du da eine Stelle als Zimmermädchen finden?« In Onkel Samis Stimme schwang nichts als Hoffnungslosigkeit.

»Dann muss ich eben mehr von Habibs Keramikschalen und -vasen verkaufen, die er getöpfert hat, bevor es zum Unglück mit dem Knüppel kam.« Mutter suchte krampfhaft nach einer Lösung.

»Ach Fatima, das versuchst du doch auch schon seit Wochen. Mal hast du eine Vase, mal einen Teller verkauft. Aber davon kann deine Familie doch nicht leben. Und was willst du machen, wenn die Vorräte an Töpferwaren aufgebraucht sind? Habib wird nicht mehr töpfern können.«

Der verzweifelte Seufzer der Mutter drang Adnan bis ins Mark.

»Er ist zu jung. Er ist doch noch ein Kind«, sagte die Mutter so leise, dass es Adnan kaum verstand.

»Er ist 13, fast 14, beinahe ein Mann«, entgegnete Onkel Sami. »Er…«

Adnan fühlte die Wärme eines Körpers, der sich an ihn schmiegte. Er öffnete die Augen und lächelte. Maya, seine Schwester, hatte sich angeschlichen und lautlos neben ihn gesetzt. Maya liebte solche Spielchen, sie strahlte und kuschelte sich an ihren großen Bruder.

»Hallo Maya, du kamst so leise wie eine Taube«, flüsterte Adnan. Die Zehnjährige strahlte noch mehr, ihre Grübchen unterstützten das Strahlen.

»Wie war es in der Schule?«, wollte Adnan wissen.

Mayas Augen leuchteten, als sie sagte: »Toll. Toll. Toll. Im Französisch-Test habe ich 18 Punkte geschrieben und in Mathe 17 Punkte. So gut war ich in Rechnen noch nie. Madame Hajji hat mich sehr gelobt.«

Vor Stolz platzte Maya beinahe. Kein Wunder bei 18 und 17 von 20 möglichen Punkten – in beiden Fächern ein »très bien«, ein »sehr gut«.

»Super, mein Täubchen«, lobte Adnan und streichelte seiner Schwester übers dunkle Haar. »Ein ›très bien‹ in Mathe, ich weiß gar nicht, ob ich das je geschafft habe.«

»Wie war es heute bei dir?«

Adnan zögerte. Was sollte er ihr sagen? Dass er heute nicht in der Schule war. Dass er wieder geschwänzt hatte, wie schon die ganze Woche. Sollte er ihr sagen, dass er keinen Sinn darin sah, weiter zur Schule zu gehen? Warum sollte er in der Schule sitzen, wenn er danach doch keine Zukunftschancen hatte? Und keine Arbeit. Sollte er etwa zum Studieren auf die Universität und nachher – genau wie Rahids Bruder – trotzdem ohne Arbeit dastehen? Für was sollte er lernen? Nein, das konnte er seiner kleinen Schwester nicht sagen. »Es war wie immer«, sagte er stattdessen.

Damit gab sich Maya zufrieden. Mit der Spitze ihrer ausgetretenen Sandale versuchte sie die Schale einer Pistazie zu kicken. Sie flog nur zehn Zentimeter. »Ich muss noch viel üben, wenn ich so gut werden möchte wie Aymen Abdennour«, meinte sie ein bisschen enttäuscht.

»Aymen Abdennour? Seit wann interessiert dich denn Fußball?« Adnan staunte nicht schlecht.

»Alle in meiner Klasse reden davon. Ich bin für Aymen. Meine Freundin Houga findet Oussama Darragi besser.«

Adnan konnte ein Grinsen nicht unterdrücken. »Gute Wahl, Täubchen. Mit Aymen hast du dir einen unserer Besten ausgesucht.«

»Genau. Aymen spielt nicht nur in unserer Nationalmannschaft, sondern auch in einem Verein in Frankreich«, fügte Maya ihr neues Wissen hinzu.

»Und er hat auch schon in einem Land gespielt, das Deutschland heißt.« Nur mit Mühe konnte er das Lachen unterdrücken.

Wer hätte gedacht, dass er mal mit seiner kleinen Maya über tunesische Fußballspieler reden würde?

»Interessiert dich auch der Afrika-Cup?«, fragte er.

»Nööö. – Kommst du mit ins Café? Ich soll Papa holen.«

Sie rappelten sich beide auf und gingen Hand in Hand in Richtung Café Amghar. Während Maya pausenlos plauderte, erst von der Schule, dann von ihrer Freundin Houga, die als Einzige in der Klasse schwimmen gelernt hatte, kam Adnan die Bemerkung von Onkel Sami wieder in den Sinn: »Er ist 13, fast 14, beinahe ein Mann. Er...«

Was hatte das zu bedeuten? Wen meinte der Onkel mit »er«? In der Familie gab es nur einen Jungen, der 13, fast 14 war: er selbst, Adnan.

»Adnan, du hörst mir gar nicht zu«, meinte Maya ein wenig beleidigt.

»Entschuldige, mein Täubchen. Wird nicht wieder vorkommen. Was hast du gerade gesagt?«

»Kannst du schwimmen?«

»Ein bisschen, aber nicht gut«, gab Adnan zu. Niemand hatte es ihm beigebracht. Adnan kannte niemanden, der schwimmen konnte. Auch Rahid und Nour nicht. »Manchmal, wenn ich mit Rahid und Nour am Meer bin, dann springen wir ins Wasser. Sieben, vielleicht acht Schwimmzüge schaffe ich, mehr nicht. Ich kapier' das mit den unterschiedlichen Bewegungen nicht. Die Arme gehen so, die Beine so und das zusammen mit dem Ein- und Ausatmen und den Kopf über Wasser halten, das halte ich nicht lange durch.«

»Kannst du mir das Bisschen beibringen?«

»Das wird nicht gehen, Täubchen. Ich brauche selbst einen Lehrer«, antwortete er. Dann betraten sie das Amghar.

Habib

Das Amghar hatte schon bessere Tage gesehen. An den Ecken blätterte der blau gestrichene Gips von der Wand. Die Kacheln mit den bunten Blumenmosaiken, die wie eine Bordüre durch das Amghar liefen, hatten Sprünge und Risse. Trotzdem waren sie immer noch wunderschön.

Nur drei der wackligen Holztische waren besetzt. Am Fenster saßen eine Frau und ein Mann, redeten leise, meistens aber sagten sie kein Wort, sondern sahen sich nur mit zärtlichen Blicken an. Abwechselnd tauchten sie den Löffel in ein Schälchen mit Pistazien-Assida und genossen die süße Creme.

In der rechten Ecke saß ein Mann und las Zeitung. Ab und zu zog er an der Wasserpfeife. Das Kohlestück, das den darunter liegenden Tabak erhitzte, glomm. Das Wasser im Glasbehälter blubberte. Kopfschüttelnd legte der Mann die Zeitung beiseite, nahm das Mundstück der Shisha in die Hand und starrte schweigend darauf.

»Brauchst du mehr Tabak?«, fragte Mohammed, der Wirt.

»Ja, ich muss mich entspannen«, antwortete der Mann und fuhr über seinen Schnauzbart.

»Schlechte Nachrichten?«

Der Mann nickte. »Unser Außenminister hat letzten Monat sieben Nächte in einem Luxushotel verbracht. Er hat die Rechnung vom Konto des Ministeriums bezahlt, also von unseren Steuern. Dabei liegt seine schicke Wohnung nur zehn Minuten entfernt. Doch der Minister bevorzugte das Hotel, denn er hatte eine Frau bei sich, die nicht seine Ehefrau war.«

Mohammed seufzte. »Ein Skandal.«

»Eine Nacht dort kostet mehr als 420 Dinar. Ich verdiene gerade mal 250 Dinar im Monat. – Und weißt du, was das Schlimmste daran ist? <u>Olfa Riahi</u>, die Journalistin, die den Skandal aufgedeckt hat, die muss jetzt vor Gericht. Sie wird angeklagt, weil sie die Hotelrechnung veröffentlicht hat, ohne den Minister vorher um Erlaubnis zu bitten. Pah, natürlich hätte der das nicht erlaubt. Ihr droht nun eine Gefängnisstrafe – und das, obwohl sie eine Ungerechtigkeit aufgedeckt hat. Sie sollte dafür einen Orden bekommen und keine Strafe. Ist das nicht eine Schande?«

Mohammed seufzte erneut und legte Tabak in die Wasserpfeife.

»Und ob. Seit der Revolution hat sich in Tunesien nicht viel geändert. Wir können zwar freier reden und dürfen demonstrieren. Auch liegen Bücher in den Schaufenstern, die früher verboten waren, aber wir haben immer noch kein Geld, um sie zu kaufen. Die Politiker bedienen sich weiterhin, wie es ihnen gefällt, nur dass es jetzt andere Politiker sind. Die Arbeitslosigkeit steigt und alles wird teurer. Wofür haben wir demonstriert? Wofür sind so viele Tunesier gestorben oder wurden verletzt, wie mein Freund Habib, der hier sitzt?«

Als er seinen Namen hörte, nickte der Vater und murmelte. »Revolution. Demonstration. Freiheit.«

»Hallo, Kinder«, grüßte Mohammed Maya und Adnan. »Wollt ihr euren Vater abholen?«

Maya nickte, kletterte aber erst einmal auf Vaters Schoß.

»Kindchen, Kindchen«, sagte er und tätschelte ihre Arme.

»18 und 17 Punkte habe ich, ist das nicht fabelhaft, Papa?« Sie kuschelte sich an ihren Vater.

»Fabelhaft. Fabelhaft«, wiederholte Vater.

Maya kicherte. Meistens fand sie das Verhalten ihres Vaters lustig. Niemand <u>schnitt so komische Grimassen</u> und gab so <u>lustige</u> und <u>unverständliche Laute</u> von sich wie er. Längst hatte sie sich daran gewöhnt, dass ihr Vater anders war als andere Väter. Aber auch lieber, denn er <u>schimpfte nie mit ihr.</u>

Adnan dagegen wäre am liebsten davongerannt. Er hielt es kaum aus, seinen Vater so hilflos zu sehen. Das war nicht der Vater, der er früher einmal war. Der <u>entschlossene,</u> zupackende Vater, der für alle Probleme eine Lösung kannte. Der immer genau wusste, was zu tun war, und allen half. Der starke und beliebte Habib Lourimi. – Seinen Vater, wie er vor dem Schlag mit dem Knüppel war, vermisste er so sehr.

Obwohl Adnan damals noch jünger war und vieles von dem, was die Erwachsenen über Freiheit und Revolution sagten, nicht verstand, konnte er sich noch an den Tag erinnern, als Vater in den Bus stieg. Zusammen mit seinem Bruder Sami und mit Sadikas Mann, mit Nachbarn und Bekannten wollte Vater in die Hauptstadt Tunis fahren. Dort gab es seit Wochen Demonstrationen gegen den Diktator Zine el-Abdine Ben Ali. Auch Onkel Sami, Vater und alle anderen, die im Bus saßen, wollten zu einer der großen Demonstrationen. Alle wollten gegen den Diktator und für Freiheit demonstrieren. Für Demokratie. Für ehrliche Politiker und gegen Bestechlichkeit.

Sie hatten die brutale Alleinherrschaft von Ben Ali genauso satt wie die meisten Tunesier. Vater hasste den Geheimdienst und dessen Schlägertrupps, die Leute verprügelten, nur weil sie eine andere Meinung hatten. Die Leute ins Gefängnis sperrten, wo sie gefoltert oder gar getötet wurden. Vater hasste auch, dass in den Zeitungen nur das stand, was Ben Ali wollte. Deshalb las er keine Zeitung mehr.

Und er hasste, dass er für Ben Ali und seinen Clan bezahlen musste. Als Habib Lourimi als junger Mann die Töpferwerkstatt seines Vaters übernahm, musste er unterschreiben, dass ein Teil seiner Einnahmen für Ben Ali war oder für die Familie von Ben Alis Ehefrau Leila. Und Leila hatte zehn Brüder, die nicht arbeiten wollten, sondern lieber Geld durch solche Erpressungen und mit Drohungen verdienten. Wer nicht gehorchte, bekam keine Erlaubnis für sein Unternehmen. Wer nicht zahlte, dem wurden schon mal die Fensterscheiben eingeworfen oder das Geschäft abgebrannt. Besser man zahlte. Auch Habib zahlte. Obwohl ihm und seiner Familie dadurch weniger Geld blieb. Doch es reichte trotzdem für eine kleine Wohnung mit zwei Zimmern. Es reichte sogar für einen Fernseher.

Ben Ali aber konnte nicht genug bekommen. Es war ihm egal, dass die Arbeitslosigkeit in seinem Land rasant anstieg. Es war ihm auch egal, dass er seinem Volk zwar Demokratie versprochen, stattdessen aber aus Tunesien einen Polizeistaat gemacht hatte. Wenn der Geheimdienst zuschlug, dann würden die Leute schon nicht aufmucken, dachte er. Doch das tunesische Volk hatte von Ben Ali und seinem Polizeistaat die Nase voll.

Und dann gab es Mohammed Bouazizi, der in dem trostlosen Kaff Sidi Bouzid lebte. Mohammeds Vater war schon früh gestorben, deshalb musste der junge Mann seine Mutter und die fünf Geschwister ernähren und dafür sorgen, dass die Geschwister zur Schule gehen konnten. Mohammed hatte einen kleinen Marktstand, an dem er Obst verkaufte. Doch die Genehmigung dafür, die konnte er sich nicht leisten, darum arbeitete er illegal. Ständig lebte er mit der Angst, dass man ihn erwischen würde. So kam es dann auch. Wegen der fehlenden Genehmigung wurde sein Stand geschlossen, sein Obst und die Waage beschlagnahmt. Man führte Mohammed zur Polizeiwache. Dort soll er misshandelt worden sein. Mohammed war verzweifelt. Er wusste nicht mehr weiter – er übergoss sich mit Benzin, zündete sich an und starb qualvoll.
Das schien wie ein Zeichen gewesen zu sein, auf das Tunesien gewartet hatte. Innerhalb von Tagen protestierten Tausende in Mohammeds Namen gegen Ben Ali, gegen die hohe Arbeitslosigkeit und für mehr Rechte und Freiheit.
Auch Habib schien darauf gewartet zu haben. Er wollte dabei sein und helfen, dass aus seinem geliebten Tunesien ein besseres Land werden sollte. Er wollte für ein Leben in Würde demonstrieren. Von irgendwoher hatte er ein altes, weißes Betttuch organisiert. Darauf schrieb er in dicken Buchstaben: »Verschwinde Ben Ali!«
Zusammen mit seinem Bruder wollte er das Betttuch während der Demonstration ausrollen und allen zeigen.
Adnan winkte seinem Vater und Onkel Sami zu, als sie im Bus saßen. Der Vater strahlte und war mächtig stolz.

Zurück kam ein anderer Vater. Ein Vater mit einem Verband um den Kopf und Blutflecken auf dem beigefarbenen Hemd und der grauen Hose. Ein Vater, in dessen Kopf einiges durcheinander geraten war. Und ein Vater, der recht stumm geworden war. Wenn er redete, dann meistens nur ein paar Wörter, die manchmal keinen Sinn ergaben. Manchmal redete er in der Sprache seiner Leute, der Berber. Die Sprache, die Ben Ali verboten hatte.

Was in Tunis geschehen war, das erzählte Onkel Sami, als er seinen Bruder nach Hause brachte:

»Wir waren Tausende auf der Demonstration. Schulter an Schulter gingen Habib und ich. Alles war friedlich. Wir gingen eine breite Promenade mit Baumreihen an der Seite entlang. Restaurants, Banken, Kinos, Bürogebäude, Geschäfte, moderne Häuser wechselten sich mit schönen, alten Häusern ab. Wir waren stolz, dabei zu sein, und riefen wie alle anderen: ›Ben Ali, verschwinde! – Ben Ali – Mörder!‹ und ›Freiheit für Tunesien!‹ Dazu spannten wir das Betttuch.

Wir waren ein bunter Haufen. Ich sah Jugendliche, denen es um Freiheit und um Arbeit ging. Ich sah auch Mütter mit Einkaufstüten und Geschäftsleute in Anzügen. Ich sah Arbeiter mit zerschundenen Händen. Schüler mit Rucksäcken auf dem Rücken. Auch alte Frauen, ganz in Schwarz gekleidet. Eine junge Frau trug ein Plakat, darauf stand: ›Keine Arbeit. Keine Wohnung. Unsere Generation ist verzweifelt.‹ Ich sah ganz normale Tunesier, so wie wir. Leute, die einfach ein besseres Leben wollten. Es ging langsam voran. So viele Menschen hatten sich dem Protestzug angeschlossen. Polizisten standen am Straßenrand, sie schauten grimmig drein. Hinter ihnen waren gepanzerte Fahrzeuge zu sehen.

Die Demonstration sollte auf dem Platz der Kasbah enden. Dort wo einst die Festung der Stadt stand. Doch so weit kamen wir nicht. Denn irgendjemand zündete ein Foto von Ben Ali an. Es entstand ein Tumult. Ich weiß nicht, was genau passiert war. Plötzlich warfen aufgebrachte Demonstranten Steine auf die Polizisten. Ich hatte Angst. Die Polizisten schossen Tränengas in die Menge. Schnell waren Soldaten da, die mit Gewehren schossen. Ein Mann neben mir fiel einfach um. Mich ergriff Panik, ich wollte nur noch weg. Da erwischte auch mich eine Ladung Tränengas. Ich konnte nichts mehr sehen, meine Augen brannten, die Haut schmerzte, Tränen flossen mir ununterbrochen aus den Augen und ich hatte das Gefühl, gleich keine Luft mehr zu bekommen. Hilflos hockte ich auf dem Boden und rieb meine brennenden Augen. Ich spürte, wie Habib mich am Arm packte und mir aufhalf. ›Kannst du gehen?‹, fragte er.

Das konnte ich. – Plötzlich roch ich den stechenden Qualm von brennenden Autoreifen. Geschrei. Durcheinander. Schüsse. Schreie. Panik. Chaos.

So schnell wie es bei den vielen Menschen, dem Durcheinander und mit einem, der nicht sehen konnte, möglich war, führte mich Habib durch die Menge. ›Verdammt, eine Straßensperre‹, hörte ich ihn sagen. Er zerrte mich nach rechts. Dann hörte ich mehrmals ein merkwürdiges, ein dumpfes Geräusch. Habib sagte nichts mehr.

Erst später erfuhr ich, dass ein Polizist ihm – ohne Vorwarnung, dafür aber mit voller Wucht – den Knüppel auf den Kopf gehauen hatte. Viermal. Habib brach neben mir zusammen. Ich hockte beinahe blind und mit brennenden Augen neben meinem zusammengeschlagenen, bewusstlosen Bruder und konnte nichts für ihn tun. Ich schrie um Hilfe, aber das taten viele andere auch.

Keine Ahnung, wie lange das so ging. Irgendwann hat Hassni, der Busfahrer, uns entdeckt. Er holte Sadikas Mann und noch zwei andere. Sie brachten Habib und mich in eine sichere Seitengasse. Eine fremde Frau wusch mir die Augen aus. Als ich wieder deutlicher sehen konnte, war da Habibs blutüberströmter Kopf. Und die Demonstranten, die wie wir Schutz in der kleinen Gasse suchten. Dann brachte die Frau Verbandszeug.

Die, die nicht verletzt waren, versuchten den Verletzten zu helfen. Wir schafften es zurück zum Bus. Weg, nichts wie weg, war unser einziger Wunsch. Doch Hassnis Hände zitterten so stark, dass er nicht einmal den Schlüssel ins Zündschloss stecken konnte. Wir saßen da und warteten. Habib lehnte sich an mich und kam langsam zu Bewusstsein.

›Wie geht es dir, mein Bruder?‹

Ich erhielt keine Antwort.«

Adnan und Maya nahmen den Vater zwischen sich.

»Ich muss noch den Tee bezahlen«, sagte Adnan zum Wirt.

»Mein Freund Habib kann bei mir Tee trinken, so viel er möchte. Er muss ihn nicht bezahlen. Was er für mich getan hat, das werde ich nie vergessen. Habib ist ein guter Mensch.«

»Danke«, sagte Adnan nur.

»18 Punkte, fabelhaft«, wiederholte der Vater immer wieder.

»Danke, Papa«, erwiderte Maya.

Immerhin, dachte Adnan, manchmal kann er sich etwas merken. Vielleicht wird es ja wieder besser mit ihm. Hatte nicht auch der Arzt im Krankenhaus gesagt, dass er nicht wisse, wie es im Hirn des Vaters aussah und was im Kopf alles beschädigt worden war? Manches könnte wieder heilen. Bitte, Papa, werde wieder gesund. Werde wieder der starke, fröhliche, hilfsbereite Papa, der alle Probleme lösen kann.

Es war schon beinahe dunkel, als sie in dem alten Wohnhaus ankamen. Überall duftete es nach Essen. Sie gingen den dunklen Gang entlang und öffneten die Tür zu ihrem Zimmer. Die Eltern, Adnan, Maya und die kleine Amal wohnten jetzt zusammen darin. Als das Geld knapp wurde, verkauften sie den Fernseher, trotzdem konnten sie bald die Miete für die Zweizimmerwohnung nicht mehr bezahlen. Nun wohnten die fünf Lourimis in dem kleinen Zimmer. Gleich daneben lebte Onkel Sami mit seiner Frau und den vier Töchtern.

Der Vater setzte sich sofort auf eine der Matratzen, die am Boden lagen. Wie so viele Stunden am Tag. Er nickte mit dem Kopf, lächelte und starrte vor sich hin.

»Das Essen ist fertig«, sagte die Mutter zur Begrüßung und stellte den Topf mit Couscous, Zwiebeln und Karotten vor die Matratzen auf den Boden. Mehr Möbel gab es nicht mehr.

Adnan hatte schrecklichen Kohldampf. Sofort wollte er in den Topf greifen.

»Tststs, Adnan. Erst Hände waschen. Ab. Maya, du auch.« Da kannte die Mutter kein Pardon.

Die beiden rannten zum Brunnen im Hof, warfen den Eimer in den Brunnen. Adnan zog den Eimer nach oben und schüttete vorsichtig etwas Wasser über Mayas Hände. Die nahm die Seife, die sie mitgebracht hatte, seifte ihre Hände ein, bevor Adnan wieder Wasser über ihre Hände goss. Dann war Adnan an der Reihe.

Fatima

»Kannst du mir morgen dabei helfen, das Keramikgeschirr zum Place Meninx zu bringen? Morgen ist Markt.«
Adnan nickte und leckte sich die letzten Couscous-Körner von den Fingern. Plötzlich schoss ihm wieder Onkel Samis Bemerkung vom Nachmittag in den Kopf: Er ist 13, fast 14. Er ist beinahe ein Mann.
»Wir gehen sehr früh zum Markt, damit du rechtzeitig in der Schule bist«, ergänzte die Mutter.
Adnan nickte erneut. Seine Mutter sollte ruhig glauben, dass er jeden Tag brav zur Schule ging. Sie musste es glauben, sonst bekäme er fürchterlichen Ärger. Schließlich ging für Mutter Bildung über alles. Sie ließ kein einziges Argument gegen Schule und Bildung gelten. Auch nicht die hohe Arbeitslosigkeit der jungen Tunesier – mit und ohne Bildung. Was du gelernt hast, das kann dir niemand nehmen, wurde sie nicht müde zu sagen.
Aus ihrer Sicht hatte sie natürlich recht. Sie selbst durfte als Kind nur zwei Jahre die Schule besuchen, dann musste sie im Haushalt mithelfen und für die Eltern und die Geschwister kochen. Sie musste Holz sammeln und den Hof kehren. Sie musste Wasser vom Brunnen holen und die Ziegen melken. Als Neunjährige schuftete sie bereits von früh bis spät, ohne auch nur einen Dinar zu verdienen. Als Neunjährige hatte sie keine Kindheit mehr.
Nur manchmal konnte sie im Schatten eines Baumes sitzen und sich ausruhen. Aber selbst dann hatte sie einen Ast in der Hand, denn die paar Ziegen der Familie grasten um sie herum. Kleine, drahtige Tiere, die mit ein paar Sprüngen auch die steile Böschung hinter dem kleinen Haus erklimmen konnten. Doch das

taten sie nicht mehr, denn die Hügel ums Haus waren kahl. Kein Baum, kein Strauch wuchs dort mehr. Der Regen blieb aus, da hatte alles Hoffen und Beten nichts genützt. Es schien, als habe sich der Himmel abgewöhnt zu regnen.

All die Jahre wurde es nicht besser. Die letzten Ersparnisse waren beinahe aufgebraucht, als Fatima und ihre Familie zu einer Hochzeit eingeladen wurden. Dort lernte sie den schmucken Töpfer Habib kennen. Habib war sofort fasziniert von der schönen Fatima. Ein halbes Jahr später heirateten sie. Und Fatima zog zu ihrem Mann auf die Insel Djerba. Weg von dem schweren Leben auf dem Land, nach Midoun, nahe am Meer.

Zuerst hatte sie Angst vor dem unendlich großen Meer. Nur langsam konnte sie sich an der azurblauen Farbe und am leichten Wiegen der Wellen erfreuen. Es dauerte zwei Jahre, bis sie mit den Füßen im Meer stand. Zu mehr kam es all die Jahre nicht.

Fatima fand Arbeit als Zimmermädchen im Djerba Plaza Hotel. Selbst als ihre Kinder zur Welt gekommen waren, putzte sie dort weiter, wechselte die Bettwäsche und die Handtücher, stellte Vasen mit blühenden Jasminzweigen auf die Tische, schrubbte die Böden und Bäder, kehrte die kleinen Balkone, wischte die Fenstersimse und polierte die Spiegel blitzblank. Manchmal blieb sie am Fenster stehen und genoss den Blick aufs Meer. Aber höchstens für 30 Sekunden, denn Fatima war fleißig und arbeitete schnell.

Jeden Tag ging sie gerne in diese faszinierende andere Welt. Bis zu dem Tag, als der Hotelmanager alle Beschäftigten in der Halle antreten ließ und verkündete, dass immer weniger Touristen einen Urlaub auf Djerba und im Djerba Plaza Hotel buchten. Deshalb bräuchten sie weniger Gärtner, weniger Köche, weniger Fahrer und weniger Zimmermädchen. Fast allen wurde gekündigt. Auch Fatima hatte damals ihren letzten Arbeitstag im Djerba Plaza.

Weinend ging sie nach Hause. Von nun an klapperte sie jeden Tag die Hotels ab, fragte, ob ein Zimmermädchen gebraucht werde. Doch überall gab es denselben Grund für eine Absage: zu wenig Touristen, zu wenig Arbeit für Zimmermädchen. Zum ersten Mal in ihrem Leben wollte sie arbeiten und konnte nicht. Natürlich gab es in ihrem eigenen Haushalt genug zu tun. Doch Fatima hatte dies all die Jahre nebenher geschafft. Nun sollten Haushalt und Kinder ihre einzige Aufgabe sein? Das war ihr zu wenig. Außerdem hatte sie sich ans Geldverdienen gewöhnt. Es war ein gutes Gefühl und machte sie stolz, dass sie zum Einkommen der Familie beitragen konnte.

Obwohl Fatima ihre Arbeit verloren hatte, ging es den Lourimis immer noch besser als anderen. Denn Habib war ein ausgezeichneter Töpfer. Seine Keramikteller, Vasen, Kelche, Schalen und Lämpchen waren nicht nur bei den Touristen, sondern auch bei den Einheimischen beliebt. Die Einheimischen liebten die Qualität seiner Töpferware und die Touristen freuten sich über die bunten Muster.

Dann kam der Tag, an dem die beiden Brüder nach Tunis fuhren. Fatima war so stolz auf ihren Mann. Er würde dabei helfen, das Land zu verändern. Am liebsten wäre sie mitgefahren zur großen Demonstration. Doch sie wollte ihre kleine Amal nicht den ganzen Tag allein lassen. Die Großen, Maya und Adnan, waren in der Schule.

Wie gebannt saß sie vor dem Fernseher, wartete darauf, dass es irgendeine Nachricht von den Demonstrationen gab. Lange war nichts zu hören. In den Nachrichten wurde von einer guten Dattelernte berichtet und wie Ben Ali einen Betrieb eröffnete. Neben ihm seine Frau Leila, die ein goldfarbenes Kostüm und dazu passende Schuhe und eine passende Handtasche trug. Sie schien sich schrecklich zu langweilen. Als sie jedoch bemerkte, dass die Kamera sie ins Bild rückte, lächelte sie und gab sich aufmerksam. »Falsche Schlange«, entfuhr es Fatima. Sofort hielt sie sich die Hand vor den Mund. Hoffentlich hatte sie niemand gehört. Hoffentlich stand unter dem offenen Fenster nicht zufällig jemand vom Geheimdienst. Erst vor ein paar Tagen wurde ein Nachbar vor dem Haus von Unbekannten zusammengeschlagen. Man musste äußerst vorsichtig sein. Mit pochendem Herzen schlich

Fatima zum Fenster. Sie brauchte Gewissheit und wagte einen Blick hinaus. Niemand war zu sehen. Ein erleichtertes Lachen, das etwas hysterisch klang, drang aus ihrer Kehle.

In den Nachrichten wurde nichts von der Demonstration gemeldet. Für Fatima war das ein gutes Zeichen. Sie kaufte Lammfleisch, Habibs Lieblingsfleisch, Tomaten, Kartoffeln und Couscous. Zum Nachtisch sollte es die süßesten Datteln von ganz Djerba geben. Sie wollte ihren Habib verwöhnen. Ihren Helden. Doch es sollte anders kommen.

Als ihr Mann, gestützt von seinem Bruder, aus dem Bus stieg, entfuhr ihr ein spitzer Schrei. Obwohl der Verband um den Kopf nicht allzu schlimm aussah und auch die Blutflecken auf Habibs Hemd erst auf den zweiten Blick zu erkennen waren, spürte Fatima sofort, dass etwas Schreckliches passiert war. Etwas, das ihr Leben völlig verändern würde.

Auf einen Schlag war sie leichenblass. Wortlos nahm sie Habibs Arm, legte ihn sich um die Schulter und stützte ihren Mann. Sami half ihr.

Seit diesem Tag lebte ein anderer Mann an ihrer Seite. Ein Mann, der die meiste Zeit im Zimmer saß, mit dem Kopf nickte und vor sich hin starrte. Ein Mann, der sich nicht mehr selber die Schuhe binden konnte. Ein Mann, den sie nicht einmal zum Einkaufen schicken konnte, denn er fand den Weg nicht. Und wenn er doch irgendwie zum Laden kommen würde, dann hätte er vergessen, was er kaufen sollte. Ihr Mann Habib war zum Kind geworden. Ein friedliches, riesengroßes Kind, das gerne lachte und Lieder summte. Oder schwieg. Ein Kind, aber kein Mann mehr. Und schon gar kein Mann, der arbeiten konnte.

Am Tag nach der Demonstration klapperte Fatima wieder alle Hotels ab. Sie wusste, dass sie dringend Arbeit brauchte. Sie wusste, dass sie nun das Geld für die Familie verdienen musste. Bevor sie überhaupt mit einem der Verantwortlichen im Hotel sprechen durfte, musste sie warten. Dann stand Fatima an der Rezeption. Dahinter hing in jedem Hotel ein Foto von Ben Ali in einem goldglänzenden Bilderrahmen. Starr lächelte der habgierige Herrscher auf sein Volk herab. Er hatte glatte, beinahe jugendliche Haut, schwarzes, volles Haar.

»Der Kerl ist doch schon über 70, der kann doch nur so aussehen, weil er von oben bis unten angemalt ist und weil er seine Haare färbt«, dachte sich Fatima jedes Mal. Gesagt hätte sie das nie im Leben. Zu gefährlich, viel zu gefährlich.

Nach jeder Absage, die Fatima erhielt, lächelte Ben Ali noch genauso starr vom Foto herab, es kam ihr wie ein hämisches Grinsen vor. Fatima hasste dieses Foto. Sie hasste Ben Ali.

Wieder einmal kam sie völlig erschöpft und traurig von ihrer Hotel-Tour zurück. Sie war enttäuscht, der Weg war wieder umsonst gewesen. Vor dem Haus sah sie ihre Nachbarn tanzen und lachen. Auch Habib hatten sie aus seinem Zimmer geholt, er lachte und tanzte mit.

»Hast du es noch nicht gehört, Fatima?« Sami nahm sie an den Händen.

»Was gehört, was ist passiert?«

»Ben Ali ist nach Saudi-Arabien geflohen. Zusammen mit seiner Frau. Die beiden sind wir los. Für immer. Wir sind frei!«

Es dauerte ein paar Augenblicke, bis die Worte bei Fatima ankamen. Dann rannte sie zu Habib und küsste ihn.

»Endlich. Endlich. Endlich«, rief sie begeistert, bis Sadika, die Bauchtänzerin, sie beiseite nahm.

»Komm mit«, sagte sie.

Ohne zu wissen warum, folgte ihr Fatima zum Rathaus. Die große Rathaustür stand offen. Einige Menschen lachten ausgelassen. Die beiden Frauen gingen hinein. Gleich gegenüber dem Eingang lächelte sie ein starrer Ben Ali vom Foto an. Fatima spürte all ihren Hass gegen diesen Mann aufsteigen, der sie so von oben herab ansah. Er hatte dafür gesorgt, dass es den Leuten in Tunesien schlecht ging, dass sie nicht frei waren, dass sie in Angst leben mussten. Er hatte die Ergebnisse der Wahlen fälschen und so viele Leute ins Gefängnis werfen lassen.

Ohne zu überlegen holte sie einen Stuhl, sagte zu Sadika: »Halt mich fest.« Dann stieg sie auf den Stuhl, reckte sich, bis sie ans

Bild von Ben Ali kam, nahm es vom Nagel und warf es auf den Boden. Glas splitterte, der goldglänzende Rahmen zerbrach, aber Ben Ali lächelte immer noch.

Fatima war bereits wieder vom Stuhl geklettert. Gemeinsam mit Sadika hob sie das große Foto auf, die beiden Frauen schauten sich an und nickten. Als wäre ihr Nicken ein verabredetes Zeichen, zerrissen sie das Foto zuerst in zwei Hälften, dann halbierten sie die Hälften noch einmal und danach in viele winzig kleine Papierschnipsel. Sie juchzten dabei. Mit jedem Riss schien Fatimas Herz leichter zu werden.

Lachend gingen die Frauen ins nächste Stockwerk, um auch dort das Ben Ali-Bild zu zerstören.

Zufrieden liefen sie danach zurück nach Hause. Dort tanzte niemand mehr.

»Was ist los? Ist er doch nicht geflohen?«, fragte Fatima. Sofort schlug ihr Herz schneller, denn dann würde sie jetzt jede Menge Ärger bekommen.

»Doch, er ist weg«, beruhigte sie Sadikas Mann sofort. »Aber, stellt euch vor, vorhin haben sie im Radio berichtet, dass Ben Ali und seine Frau 1,5 Tonnen Gold bei ihrer Flucht im Flugzeug dabeihatten. 1,5 Tonnen Gold, ich kann mir gar nicht vorstellen, wie viel Geld das ist. Millionen. Milliarden. Das ist unser Geld, das hat er von unseren Steuern geklaut und von seinen Beteiligungen an jedem Geschäft. Er wird in Saudi-Arabien in Saus und Braus leben und wir müssen hier jeden Dinar umdrehen. Das ist so ungerecht!«

Ja, das ist es, dachte Fatima, aber Ben Ali ist endlich weg, wenn auch mit all dem Gold – wir haben dafür unsere Freiheit.

Nun, viele Monate später, machten sich Adnan und seine Mutter auf zu Vaters früherem Arbeitsplatz. Es war noch kühl, darum schlang Mutter ihr helles, dickes Baumwolltuch mit den zwei orangefarbenen Streifen um den Oberkörper. Obwohl die Sonne noch nicht schien, hatte sie bereits ihren breitkrempigen Strohhut aufgesetzt. Adnan fror. Er hatte nur sein dunkelrotes T-Shirt und die braune Stoffhose an. Adnan verschränkte die Arme. Zügig gingen sie durch die noch menschenleeren Gassen.

Nur ein klappriger Esel stellte sich ihnen in den Weg. Adnan tätschelte seinen Hals. »Armer Esel, bei dir sieht man jede Rippe. Hast du niemanden, der dich füttert?«
Der Esel spitzte die Ohren, als lauschte er, und sah Adnan aus großen, dunklen Augen an. Adnan nahm eines der langen Ohren und flüsterte: »Heute ist Markt, dort musst du hin, dort schenkt dir bestimmt jemand eine Karotte.«

Noch stand die Töpferscheibe in dem dunklen Raum, in den nur durch die offene Tür Tageslicht hereinfiel. Ganz in der Ecke war der Töpferofen, den sich Habib mit seinem Kollegen Mohammed teilte. Hier hatte Habib Lourimi seine wundervolle Keramik getöpfert. Die Reste davon stapelten sich neben dem Ofen.
Im Laufe der Jahre waren nur noch wenige Betriebe übrig geblieben, die aus den unterirdischen Tonvorkommen der Umgebung Töpferware herstellten. Keiner wollte mehr die uralte Handwerkskunst lernen, denn die Produktion war aufwendig. Doch Habib liebte es, den feuchten Lehm auf der Töpferscheibe zu Tellern, Krügen, Lampen oder Vasen zu formen. Danach musste die Töpferware 60 Tage trocknen, bevor Habib sie bemalen konnte. Manches bemalte er nicht, denn viele Einheimische mochten das Geschirr lieber farblos. Nach dem Dekorieren wurde alles vier Tage im Ziegelofen gebrannt und musste danach noch eine Woche abkühlen. Erst dann war die Ware hart und wasserfest, sodass Habib sie auf dem Markt verkaufen konnte.

Für einen Moment standen Mutter und Sohn vor der Töpferscheibe. Adnan ließ seine Finger über die glatte, kalte Scheibe gleiten. Dies war die Welt seines Vaters. Mit der ältesten Methode, die die Menschen kannten, hatte er pfeifend und singend Gefäße geschaffen und damit für den Lebensunterhalt seiner Familie gesorgt. Genauso wie zuvor sein Vater und sein Großvater. Adnan legte beide Hände auf die Töpferscheibe und fühlte sich seinem Vater sehr nah.
Die Mutter seufzte. »Wir nehmen fünf bemalte und drei unbemalte Teller mit, zwei Lämpchen, drei Krüge und zwei Vasen.«

»Das ist nicht viel«, sagte Adnan, während er die Teller in einen kleinen Karton stapelte.

»Nein, ist es nicht. In guten Zeiten hat Habib das in zwei Stunden verkauft«, meinte Mutter leise, »aber die Zeiten sind nicht mehr gut. Letzte Woche hab' ich überhaupt nichts verkauft.« Sie verriet nicht, dass sie bereits versucht hatte, die Töpferscheibe zu verkaufen, doch auch die wollte niemand. Nur den restlichen Ton war sie losgeworden.

Plötzlich schoss ihm Onkel Samis Bemerkung wieder durch den Kopf. Ohne zu überlegen fragte Adnan: »›Er ist beinahe 14, er ist fast schon ein Mann ...‹, hat Onkel Sami gestern gesagt. Hat er mich damit gemeint?«

Die Mutter schien zu erstarren. Für ein paar Sekunden glich ihr schönes, rundes Gesicht einer Maske. Dann nickte sie.

»Was hat das zu bedeuten?«

Bei Adnans Frage atmete sie hörbar aus, als wäre sie erleichtert, dass er den Rest von Samis Bemerkung nicht gehört hatte. »Ach nichts, mein Liebling«, sagte sie zärtlich.

»Mama!«, rief Adnan empört. Er wollte sich nicht wie ein kleines Kind abspeisen lassen.

Doch seine Mutter stemmte den Karton in die Hüfte und erwiderte nur: »Wir müssen los.«

Adnan ließ nicht locker. »Wenn es um mich geht, dann muss ich doch wissen, was los ist.«

»Wir müssen uns beeilen, sonst kommst du zu spät zur Schule«, mehr sagte sie nicht.

Adnan wusste, dass es im Moment zwecklos war weiter zu bohren. Vorsichtig hob er den Karton mit den Tellern und ging zur Tür. Was bedeutete ihre Reaktion? Adnan nahm sich fest vor, weiter nachzuforschen. Auf dem ganzen Weg zum Markt konnte er an nichts anderes denken.

Mittlerweile ging es in den Gassen lebendig und geschäftig zu. Auf Handwagen karrten Händler ihre Datteln, Pistazien, ihre Tomaten, Karotten oder Kürbisse zum Markt. Andere hatten Haushaltswaren oder Gewürze dabei, Naturschwämme oder T-Shirts.

Hausfrauen waren unterwegs zum Fischmarkt, wo die fangfrischen Fische versteigert wurden. Doch die meisten zog es zum Place Meninx, wo jeden Freitag Markt mit vielen Ständen stattfand.

Die Goldschmuck- und Wasserpfeifen-Verkäufer hatten richtige Läden am Platz. Genauso die Souvenir- und Teppichhändler.

»Schau mal, der Schmuckladen von Madame Jemal ist noch geschlossen. Sie ist doch sonst immer eine der ersten, die ihren Laden öffnet«, wunderte sich die Mutter.

»Merkwürdig, wirklich merkwürdig«, fand auch Adnan. »Auch Herr Medinar hat noch nicht geöffnet. Und Herr Zikab auch nicht. Das gab es noch nie.«

Immerhin saß der alte Hamed in seiner Mauernische. Wie immer trug er seinen Burnus, den braunen Wollmantel der Berber. Er zerkrümelte die braunen Blätter des Kautabaks und füllte sie in kleine Plastikbeutel. Auch Nadir, sein erster Kunde, stand schon da und wartete, bis Hamed mit dem Umfüllen fertig war.

»Wie immer?«, fragte Hamed.

»Wie immer«, antwortete Nadir.

Hamed nahm einen der Plastikbeutel, währenddessen zog Nadir eine lackierte Tabakdose aus seinem Burnus. Hamed füllte die Hälfte des Beutelinhalts hinein. Jeden Tag dieselbe Prozedur.

Als die beiden alten Männer Adnan und seine Mutter entdeckten, winkten sie ihnen zu. »Wie geht es Habib?«

»Immer gleich«, rief Mutter zurück. Es sollte aufmunternd klingen.

»Wir vermissen ihn.«

Ich auch, dachte Adnan. Mutter nickte tapfer.

So wie immer stellten sie ihre Kartons neben dem Geschäft von Herrn Medinar ab. Links vom Eingang durften sie ihre Ware auslegen. Es war ein besonders guter Platz, beste Marktlage sozusagen. Vor Jahren hatte Vater Herrn Medinar bei irgendetwas geholfen. Seither durften die Lourimis ihre Keramik auf dem hellroten Fliesenboden anpreisen.

Noch bevor Mutter die Kartons leerte, ging sie zu den alten Männern hinüber. Die waren immer bestens informiert. »Sie haben beschlossen, ihre Läden nicht mehr vor zehn, halb elf zu öffnen«, erklärte Nadir. »Es lohnt sich nicht. Nicht einmal an einem Markttag. Die Einheimischen, die sonst sehr früh eingekauft hatten, die kaufen kaum noch. Und die wenigen Touristen, die noch kommen, die schlafen um sieben oder acht noch.«

»Es sind schwere Zeiten. Für uns alle«, meinte Hamed abschließend.

»Und ob«, stimmte Mutter zu.

In der Zwischenzeit hatte Adnan die Waren aufgestellt.

»Du musst zur Schule, schnell, schnell.« Mutter klatschte in die Hände, um ihn anzutreiben.

Doch nun war Adnan stur. »Ich gehe erst, wenn du mir sagst, was du mit Onkel Sami besprochen hast.«

»Es ist nicht wichtig«, meinte sie und machte eine wegwerfende Handbewegung.

»Mama!«, rief Adnan empört. Doch mit diesem Ton erreichte er bei seiner Mutter überhaupt nichts. Sie verschränkte die Arme vor der Brust und schwieg.

Adnan musste seine Taktik ändern. Er ging zu ihr, löste ihre Arme und nahm die Hände in seine. Dabei lächelte er. Die Mutter liebte sein Lächeln, es wärmte ihr Herz. »Mama«, begann er nun in freundlichem, fast schmeichlerischem Ton, »ich muss doch wissen, was ihr besprecht, wenn es um mich geht. Das ist doch verständlich, oder?«

Sie nickte, blieb aber stumm.

»Bitte, Mama.«

Sie zögerte, suchte nach Worten. »Onkel Sami meint, dass du ... ähm ... dass du dir eventuell, vielleicht ... dass du hilfst, Geld zu verdienen.« Die Mutter schaute zu Boden.

Merkwürdig, dachte Adnan, wieso machte Mutter deswegen so einen Aufstand. Darüber hatten sie doch schon gesprochen. Deswegen war er doch bei Herrn Saya gewesen. Wieso tat Mutter nun so, als sei dies so etwas Geheimnisvolles? War das wirklich alles?

»Los jetzt, ab zur Schule!«

War es deswegen? Weil er dann nicht mehr zur Schule gehen konnte? Oder steckte noch etwas anderes dahinter? Adnan glaubte seiner Mutter nicht ganz. Er konnte nicht sagen, warum, aber ihn beschlich ein ungutes Gefühl.

»Los. Los.«

Der Schuhputzer

Adnan wusste nicht, wohin er gehen sollte. Er wusste nur, dass er nicht zur Schule gehen würde. Rahid und Nour waren in der Schule. Langsam bummelte er durch die Altstadt-Gassen und kickte einen Stein vor sich her. Immer vier, fünf Schritte weit. Geld verdienen. Er musste Geld verdienen und rausbekommen, was Mutter ihm verheimlichte.

Mit einem Knall flog der Stein gegen eine kleine Holzkiste. Adnan blickte auf und sah dem Schuhputzer, der sich gestern vor dem Amghar rumgetrieben hatte, in die Augen.

»Pass doch auf«, meinte dieser mürrisch. »Soll ich deine Schuhe putzen?«

Adnan schaute an sich hinunter: »Soll das ein Witz sein?« Er trug uralte Stoffschuhe, die an manchen Stellen nur noch durch ein paar Fäden zusammengehalten wurden.

»Dann eben nicht«, schnauzte der Schuhputzer und spuckte aus. Er selbst trug keine Schuhe.

Ein Mann im Anzug ging vorüber und der schlecht gelaunte Schuhputzer schien wie ausgewechselt. »Darf ich Ihre Schuhe putzen, mein Herr. Ihre Schuhe werden danach glänzen wie noch nie zuvor. Meine Schuhcreme ist die beste. Keine pflegt die Schuhe intensiver.«

»Meinetwegen, aber beeil dich«, brummte der Mann nach einem Blick auf seine staubigen Schuhe. Schnurstracks gab ihm der Schuhputzer ein Paar Plastiksandalen, in die der Mann in der Zwischenzeit schlüpfen konnte.

Adnan beobachtete, wie die verhornten, mit Schuhcreme verschmierten Hände den Staub auf den Schuhen wegwischten und dann bürsteten. Kräftig. Energisch. Dann tat der Junge schwarze Schuhcreme auf seinen Lappen, bürstete wieder, nahm dann einen anderen Lappen aus der Holzkiste und polierte die Schuhe, die daraufhin tatsächlich wunderbar glänzten.

»Fertig.« Stolz überreichte er die Schuhe seinem Kunden. Der nickte anerkennend, zog die sauberen Schuhe an und warf dem Jungen einen halben Dinar zu. Etwa 25 Cent.

»Danke, mein Herr, vielen Dank«, sagte der Schuhputzer und verbeugte sich tief, sodass von seinem Kopf nur die verfilzten Haare zu sehen waren.

»Ein halber Dinar, ist das gut?«, wollte Adnan wissen.

»Normal«, antwortete der Schuhputzer und steckte die Münze in die Hosentasche.

»Und wie viele Kunden hast du?« Adnan war interessiert, denn vielleicht wäre Schuhe putzen auch etwas für ihn.

»Unterschiedlich. Mal drei, mal zehn«, antwortete er.

»In der Stunde?« Adnan hatte blitzschnell hochgerechnet, wie viel er nach fünf Stunden Schuhe putzen verdient hätte.

»Nein, am Tag.«

Drei am Tag? – Das war fast nichts! Der Schuhputzer konnte Adnans Gedanken erraten. »Von den paar Dinar muss ich auch noch einen Teil an den Mann abgeben, der mir die Holzkiste mit der Schuhcreme und den Bürsten vermietet.«

»Lohnt sich das denn?«

»Das kannst du dir selbst ausrechnen, Schlaumeier. Aber ich hab keine Wahl. Wir brauchen jeden Dinar.« Mittlerweile hatte der Junge die Bürsten in der Holzkiste verstaut und wollte weitergehen. Adnan, der nichts zu tun hatte, folgte ihm einfach.

Der Junge schien damit einverstanden, denn er begann zu erzählen. »Da wo ich herkomme, ist es schlimm. Richtig schlimm. Da könnte ich nicht einmal als Schuhputzer arbeiten, denn die meisten haben gar keine Schuhe. Wir kommen aus der Wüste. Da gibt es nichts. Und doch so viel. – Warst du schon mal in der Wüste?« Adnan schüttelte den Kopf. »Nein, aber Mama kommt vom Rand der Wüste. Hat es dir in der Wüste gefallen?«

Der Schuhputzer nickte »Ich sehne mich nach der Weite und der Stille der Wüste. Nach echter Stille. Kein Windhauch. Kein Flügelschlag eines Vogels. Nur das Pochen deines Herzens. ›Von der Stille der Wüste wirst du taub‹, sagt mein Vater immer. Du denkst, du kannst nicht hören, bis du merkst, dass es gar nichts zu hören gibt. – Unsere Wohnung war eine Höhle, die gut versteckt lag. Sie bot unserer Familie seit vielen Generationen Schutz. Schutz vor Angreifern. Schutz vor der Hitze. Doch als unser Wasserloch versiegte, nützte uns der Schutz nichts mehr. Wir mussten die Wüste verlassen. Mutter und meine zwei Schwestern gingen zu Verwandten in den Süden. Vater und ich, wir versuchen seither auf Djerba Geld zu verdienen.«

»Ich muss auch Geld verdienen«, platzte es aus Adnan heraus. »Aber ich weiß noch nicht wie.«

»Aber nicht Schuhe putzen«, erwiderte der Junge sofort. »Ich kann niemanden brauchen, der mir die spärliche Kundschaft wegschnappt.« – »Saubere Schuhe. Glänzende Schuhe. Darf ich sie für Sie polieren, mein Herr?«

Doch der Angesprochene ging weiter, ohne den Schuhputzer eines Blickes zu würdigen. Der Junge lief ihm hinterher. »Ein Sonderpreis für Sie. Die beste Schuhcreme, Ihre Schuhe werden sie lieben, mein Herr.«

»Verpiss dich«, schnauzte der Mann nur.

Adnan beschloss, dass Schuhe putzen nichts für ihn wäre. Er musste einen besser bezahlten Job finden. Und einen, bei dem ihn die Leute freundlicher behandeln würden. Aber welchen?

»Wir sehen uns«, verabschiedete er sich von dem Jungen.

Der lehnte zum Gruß zwei Finger an die rechte Schläfe.

Die Nachricht

Am frühen Abend ging Adnan wieder zum Place Meninx. Alle Läden hatten nun geöffnet. Viele Leute bummelten zwischen den Schmuck- und Souvenirläden und den Marktständen. Touristen und Einheimische. Die Touristen erkannte Adnan leicht, nicht nur die, die blonde Haare hatten. Er erkannte sie an ihrer Kleidung. Die Männer trugen weite, oft verknitterte Hosen mit Hosenbeinen, die nur bis knapp über die Knie oder bis zur Wade reichten. Die Füße steckten in ulkigen Sandalen, manchmal auch in weißen Socken. Meist bedeckte ein T-Shirt den Oberkörper. Viele der Frauen waren genauso gekleidet, manche trugen sogar ärmellose Tops, was weder Adnan noch seine Mutter verstehen konnten. Warum wollten diese Frauen so viel nackte Haut zeigen? Doch die Touristen waren ihre Gäste, niemals würden sie ein Wort über deren schlampige Kleidung verlieren.
Die Leute aus Midoun schlenderten ebenfalls über den Markt. So wie immer trafen sie Bekannte und Nachbarn, schwatzten, tauschten Neuigkeiten aus und freuten sich über die Abwechslung. Doch sie kauften so gut wie nichts.

Schon von weitem sah Adnan seine Mutter und ihren Stand. Sie zeigte gerade einem Ehepaar in kurzen Hosen, wie die bunten Lämpchen funktionierten. Das Ehepaar schaute interessiert, ließ sich auch noch zwei Teller zeigen, nickte, dann gingen die beiden weiter.
»Wie laufen die Geschäfte?«, begrüßte Adnan seine Mutter. Eigentlich hätte er sich die Frage sparen können. Ein Blick auf die Waren genügte, um zu sehen, dass fast nichts verkauft worden war.

An ihrem Gesicht war abzulesen, wie enttäuscht sie war. »Wie war es in der Schule?«, fragte die Mutter zurück.

Adnan ließ die Frage unbeantwortet, stattdessen sprach er eine Frau mit grauen Haaren, langärmeliger weißer Bluse und langer weiter Hose an. »Entschuldigen Sie, Madame, darf ich Ihnen die Ware meines Vaters zeigen?«

Die Frau lächelte, schien aber nicht besonders interessiert. Sie wollte schon weitergehen. »Madame, gehen Sie noch nicht«, sagte Adnan freundlich, aber bestimmt, »diese Teller und Vasen sind von ausgesuchter Qualität. Bitte schauen Sie.«

»Das sagen doch alle, mein Junge«, meinte die Frau.

Adnan nickte. »Aber unsere sind es wirklich, denn sie wurden nicht am Fließband in der Fabrik hergestellt, sondern auf Vaters Töpferscheibe.« Leiser fügte er hinzu. »Es sind seine letzten Sachen.«

Plötzlich zeigte die Frau mehr Interesse. »Die letzten, was meinst du damit?«

Kurz erzählte Adnan die Geschichte von der Demonstration und dem Knüppel. Erschrocken hielt die Frau eine Hand vor den Mund. »Das ist ja schrecklich«, sagte sie nach einer Weile. »Er kann nicht mehr arbeiten?«

Adnan schüttelte den Kopf und blickte zu Boden.

»Gib mir so ein entzückendes Lämpchen, das schenke ich meiner Tochter«, meinte die Frau.

Adnan nahm das Geld und gab es sofort an seine Mutter weiter. »Merci, Madame.«

Er schämte sich, dass er mit dem Unglück seines Vaters Geschäfte machte. Doch die Mutter tätschelte ihn. »Du bist ein brillanter Verkäufer.«

Adnan versuchte es noch eine Stunde, doch egal wie freundlich er war, egal, wie nett er lächelte und was er den Passanten erzählte, niemand wollte kaufen. Zwei Teller und ein Lämpchen waren die gesamten Verkäufe des Tages. Immerhin mehr als letzte Woche, doch viel zu wenig, um zu überleben. Schweigend trugen Mutter und Sohn die fast vollen Kartons zurück.

»Hast du mit ihm geredet?« Onkel Sami passte die beiden vor ihrem Zimmer ab.

Kaum merklich schüttelte die Mutter den Kopf.

»Du weißt, dass es keinen anderen Weg gibt. Das haben wir doch besprochen.«

Die Mutter seufzte.

Adnan schaute erst fragend zu Onkel Sami, dann zur Mutter.

»Wir reden später«, erwiderte die Mutter beinahe flüsternd. »Jetzt muss ich mich ums Abendessen kümmern.« Ohne ein weiteres Wort zog sie Adnan mit sich ins Zimmer.

Vater, der die kleine Amal auf dem Schoß hatte, winkte ihnen zur Begrüßung. Maya machte Hausaufgaben. Mutter strich Maya, Amal und auch ihrem Mann über den Kopf.

Maya nahm sofort ihren Bruder in Beschlag. »Kannst du mir beim Rechnen helfen?«

»Täubchen, du hast doch ein ›très bien‹ in Mathe, nicht ich.« Adnan versuchte, fröhlich zu klingen. Aber das ungute Gefühl, das ihn bereits am Morgen beschlichen hatte, machte sich nun wieder breit.

Maya war ehrgeizig und gewissenhaft. Bei den Hausaufgaben verstand sie keinen Spaß. »Hilfst du mir? Bitte!«

Ach, wie könnte Adnan seinem Täubchen einen Wunsch abschlagen. Er setzte sich zu ihr auf die Matratze. Maya lächelte und zeigte ihm dann das Buch mit den Rechenaufgaben.

Nur mit Mühe konnte sich Adnan auf die Aufgaben konzentrieren. Ständig wanderten seine Gedanken weg von Mathe, hin zu Onkel Sami. Später beim Essen beobachtete er, wie Mutters Hände zitterten und ihre Mundwinkel zuckten. Sie war aufgewühlt und nervös. Adnan suchte ihren Blick, doch sie wich ihm aus. Ihre Nervosität steckte ihn an. Er hielt es einfach nicht mehr aus.

»Was wird geschehen, Mutter?«, platzte er mitten in Mayas Erzählung hinein.

»Nachher«, flüsterte sie ihm zu.

Der Vater schaute erst zu seiner Frau, dann zu Adnan. Hatte er einen klaren Moment? Hatte er etwas verstanden oder mitbekommen? Doch dann grinste er wieder und kitzelte seine Jüngste, die sich dabei verschluckte.

»Habib, wir essen«, ermahnte ihn seine Frau.

»Essen. Essen. Habib«, lautete seine Antwort, bevor er sich einen Löffel Lablabi, den scharfen Kichererbsen-Eintopf, in den Mund stopfte.

Kurz darauf klopfte es zweimal an der Tür. Onkel Sami kam herein. Er nickte Adnan und seiner Schwägerin zu.

»Guten Abend, Onkel Sami, es gibt Lablabi«, rief ihm Maya entgegen. »Mit viel Knoblauch und Harissa. Ist aber gar nicht scharf.«

»Dann lass es dir schmecken, meine Süße«, sagte Onkel Sami.

»Ich bin schon satt. – Aber Papa isst noch.«

»Maya, deine Mama, Adnan und ich, wir müssen was besprechen. Wir setzen uns in den Hof. Du bist doch schon groß, du kannst auf die zwei aufpassen«, sagte Onkel Sami.

»Klar. Und Papa ist ja auch da.«

Der nickte heftig und aß weiter Lablabi.

Draußen war es bereits dunkel. Mutter hatte eins von Vaters Lämpchen mitgenommen. Sie zündete eine Kerze an und stellte das Lämpchen auf den Boden.

»Was ist?«, platzte Adnan heraus.

»Ach, Adnan, mein lieber Adnan, mein guter Sohn«, begann die Mutter. »Du hast bereits mitbekommen, dass wir Probleme haben. Geldprobleme.«

»Ja. Deshalb habe ich mir überlegt, dass ich alle Läden, alle Restaurants und Hotels von Midoun abklappern werde und nach Arbeit frage«, fiel ihr Adnan ins Wort. »Bei Herrn Saya habe ich schon gefragt, bei dem klappt es leider nicht«, fügte er leise hinzu. »Ich kann auch Schuhputzer werden, obwohl man da sehr wenig verdient, aber ein paar Dinar am Tag werden es schon werden. Oder ...«

»Adnan«, unterbrach ihn der Onkel. »Es geht nicht um ein paar Dinar. Das reicht nicht. Hier in Midoun, ach was, auf ganz Djerba, ist es unmöglich, Geld zu verdienen. Ich habe eine bessere Idee.«

Adnan schaute ihn skeptisch an. Längst hatte sich das ungute Gefühl bei ihm im ganzen Körper festgesetzt.

Trotz des schwachen Lichts sah ihm Onkel Sami in die Augen. »Adnan, es wartet eine große Aufgabe auf dich. Du wirst nach Europa gehen und dort arbeiten und Geld verdienen. Einen Teil wirst du selbst zum Leben brauchen. Aber den Rest schickst du deiner Mutter.«

»Was?« Adnan hatte nur Europa verstanden. Er sollte weg aus Midoun? Weg aus Djerba? Aus Tunesien? Er wollte nicht weg. Er wollte hier bleiben, bei seiner Familie, bei seinen Freunden.

»Es gibt keinen anderen Ausweg. Glaub mir, Adnan. Deine Mutter und ich, wir haben lange überlegt und alles durchdacht. Aber solange es in Tunesien keine Arbeit gibt, solange haben wir keine andere Möglichkeit.«

Adnan wurde übel. Er lief zu den Mülltonnen und übergab sich. Mit dem säuerlichen Geschmack von Erbrochenem im Mund ging er langsam zum Lämpchen zurück.

»Ich will nicht weg!«, mehr sagte er nicht. Dann begann seine Mutter zu weinen.

»Ich möchte auch nicht, dass du gehst«, schluchzte sie.

»Fatima, bitte. Das haben wir doch schon besprochen«, ging Onkel Sami energisch dazwischen.

»Aber so eine Reise nach Europa kostet doch viel Geld. Geld, das wir nicht haben.« Adnan spürte Hoffnung aufglimmen.

»Ich bin seit Wochen und Monaten dabei, das Geld zusammenzukriegen. Von Nachbarn. Von Freunden. Von Verwandten«, sagte Onkel Sami, während sich Mutter die Nase putzte. »Sie geben, was sie erübrigen können, denn sie glauben an dich. Sie glauben, dass du durch die Arbeit in Europa das Geld zurückzahlen wirst. Mit Zinsen.«

Adnan schlug die Hände vors Gesicht. Seit Wochen und Monaten! Onkel Sami hatte den Plan bereits seit Wochen und Monaten!

Onkel Sami klopfte ihm anerkennend auf den Rücken. »Du schaffst das. Du bist geschickt. Du gebrauchst deinen Kopf. Du schaffst das. – Italien liegt nicht weit von hier. Es ist nicht mehr als ein Bootsausflug. Von dort kannst du weiter nach Frankreich, die Sprache sprichst du so gut wie jeder Franzose.« Der Onkel stand auf und ging zurück zu seiner Familie.

Die Mutter rückte zu Adnan. Sie legte den Arm um ihren Jungen. Doch Adnan schlug den Arm weg. »Und die Schule? Was ist mit der Schule?« Er kam sich etwas mies vor, als er dieses Argument anbrachte.

Die Mutter raufte sich die Haare. Er wusste, dass es für sie genauso schlimm war wie für ihn, trotzdem machte er weiter: »Du schickst mich fort. Weit fort.«

»Wenn es eine andere Lösung gäbe... mein Liebling, aber es gibt keine. Ich möchte nicht, dass du gehst. Es bricht mir das Herz, aber wie sollen wir sonst überleben?«

»Das habt ihr euch schön ausgedacht«, rief Adnan und sprang wütend auf. »Ihr verdient nicht genügend Geld, jetzt soll ich das für euch erledigen. Was ist das für eine Familie?«

Adnan wusste, dass er seine Mutter damit tief verletzte. Aber genau das wollte er im Moment. Und er wollte allein sein. Weg, bloß weg. Er rannte aus dem Innenhof, hörte, dass seine Mutter ihm hinterherrief. Doch er rannte weiter, rannte durch die Gassen, rannte in die Dunkelheit. Er achtete nicht darauf, wohin er rannte. Es war ihm egal. Einmal stolperte er, fiel hin und schlug sich das Knie auf. Es schmerzte, aber das war ihm egal. Er rappelte sich auf und rannte weiter. Einmal streifte Dornengebüsch seine Arme, auch das war ihm egal.

Irgendwann stand er am Meer. Keuchend ließ er sich auf einen Stein fallen. Sein Herz wummerte, er spürte einen stechenden Schmerz. Doch der Schmerz hatte nichts mit seiner Rennerei zu tun. Der Schmerz saß tiefer.

Je mehr sich sein Pulsschlag beruhigte, desto mehr Fragen kamen ihm. Gab es keinen anderen Ausweg? Wann sollte die Reise losgehen? Und womit? Wohl kaum mit dem Flugzeug, das war viel zu teuer. Mit der Fähre? Aber er hatte nicht einmal einen Ausweis. Wie sollte er von Italien nach Frankreich kommen? Wie sollte er in Frankreich leben? Und wo? Was essen? Wie Arbeit finden? Er kannte doch niemanden in Frankreich. Manchmal, ja manchmal war er gern allein, aber er wollte doch nicht allein in einem fremden Land sein. Warum taten sie ihm das an? Vater hätte das nie erlaubt! Was, wenn er sich weigerte? Gab es wirklich keine andere Lösung? Niemand konnte ihn zwingen zu gehen. Gleichzeitig wusste Adnan, dass er gehen musste.

Der Mond spiegelte sich im Meer. Leichter Wind kräuselte die Wasseroberfläche. Es war still. Nur das Plätschern der Wellen war zu hören. Der Schuhputzer würde dies nicht als Stille gelten lassen, überlegte er. Der Schuhputzer – noch am Vormittag wollte er nicht mit ihm tauschen. Jetzt schon.

Das Plätschern des Wassers beruhigte ihn. Kamen die sanften Wellen aus Europa? Italien sei nicht weiter entfernt als ein Bootsausflug, hatte Onkel Sami gesagt. Das hörte sich harmlos an. Doch er wollte hier bleiben. Adnan spürte die Tränen auf seinen Wangen. Energisch wischte er sie weg. Er war 13, fast 14 ... er war beinahe ein Mann.

Die Morgendämmerung zauberte erst Gelb, dann Orange, Purpur und Violett an den Himmel. Obwohl Adnan kein Auge zugetan hatte, kam ihm die Morgenröte wie ein Erwachen vor. Mit den ersten Sonnenstrahlen erhob sich Adnan vom Stein, streckte sich und ging nach Hause. Was gestern gesprochen worden war, kam ihm jetzt unwirklich vor. Wie ein schlechter Traum.

Mutters Augen waren rot und aufgequollen von all den Tränen. Auch sie hatte nicht geschlafen, das konnte Adnan ihr ansehen. Schweigend nahm sie ihn in die Arme. Es tat gut, ihre Wärme zu spüren und ihren Geruch zu schnuppern. Ihren Duft nach Couscous und Jasmin. Adnan hätte ewig so sitzen können. So behütet und sicher.

Drei Tage später hatte der Onkel das Geld zusammen. Er deutete auf einen prall gefüllten Umschlag und sagte: »1000 Euro sind da drin. Das ist deine Eintrittskarte für Europa. Du musst den Umschlag gut verstecken. Morgen früh geht es los.«

»Geh doch selber!«, hätte Adnan ihm am liebsten entgegengeschleudert, doch er traute sich nicht. Seit Vaters Unfall war Onkel Sami das Oberhaupt der Familie und dem Oberhaupt widersprach man nicht. Mit hängendem Kopf lehnte er an der Wand, als Maya kam. Sie stellte sich vor ihren Bruder, hielt den Kopf schief und musterte ihn. »Bist du traurig?«

Adnan zog die Nase hoch und versuchte ein schiefes Lächeln, bevor er antwortete: »Ein bisschen, mein Täubchen. Nur ein bisschen.«

»Warum bist du denn traurig?«

Was hätte er seiner kleinen Schwester sagen sollen? Auf keinen Fall die Wahrheit. Darum zuckte er nur mit den Schultern. Maya drückte ihren Bruder aufmunternd und streichelte seinen Arm. »Ist es, weil du einen Ausflug machen wirst?«

»Wer hat das gesagt?«

»Mama.«

Adnan nickte. »Ich möchte keinen Ausflug machen. Ich will lieber hier bleiben.«

»Aber ein Ausflug ist doch spannend und schön. Da musst du nicht traurig sein. Und wenn du wiederkommst, kannst du viel erzählen«, sagte Maya belehrend.

Adnan nickte und streichelte ihr dunkles Haar. Dann ging Maya zu ihrer Schultasche und wühlte darin.

»Hier, der ist für dich.« Freudestrahlend gab sie ihrem Bruder einen flachen, hellen Kieselstein, geformt wie ein Dreieck. Auf beiden Seiten durchzogen weiße Linien den Stein, wie bei einem Schachbrett. »Das ist mein Glücksstein, damit habe ich die guten Tests geschrieben. Nun soll er dir Glück bringen.«

Adnan küsste seine Schwester, gleichzeitig kämpfte er gegen die Tränen an. »Ich werde ihn immer bei mir tragen, bis wir uns wiedersehen. Dann gebe ich dir den Stein zurück.«

Maya nickte und klatschte begeistert in die Hände. Im selben Moment kam Vater zur Tür herein und klatschte mit.

»Papa, Adnan macht einen Ausflug«, rief Maya fröhlich.

Das Gesicht des Vaters wurde ernst. »Ausflug – Tunis?«, fragte er und schüttelte sich.

»Nein, nicht Tunis, ich fahre nach Jarjis, von dort mache ich einen Bootsausflug«, beruhigte ihn Adnan. Das war die Wahrheit. Morgen würde er mit dem Bus nach Jarjis fahren, das hatte ihm der Onkel schon gesagt. Dort würde er sich ein Boot suchen, das ihn und andere Flüchtlinge nach Italien brachte.

»Jarjis – gut«, sagte Vater und hob den rechten Daumen in die Höhe. Maya tat es ihm gleich. Widerwillig hob auch Adnan den Daumen.

Der Abschied

Abschiednehmen war grauenvoll. Adnan brachte es nicht übers Herz, zu seinen Freunden zu gehen. Rahid und Nour hockten bestimmt unter der Dattelpalme, aber Adnan schaffte es nicht, ihnen Lebwohl zu sagen. Wie hätte er aus dem Abschied eine gute Nachricht machen sollen? Nie und nimmer wäre es ihm gelungen nicht zu weinen.

In der Nacht wälzte er sich schlaflos auf seiner Matratze. Er hatte Angst vor dem, was kommen würde. Er wollte seine Familie nicht verlassen. Er hörte das leise Schluchzen seiner Mutter. Auch sie konnte nicht schlafen. Adnan legte sich neben sie auf die Matratze. Sie legte den Arm um seine Schulter und streichelte ihn.

Adnan hätte nicht gedacht, dass ihm der Abschied von seinem Vater so schwer fallen würde.
»Warum schluckst du denn so?«, fragte Maya. »Freust du dich immer noch nicht auf den Ausflug?«
»Ich würde lieber bei euch bleiben«, erwiderte Adnan und zeigte ihr den Kieselstein. Dann küsste er seine Schwester, genauso wie die kleine Amal.
»Ausflug«, sagte nun auch sein Vater und zwinkerte ihm zu. Lachend klopfte er ihm auf die Schulter. Adnan versuchte zu lächeln, doch das ging gründlich schief.
»Auf Wiedersehen, Papa!«
»Wiedersehen, Wiedersehen, Wiedersehen«, plapperte der Vater. Plötzlich wurde er ernst, legte die Hand auf Adnans Schulter und sagte: »Viel Glück, mein Junge.« Danach setzte er sich auf die Matratze und kitzelte Amal.

Tränen liefen Adnan übers Gesicht, als er den Rucksack mit dem bisschen Gepäck schnappte. Den Umschlag mit dem vielen Geld hatte er in die Unterhose gestopft. Er schaute sich noch einmal im Zimmer um und ging. Vor dem Zimmer warteten Onkel Sami und seine Frau.

»Wir sind stolz auf dich, Adnan. Und wir wünschen dir viel Glück.« Adnan konnte nichts sagen.

Mutter begleitete ihn zur Haltestelle. Sie schwiegen, gingen aber so dicht nebeneinander, dass sich ihre Schultern berührten.

»Du gehst?« Es war der Schuhputzer, der an einer Hauswand lehnte und auf Kundschaft hoffte.

»Nach Europa«, antwortete Adnan schmallippig.

»Was willst du denn dort? Mein Cousin Ali war schon mal in Frankreich, sie haben ihn wieder nach Tunesien abgeschoben. – Geh nicht. Hab Geduld. Im Moment gibt es in Tunesien zwar keine Zukunft für uns, aber das kann sich ändern«, sagte der Schuhputzer.

Wie gern hätte Adnan ihm geglaubt. Wie gern wäre er geblieben, stattdessen sagte er: »Ich muss gehen. Ich habe keine andere Wahl.«

Der Schuhputzer nickte, hob die Hand zum Gruß. »Viel Glück und alles Gute, Inschallah.« So Gott will.

Die Mutter küsste Adnan zum Abschied. Ihre Wangen waren tränennass.

»Sag Rahid und Nour bitte Bescheid«, bat Adnan. »Sie wissen von nichts. Sag ihnen, ich werde den Afrika-Cup auch von Europa aus verfolgen.«

Die Mutter nickte. »Vielleicht lernst du in Europa, wie man Autos repariert«, sagte sie, um etwas Hoffnung zu verbreiten, und dann: »Bitte vergib mir«. Sie küsste ihren Jungen ein letztes Mal. Dann kam der Bus und Adnan stieg ein.

Er sah seine Mutter winken, bis der Bus um die Ecke bog. Ihre Tränen sah er nicht mehr. Er selbst hatte keine Tränen mehr und konnte keinen Gedanken fassen. Er starrte nur vor sich hin.

Jarjis

Der Bus fuhr nach Südosten. Über den sieben Kilometer langen Römerdamm, der die Insel Djerba mit dem Festland verband. Adnan war schon ein paar Mal über den Damm gefahren. Er liebte das Fahren über dem Meer. Doch dieses Mal konnte er sich nicht darüber freuen. Er hielt Mayas Kieselstein fest umklammert, hatte jetzt schon Heimweh und fürchterliche Angst vor dem, was kommen würde. *Maya, dieser Ausflug macht von Anfang an überhaupt keine Freude.*

Es war nicht weit bis Jarjis, gerade mal 50 Kilometer. Am überfüllten Busbahnhof stieg er aus, fragte drei Leute, bis er endlich wusste, welcher Bus zum Hafen fuhr. Der Bus stand schon bereit. Adnan suchte sich einen Platz und wartete. Zwar schaute er aus dem Fenster, doch er sah weder den Teeverkäufer noch die Geschäftsfrau, die ein Taxi herwinkte. Er sah nicht die vielen Leute, die Taschen schleppten oder auf dem Weg zur Arbeit waren. Er sah auch nicht die Jugendlichen, die an der Wand lehnten und die Zeit totschlugen, genauso wenig sah er den Kiosk und den Stand mit frischen Melonen. Auch nicht das voll verschleierte Mädchen, das bis zu den Fingerkuppen in schwarzes, lichtundurchlässiges Tuch gehüllt war. Und nicht den ausgebrannten Bus auf der anderen Straßenseite. Obwohl er schaute, sah er nichts.
Adnan wachte erst wieder aus seiner Betäubung auf, als er am Hafen ankam. Irgendwie hatte er ihn sich anders vorgestellt. Voller, mit viel mehr Betrieb und Leben. Drei blaue Ruderboote dümpelten im Wasser. Ein ausrangiertes Schiff, das nirgendwo mehr hinfuhr, lag neben zwei Motorbooten, an denen der Rost nagte. Viel Müll lag herum. Plastiktüten. Ein kaputter Kühl-

schrank. Möwen kreischten. Eine Krabbe huschte davon. Neben dem Hafengebäude mit seinem weißen Turm stapelten sich Tonkrüge. Solche, wie der Vater sie gemacht hatte, wenn auch nicht so schöne. Die Tonkrüge hätten längst abtransportiert werden sollen, doch niemand schien sich für sie zu interessieren.

Zwei Plastikfähnchen wehten halb zerfleddert im Wind. Adnan konnte das Zeichen des Fußball-Clubs ES Jarjis erkennen. Jarjis spielte in der 1. Liga. Fußball! Automatisch wanderten seine Gedanken zu Rahid und Nour, seinen fußballverrückten Freunden, die vielleicht gerade erfuhren, dass er abhaute. Wie einen Rettungsring umklammerte er Mayas Kieselstein.

Rechts neben dem Hafengebäude sortierten Fischer ihre Netze und besserten kaputte Stellen aus. Adnan schlenderte zu ihnen. »Guten Tag«, sagte er höflich.

Die Fischer blickten von ihren Netzen auf und nickten ihm zu. »Wir haben keine Arbeit für dich«, sagte ein Mann mit rauer Stimme, während seine dünne Zigarette im Mundwinkel hüpfte. »Ich suche keine Arbeit«, erwiderte Adnan und fügte leiser hinzu. »Ich suche ein Boot, das ...« wie sollte er geschickt fragen, »... das einen Ausflug Richtung Italien macht.«

Ein dünner Fischer zog seine ausgebleichte Baseballmütze tiefer ins Gesicht, sog die Luft ein und antwortete: »Von hier aus starten solche Boote nicht mehr, mein Junge. Seitdem die Polizei hier so streng kontrolliert, fahren nur noch wir Fischer aufs Meer. Und in unseren Ruderbooten würden wir es nicht bis Italien schaffen. Wir bleiben hier und hoffen auf einen guten Fang – und auf eine bessere Zukunft. Inschallah – so Gott will.« Die anderen nickten.

Adnan nickte auch. Er verstand. Noch bevor er überlegen konnte, was er machen sollte, fuhr der Fischer fort: »Dort drüben«, er deutete mit dem Kopf zur Mole, »sitzt ein Mädchen. Ich glaube, die hat dasselbe Ziel wie du.«

Er sah eine dünne, kleine Person, die eine von der Sonne gebleichte rote, lange Bluse trug. Oder war es ein Hemd? Hatte die Person Hosen an? Schuhe? Das konnte Adnan nicht erkennen. Nur die Baseballkappe konnte er noch deutlich sehen. Und, dass die Person kerzengerade saß und die Beine baumeln ließ. War das wirklich ein Mädchen?

Adnan ging Richtung Mole, obwohl er nicht wusste, was er sagen sollte. Er wusste es immer noch nicht, als er neben ihr stand. Sie tat, als hätte sie ihn nicht bemerkt.

Adnan setzte sich einfach zu ihr. Er wollte cool klingen. »Hi, ich bin Adnan. Die Fischer sagen, du suchst auch ein Boot, das nach Italien fährt.« Der Blick, der ihn traf, war voller Verachtung. Dann beachtete das Mädchen ihn nicht weiter, sondern schaute aufs Meer hinaus. Adnan wusste nicht, was er tun oder sagen sollte. Er saß einfach da und musterte das Mädchen. Es war tatsächlich ein Mädchen, obwohl ihre schwarzen Haare unter der Kappe ganz kurz sein mussten. Vermutlich war sie in seinem Alter, doch Adnan konnte das nicht genau sagen, denn ihre dunkle Haut machte ihm das Schätzen schwer. Sie hatte eine schmale Nase und einen kleinen Mund. Irgendetwas an ihr ist besonders, dachte Adnan, doch er konnte nicht benennen, was es war.

»So, sagen das die Fischer«, erwiderte das Mädchen nach einer Weile. Ihr Arabisch hatte eine andere Färbung als Adnans, doch er konnte es verstehen. Das Mädchen schaute ihn erneut an. Ihr Blick war kämpferisch, aber auch ein klein bisschen ängstlich.

Adnan nickte, dann fügte er hinzu: »Ich möchte auch nach Italien. Genauer gesagt, ich muss: Meine Mutter und Onkel Sami haben es so beschl....«

Das Mädchen unterbrach ihn mitten im Satz. »Von hier fährt kein Boot.«

Adnan nickte erneut. »Von wo dann?«

»Bin ich ein Auskunftsbüro?«, fauchte sie ihn an.

Was für eine blöde Ziege, dachte Adnan und stand auf. Er ging zurück zu den Fischern, die ihn grinsend begrüßten.

»Na, weißt du jetzt Bescheid?«, feixte der Fischer mit der rauen Stimme.

Adnan verdrehte die Augen. »Mann, die nervt vielleicht.«

»Wer weiß, was die schon alles erlebt hat«, erwiderte der dünne Fischer mit der Baseballkappe, »die scheint schon einen weiten Weg hinter sich zu haben.«

»Muss sie deshalb so ruppig sein?«, meinte Adnan.

Die Fischer grinsten erneut. Auch das ging Adnan auf die Nerven. Er brauchte dieses blöde Grinsen nicht, er brauchte Informationen. »Von wo fahren die Boote denn jetzt ab?«

»Du meinst die Fähren? Na, von Tunis.« Die Fischer schienen ihren Spaß zu haben. Natürlich meinte Adnan nicht die regulären Fähren, die Reisende von Tunesien nach Italien brachten. Dafür brauchte man ein Visum, das er nie und nimmer bekam. Nein, Adnan meinte keine Fähre, sondern ein Flüchtlingsboot, das in der Dunkelheit in See stach.

»Bitte«, sagte Adnan nur.

Der dünne Fischer hatte ein Einsehen mit ihm. »Soviel ich weiß, starten noch Boote von Sfax. Nicht mehr viele, weil auch da die Polizei immer öfter kontrolliert.«

Sfax! Adnan versuchte sich die Karte von Tunesien vorzustellen, die in seinem Klassenzimmer hing. Oft hatte er darauf gestarrt, wenn ihn der Unterricht langweilte. Sfax? Wo lag dieses Sfax noch mal?

»Mehr im Norden«, der Fischer schien seine Gedanken zu erraten. »Zwischen hier und Sousse. Von dort ist es näher zur italienischen Insel Lampedusa als von hier.«

»Wie komme ich denn da hin?« Adnan fühlte sich im Moment nicht in der Lage, Pläne zu schmieden oder klar zu denken. Er fühlte sich nur schrecklich überfordert. Müde und hilflos.

»Wie bist du denn hierher gekommen, mein Junge?«, wollte der Fischer wissen, der sah, wie sich Adnan mit der Situation mühte.

»Mit dem Bus.«

»So kommst du auch nach Sfax, wenn du Geld hast. Aber Geld habt ihr, die ihr abhauen wollt, ja alle.«

Ich will nicht abhauen, hätte Adnan am liebsten gerufen. Ich will nicht, aber ich muss!

»Danke« – war alles, was er herausbrachte. Dann ging er zu einer Ecke des Hafengebäudes, vergewisserte sich, dass ihn niemand sah. Blitzschnell holte er den Umschlag mit dem Geld aus der Unterhose, genauso blitzschnell griff er sich einen Geldschein und versteckte den Umschlag wieder in seiner Unterhose.

Es dauerte lange, bis er im Kleinbus nach Sfax saß. Es war der letzte, der heute fuhr. Adnan schaute sich um, ob das Mädchen von der Mole ebenfalls im Bus war. Doch er sah sie nirgendwo. Die Fahrt ging nun wieder zurück, Richtung Djerba. Wie wär's, wenn ich bei der Abzweigung zum Römerdamm einfach aussteigen würde, kam ihm plötzlich in den Sinn. Von dort wäre es nicht mehr weit bis nach Midoun, bis zu seiner Familie. Er hatte solche Sehnsucht nach seiner Mutter, nach Maya, auch nach seinem Vater, nach Amal, Rahid und Nour. Was würden sie sagen, wenn er wieder vor ihnen stünde? Würden sie sich freuen? Würden sie ihn wieder wegschicken? Adnan sah das entschlossene Gesicht seines Onkels vor sich, dann das tränenüberströmte Gesicht seiner Mutter. Er hörte ihre Stimme, die so hilflos klang, als sie sagte: »Ich will nicht, dass du gehst, mein Junge. Aber es gibt keine andere Lösung. Du musst gehen.«

Tränen flossen über Adnans Wangen. Dann schüttelte das Schluchzen seinen ganzen Körper. Er konnte nicht mehr zurück, er musste nach Europa. Er musste es für seine Familie tun. Doch er fühlte sich überfordert und so unendlich einsam. Als die Abzweigung nach Djerba auftauchte, schloss Adnan die Augen, die Tränen flossen trotzdem weiter. Er hielt die Augen geschlossen und hing seinen Erinnerungen nach. Erinnerungen an einen Ausflug mit der ganzen Familie ans Meer. Dort konnte er den Kieselstein sechsmal hüpfen lassen und Vater tätschelte ihm anerkennend die Schulter. Maya, die damals noch ganz klein war, wagte tapsige Schritte ins Meer, plumpste in den feuchten Sand und ließ sich mit glucksendem Lachen von den Wellen umspülen. Später kaufte Vater von den Fischern frischen Fisch, den Mutter daheim in der Pfanne briet. Adnan schmatzte, ohne es zu merken. Dann erinnerte er sich an den Tag, an dem er zum ersten Mal Vater beim Töpfern helfen durfte. Die kleine Schale, die er töpferte, misslang, doch Vater lobte ihn, als hätte er eine Kostbarkeit gezaubert. Die Schale war weder rund noch oval, sie war einfach fürchterlich. Doch Vater glasierte sie und benutzte sie als Aschenbecher. Der hässlichste Aschenbecher von Midoun, wahrscheinlich von ganz Tunesien. Vater! Von

Vaters Lob glitten seine Gedanken zur Dattelpalme und zu seinen Freunden. Ob sie schon wussten, dass er nicht mehr zum Treffpunkt kommen würde? Dass sie ohne ihn den Afrika-Cup verfolgen müssten? Wussten sie, dass er sich nicht so sehr für Fußball interessierte wie sie? Adnan fühlte sich ihnen ganz nah, bis beißender Gestank von Ammoniak in seiner Lunge brannte. Er musste husten und riss die Augen auf, die gleich darauf ebenfalls brannten.

»Scheiß-Chemiewerk«, hörte er einen Mann hinter sich schimpfen. »Die machen unseren schönen Golf von Gabès kaputt. Er wird zu einer regelrechten Dreckbrühe.«

»Der ist doch schon längst tot«, sagte ein anderer. »Die Fischer ziehen nur noch tote Fische an Land. Das Chemiewerk leitet giftiges Abwasser ins Meer.«

Adnan rieb sich die brennenden Augen. Das Meer sah wie immer einladend blau aus, Palmen wiegten sich im Wind, Möwen segelten über den Wellen. Adnan konnte nicht glauben, was die Männer sagten. Doch da war dieser beißende Gestank.

»Mein Bruder arbeitet als Krankenpfleger hier im Krankenhaus. Er berichtet immer häufiger von Asthma und Hautkrankheiten – alles wegen des Chemiewerks«, fuhr einer der Männer fort. »Es ist ein Skandal und keiner tut etwas dagegen.«

Adnan hielt sich die Ohren zu. Er wollte nichts hören von Umweltskandalen und anderen Problemen in seinem Tunesien. Er wollte nur zurück zu seiner Familie. Und wenn das schon nicht ging, dann wenigstens zurück zu seinen Erinnerungen. Doch auch das gelang ihm nicht mehr.

Andere Gedanken drängten sich in seinen Kopf. Würde er für heute Nacht noch ein Schiff finden und wie überhaupt? Was brauchte er für die Fahrt, und wie lange würde sie dauern? Wenn heute Nacht kein Schiff ging, wo sollte er schlafen? Er kannte niemanden in Sfax.

Die Luft wurde besser, das Chemiewerk lag hinter ihnen. Adnan lehnte den Kopf an die Fensterscheibe und wurde schläfrig.

Sfax

»Sfax! Endstation! – Junge, wir sind da.«
Adnan rieb sich die Augen und fuhr sich benommen durch die lockigen Haare. Verschlafen schnappte er seinen Rucksack und stieg aus. Auf dem Bahnhof herrschte reges Treiben, Adnan fühlte sich wie betäubt – und er hatte Hunger. Von den Essen-ständen duftete es verführerisch, ihm lief das Wasser im Mund zusammen. Am liebsten hätte er von allem gekostet. Doch er entschied sich für einen Teller Couscous, in das eine Merguez, ein scharf gewürztes Hammelwürstchen, geschnitten war. Es schmeckte herrlich, sodass Adnan die Portion im Nullkomma-nichts verputzt hatte. Die Frau am Essenstand grinste, als er den Teller nach einer Minute zurückgab. »Es gibt noch ein biss-chen Nachschlag«, bot sie ihm großzügig an. Adnan nickte dank-bar, denn satt war er ganz und gar nicht.
Zum Schluss trank er noch einen gesüßten Minztee, der ihn wie-der munter machte.
»Wie komme ich zum Hafen?«, fragte er die Frau leise. Sie seufz-te, denn sie konnte sich schon denken, warum Adnan zum Hafen wollte. »Entweder du gehst immer die Straße entlang, bis du zum Wasser kommst und dann rechts. Oder du nimmst eine Louage oder ein Taxi.«
»Taxi kommt nicht in Frage«, antwortete Adnan, der sofort an das Geld dachte, das ein Taxi kosten würde. Doch er hatte nicht mehr viel Zeit, denn die Sonne war bereits untergegangen. Darum fragte er: »Wo fährt denn die Louage zum Hafen ab?«
Die Frau deutete mit dem Kinn nach rechts. »Dort drüben, Num-mer sieben. Inschallah.«
»Vielen Dank, Madame.«

»Mach's gut, mein Junge. Und pass auf dich auf!«

Im Hafen von Sfax war deutlich mehr los als in Jarjis. Viele Leute bummelten an der Hafenpromenade entlang. Der Duft von Popcorn hing in der Luft. Ein verführerischer Duft. Adnan sah einen Verkäufer mit einem Popcorn-Stand auf Rädern. Obwohl er Geld sparen musste, konnte er nicht widerstehen.
»Eine Tüte, bitte.«
Genießerisch knabberte er das Popcorn, das manchmal im Mund knallte und im Gaumen kitzelte. Mit der Popcorn-Tüte in der Hand kam er sich vor wie ein Junge aus Sfax, der im Hafen herumstromerte, den lauen Sommerabend genoss, die Schiffe beobachtete und Popcorn naschte. Und nicht wie ein junger Mann, der sein Land verlassen musste, um seiner Familie zu helfen. Er seufzte und ging weiter, vorbei an den beiden Polizeibooten, die sein Herz schneller schlagen ließen. Dorthin, wo die großen Containerschiffe be- und entladen wurden. Hier waren nur noch wenige Menschen unterwegs.
»Was schleichst du hier herum?«, blaffte ihn ein Mann mit zwei Zahnlücken an.
»Ich, ich suche ein Boot oder ein Schiff«, stammelte Adnan. Er wusste, dass er vorsichtig sein musste, gleichzeitig musste er herausbekommen, von wo die Flüchtlingsboote losfuhren.
»Wofür brauchst du denn ein Boot, Junge?«, fragte der Zahnlückenmann.
Konnte Adnan ihm trauen? Hatte dieser Mann vielleicht etwas mit dem Polizeiboot zu tun? Aber so wie er aussah, mit zerschlissenem Hemd und fadenscheiniger Hose, war das vermutlich ein normaler Hafenarbeiter. Oder war das alles Tarnung und dieser Mann war auf der Suche nach Flüchtlingen?
»Ich suche ein Boot, das mich nach Italien bringt.« Mit dem Satz ging Adnan ein hohes Risiko ein.
»Nach Italien? Ohne Visum, nehme ich an«, flüsterte der Mann. Adnan nickte und schloss für einen Moment die Augen. Wenn der Mann doch ein getarnter Polizist war, dann war Adnan jetzt verloren.

»Es fährt ein Boot. Morgen. Hast du Geld?«, sagte der Mann kaum hörbar.

Adnan nickte.

»Wieviel?«

»Genug«, erwiderte Adnan, der sich selbst über seinen Mut wunderte. Doch er wollte dem Fremden auf keinen Fall sagen, wie viel Geld er mit sich herumtrug.

Der Zahnlückenmann nahm sein Mobiltelefon und telefonierte. Leise. Nur ein paar abgehackte Sätze, die Adnan nicht verstand. Vielleicht konnte er auch nichts hören, weil sein Herz so wild klopfte. Er wusste immer noch nicht, ob er dem Mann trauen konnte. Doch was sollte er sonst tun?

»Für 30 Euro bringe ich dich zu dem Haus, in dem alles geregelt wird«, meinte der Mann nun.

30 Euro, so schnell er konnte rechnete Adnan den Betrag in Tunesische Dinar um. 30 Euro, das war verdammt viel Geld. Doch was nutzte ihm all sein Geld, wenn er kein Boot finden würde. Ohne weiter nachzudenken, antwortete Adnan: »15 Euro – und wir sind im Geschäft.«

Der Mann pfiff anerkennend durch die Zahnlücken. »Das ist neu, dass Flüchtlinge verhandeln, aber das gefällt mir, Jungchen. Du wirst es zu was bringen. – Einverstanden.«

Er streckte die Hand mit der Handfläche nach oben aus. Doch Adnan schüttelte den Kopf. »Erst wenn ich bei dem Haus bin.«

»Das wird ja immer schöner«, murmelte der Zahnlückenmann, doch das Zucken seiner Mundwinkel verriet, dass ihm Adnans Verhalten gefiel.

Im Moment fühlte sich Adnan sehr erwachsen.

Der Mann trieb zur Eile an. »Los Jungchen, ich hab nicht ewig Zeit.«

Sie gingen durch unbeleuchtetes, verwinkeltes Gassengewirr. Schon nach wenigen Metern hatte Adnan die Orientierung verloren. Es roch nach Fisch und Urin und angebratenen Zwiebeln. Kinderlachen war zu hören. Und eine Fußballübertragung. Der Afrika-Cup! Eine Frau schleppte Einkaufstaschen. Männer standen zusammen und schwatzten. Sie schauten Adnan und seinem

Begleiter nach. Adnan fühlte sich unbehaglich. Wohin würde ihn der Zahnlückenmann bringen? War es richtig, ihm zu vertrauen? Er umklammerte Mayas Stein.

Maya, dies ist und bleibt ein doofer Ausflug. Bei einem Ausflug sollte man doch keine Angst haben, aber ich habe schreckliche Angst.

Vor einem heruntergekommenen Haus blieb der Mann stehen. Im matten Schein einer Straßenlaterne konnte Adnan erkennen, dass die Fenster im oberen Stockwerk zugemauert waren und Gras aus den Mauerritzen wuchs. Der Mann klopfte zweimal kurz, einmal lang, zweimal kurz. Sofort wurde die Tür geöffnet und Adnan in ein Zimmer bugsiert, in dem vier Matratzen lagen.

»Ich habe meinen Teil unserer Abmachung erfüllt, jetzt bist du dran«, sagte der Zahnlückenmann.

Wie konnte Adnan wissen, dass er wirklich zum richtigen Platz gebracht worden war? Der Mann schien seine Gedanken zu erraten. »Jetzt musst du mir vertrauen, Jungchen. Los, mach schon. Ich muss wieder zurück zum Hafen. Meine Pause ist gleich um.«

Adnan drehte sich zur Ecke, nestelte in seiner Hose und holte das Geld hervor.

»Kein besonders originelles Versteck«, sagte der Mann lachend und deutete auf Adnans Hose. »Da schauen doch alle zuerst nach.« Er nahm die Scheine, stopfte sie zwischen Fuß und Schuh, grinste – »auch nicht das ideale Versteck« – und verschwand.

Im Dämmerlicht des Zimmers setzte sich Adnan auf eine der speckigen Matratzen und wartete. Er war hundemüde. Warum war er nur den ganzen Tag so müde? Daheim reichte seine Energie ewig. Im Sitzen fielen ihm die Augen zu, aber nur für ein paar Minuten. Dann wurde die Tür aufgestoßen. Adnan fuhr erschrocken hoch. Zwei Männer in Armeehosen und dunklen T-Shirts standen vor ihm. Sie grinsten. »Setz dich«, sagte der Ältere, der vielleicht 30 war. Es klang freundlich.

Die Männer setzten sich zu ihm. »Du willst nach Italien?«

Adnan nickte.

»Mit 1000 Euro bist du dabei.« Der Ältere zündete sich eine Zigarette an.

»So, so viel habe ich nicht«, stotterte Adnan. So viel habe ich nicht mehr, hätte er sagen sollen. Die Busfahrten, das Essen, die 15 Euro, um in dieses Loch zu kommen … Onkel Sami hatte wohl genau gewusst, was die Überfahrt kostet, aber weiter hatte er nicht gedacht, als er sich das Geld lieh.

»So viel kostet es aber«, sagte nun der Jüngere und schaute nicht mehr so freundlich drein. »Das ist schließlich keine Vergnügungsfahrt.«

Adnan nickte.

»Wie viel hast du denn?«, lenkte der Ältere ein und kratzte sich am Oberarm.

Adnan wollte sein Geldversteck nicht verraten, deshalb überschlug er seine Ausgaben. »900 Euro«, erwiderte er, ohne die genaue Summe zu kennen.

Blitzschnell tauschten die beiden Männer Blicke, dann folgte ein leichtes Schulterzucken des Jüngeren und ein kaum wahrnehmbares Nicken des Älteren. »Ist zwar ein bisschen wenig, Junge, aber wir wollen mal nicht so sein. – Okay, du bist morgen dabei. Bis dahin kannst du es dir hier bequem machen.«

Adnan nickte erneut.

»Achmed, komm schnell«, rief eine tiefe Männerstimme aus einem anderen Teil der Wohnung. Sofort sprangen die Männer auf.

»Kannst schon mal das Geld bereithalten«, zischte ihm der Jüngere beim Hinausgehen zu, »wir holen es gleich ab.«

Nachdem die Männer hinausgegangen waren, griff Adnan sofort in den Bund seiner Hose und fischte den Briefumschlag heraus. Er zählte die 900 Euro ab und lächelte, denn ihm blieben noch 65 Euro. Adnan rechnete die Summe in Tunesische Dinar um. Vielleicht hätte Maya schneller gerechnet, schließlich hatte sein cleveres, kleines Schwesterchen ein »très bien« in Mathe. Maya! Ganz deutlich sah er das ovale Gesicht seiner Schwester mit den dunklen Augen vor sich, das von demselben schwarzen, wuscheligen Lockenkranz umschlossen war wie sein eigenes.

Da er Geräusche hörte, stopfte Adnan das restliche Geld schnell wieder in die Unterhose.

»Alles bereit?«, fragte der Jüngere beim Eintreten.

Ohne ein Wort gab ihm Adnan das Geld. Der Jüngere zählte die Scheine, nickte und gab sie dann dem Älteren. »Morgen Nacht bringen wir dich und die anderen zu einem Motorboot, mit dem ihr nach Lampedusa schippert. Die Wettervorhersage ist ideal: kaum Wind, kein Regen. Die Fahrt wird nur ein paar Stunden dauern. Willst du noch was wissen?«

»Wo sind die anderen?«

»Ein paar werden heute Nacht noch kommen, der Rest geht dich nichts an. Besser, du weißt nicht zu viel.«

Mit der Antwort war Adnan überhaupt nicht zufrieden, sie kam ihm sogar äußerst merkwürdig vor. Da sich die Männer anschickten zu gehen, stellte Adnan schnell noch eine Frage: »Wo gehe ich hin, wenn ich mal muss?«

»Hä?«, der Jüngere schaute ihn an, als würde Adnan japanisch reden.

»Pissen – er meint pissen«, erklärte der Ältere.

Die Gesichtszüge des Jüngeren hellten sich auf, als hätte jemand ein Licht angeknipst. »Ach so, dazu musst du über den Hof. Ich zeige es dir.«

»Aber sonst ist es besser, wenn du im Zimmer bleibst. Je weniger du auffällst, desto besser«, fügte der Ältere hinzu.

Adnan hatte sowieso nicht vorgehabt, das Haus zu verlassen. Er war froh an einem Ort zu sein, wo er bleiben konnte, auch wenn dieser Ort merkwürdig war. Außer den speckigen Matratzen gab es nichts im Zimmer. Die kahlen Wände waren übersät mit kleinen Blutflecken von zerquetschten Moskitos. In den Ecken hatten Spinnen ihre Netze gewoben, in denen sich Fliegen verheddern und mit dem Tod rangen. Durch ein winziges Fenster drang tagsüber etwas Licht. Nun sorgte eine matte, nackte Glühbirne, die von der Zimmerdecke baumelte, für schummrige Beleuchtung.

»Los, komm!« Der Jüngere zog Adnan am Ellenbogen hoch. »Ich muss jetzt gar nicht«, protestierte Adnan.

»Egal, ich zeig's dir trotzdem. Nachher bin ich weg oder hab keine Zeit mehr.«

Sie tasteten sich durch einen unbeleuchteten Flur. Nur das Licht der Straßenlaterne sorgte dafür, dass Adnan die Umrisse erkennen konnte. Er ging an mehreren geschlossenen Zimmertüren vorbei. Gerne hätte er gewusst, wer hinter diesen Türen wohnte. Ob überhaupt jemand hier wohnte? Aus einem Zimmer drang der Duft von gebratenen Zwiebeln und Knoblauch, gemischt mit dem Duft von Fleisch. Adnan atmete tief ein.

Der Hof sah aus wie der daheim in Midoun. Ein Brunnen, Wäscheleinen, an denen Wäsche trocknete, alte Blecheimer, in denen Tomaten oder Minze oder Petersilie oder Sonnenblumen gezogen wurden. Fehlt nur, dass Maya angehüpft kommt, dachte Adnan und seufzte.

Das Klo war ein kleines Holzkabuff. Schon vor der Tür stank es fürchterlich.

»Musst du doch?«, fragte der Jüngere, als Adnan den Holzgriff in die Hand nahm.

»Vorsorglich«, sagte Adnan. Er hatte keine Lust, in dieser Nacht noch einmal über den dunklen Flur zum Hof mit dieser stinkenden Toilette zu gehen. Lieber presste er jetzt ein paar Tropfen heraus.

Adnan war froh, als er wieder im Zimmer war.

»Mach's dir gemütlich«, sagte der Jüngere, tippte zum Gruß mit Zeige- und Mittelfinger an seine Schläfe und verschwand. Adnan legte sich auf eine der Matratzen, verschränkte die Arme hinterm Kopf und starrte zur Decke. Ein Ventilator, der sich bestimmt schon lange nicht mehr drehte und dem ein Flügel fehlte, hing dort. Adnan überdachte seine Lage: Er war heute über Umwege nach Sfax gekommen. Er hatte schrecklich viel Geld an einen Mann gegeben, den er nicht kannte und der ihm merkwürdig vorkam. Er lag in einem heruntergekommenen Haus auf einer genauso heruntergekommenen Matratze. Noch 24 Stunden, dann würde er Tunesien verlassen und in ein fremdes Land fahren, in das er nicht fahren wollte. Das klang alles andere als toll.

Der Duft von Gebratenem war mittlerweile im Zimmer angekommen. Adnan schnupperte. Ohne nachzudenken stand er auf,
ging aus dem Zimmer und klopfte an die Tür, aus der es so köstlich duftete.

Eine dicke Frau riss die Tür auf und fragte grimmig: »Was willst
du?«

»Ich, ich, ich … es duftet hier so gut. Entschuldigung«, stammelte Adnan und lief tomatenrot an.

Die Gesichtszüge der Frau entspannten sich, sie lächelte. »Ich
habe Lammfleisch angebraten, dazu gibt's Couscous und Karotten. Hast du Hunger?«

Adnan nickte, die Frau zog ihn ins Zimmer. Sekunden später
saß Adnan auf einer dünnen Matratze neben einem Jungen, der
ein paar Jahre älter war als er.

Der Topf mit dem Essen war zwar groß, aber nur die Bodende-
cke war mit Couscous bedeckt. »Es wird schon reichen«, sagte
die dicke Frau, als sie Adnans Zögern bemerkte. »Wie heißt du,
Jungchen, und was machst du hier?«

»Adnan, mein Name ist Adnan, ich komme aus Midoun auf
Djerba…«

»… und du willst bestimmt nach Italien, wie alle, die hier unter-
gebracht werden«, ergänzte die Frau.

»Ich will nicht, aber ich muss«, verbesserte Adnan. »Meine Familie schickt mich dorthin, damit ich Geld verdiene und sie
dann unterstützen kann.«

»Ich will auch nach Italien«, nörgelte der Junge neben ihm,
»aber wir haben kein Geld für die Überfahrt.«

»Auch wenn wir das Geld hätten, ich würde nie erlauben, dass
du fährst. Es ist viel zu gefährlich, mein Junge.« Zu Adnan sagte
sie: »Iss, wer weiß, wann du wieder gutes tunesisches Essen bekommst.«

Das musste sie Adnan nicht zweimal sagen. Höflicherweise wollte er warten, bis seine Gastgeber etwas gegessen hatten, doch
das ließ die Frau nicht zu. »Du bist unser Gast, also bedien dich.«
Adnan griff mit der rechten Hand in den Topf, nahm sich etwas
von dem klebrigen Couscous, formte ihn zu einer kleinen Kugel

und steckte ihn in den Mund. Es schmeckte herrlich. Nach Minze, nach Chili, nach Zwiebeln. Adnan schmatzte, als Zeichen, dass es ihm schmeckte. Die Frau lächelte und nickte ihm auffordernd zu, sodass er noch einmal zugriff. Er fischte sich ein kleines Stück Lammfleisch aus dem Topf.

»Italien«, murmelte der Junge neben ihm. »Ich möchte auch nach Italien. Kannst du mich nicht mitnehmen? Nach Europa. Dort hätte ich eine Chance. Dort könnte ich lernen und arbeiten. Dort hätte ich die Möglichkeit auf ein besseres Leben. Aber hier? Hier bleibe ich der kleine Raoul, der zwar ein paar Jahre in der Schule war, aber doch keine Arbeit findet. Der sogar eine Ausbildung machen würde, egal welche, doch es gibt keine für ihn. Das ist in Europa besser. Ich habe gehört, dass man dort Arbeit findet. Mir wäre egal, welche. Hauptsache etwas tun, Hauptsache Geld verdienen...«

»Tststs.« Raouls Mutter schnalzte energisch mit der Zunge, sodass Raoul mitten im Satz verstummte. »Ich will nichts davon hören. Es ist nicht gut für uns. Hast du schon vergessen, was mit deinem Onkel passiert ist?«

Raoul nahm sich etwas Couscous, starrte dann auf die Matratze, als wäre sie das Interessanteste auf der Welt.

Adnan schaute fragend zu Raouls Mutter, doch sie erwiderte seinen Blick nicht. Plötzlich schien sie weit weg zu sein.

»Weißt du, wie Togo gegen Senegal gespielt hat?«, fragte Adnan, um die Stille und die merkwürdige Stimmung zu durchbrechen.

»Togo, Senegal? Die spielen doch gar nicht in derselben Gruppe«, antwortete Raoul. »Du meinst wohl Togo gegen Elfenbeinküste. Das Spiel ist erst morgen.«

Adnan nickte verlegen. Wie peinlich. Nour wäre das nicht passiert, aber der hätte sich über Adnans Nichtwissen schlapp gelacht. Nour, der jeden Spieler und jede Spielpaarung des Afrika-Cups kannte.

Adnan griff noch dreimal in den Topf, doch die merkwürdige Stimmung, die nun zwischen Mutter und Sohn herrschte, gefiel ihm nicht. Er bedankte sich fürs Essen und ging wieder zurück ins andere Zimmer.

»Alles klar, Mann?«

Adnan staunte nicht schlecht, denn zwei Männer so um die 20 saßen nun in »seinem« Zimmer.

»Alles klar.«

Viel mehr als dieses ›alles klar, Mann‹ sagten die beiden nicht. Schweigend verteilten sie sich auf die Matratzen.

Als Adnan aufwachte, waren sie nicht nur zu dritt, jetzt saßen mehr als 20 Leute, vor allem Männer, aber auch zwei Frauen, in dem Raum. Adnan setzte sich auf, er war durstig. Die Luft war schlecht, es war heiß. Draußen spiegelte sich die Sonne im Fenster des Nachbarhauses.

»Du hast vielleicht einen tiefen Schlaf, Jungchen«, sagte ein dicker Mann, der neben ihm saß. »Wir hätten dich heute Nacht wegtragen können, wetten, du hättest nichts gemerkt?« Er lachte und sein schwarzer Schnurrbart hüpfte auf und ab. »Beneidenswert«, meinte eine Frau, die beinahe genauso dick und vermutlich seine Ehefrau war.

Im Zimmer war es Adnan nun zu voll. Obwohl er am Tag zuvor ermahnt worden war, er solle das Zimmer nur verlassen, wenn es unbedingt nötig sei, schlenderte er in den Hof. Dort hockte Raoul im Schatten. Er winkte Adnan. »Wie geht's?«

Adnan setzte sich zu ihm. Sofort fiel ihm das merkwürdige Gespräch wieder ein. Ohne Umschweife fragte er deshalb: »Was ist mit deinem Onkel passiert?«

Raoul seufzte. »Onkel Ahmad wollte nach Europa. So wie du. Er wollte mit dem Boot übers Meer und sich dann nach Frankreich durchschlagen.« Raoul seufzte erneut.

»Und dann?«

»Wir begleiteten ihn zum Strand. Nachts. Es waren viele Leute dort und ein kleines Boot. Ich hätte nie gedacht, dass so viele in so ein kleines Boot passen. Als meine Mutter das Boot sah, versuchte sie meinen Onkel zu überreden, dass er nicht einsteigen solle. Es sei zu gefährlich. Doch Ahmad beruhigte sie, dass es schon gut gehen würde. Außerdem hatte er für den Platz im Boot bereits viel Geld bezahlt. Auch Mutter hatte dafür von ihrem Geld gegeben. Doch das war ihr egal. Sie zerrte noch an seinem Arm, als er einstieg. Sie schrie und jammerte. Es war peinlich! Der Onkel küsste sie zum Abschied auf die Stirn und wischte ihr die Tränen weg.« Raoul atmete schwer. »Mutter sollte recht behalten: zu viele Menschen in einem zu kleinen Boot mit einem altersschwachen Motor. Schon nach ein paar Kilometern gab der Motor den Geist auf. Was dann alles passierte, weiß ich nicht. Aber ich weiß, dass mein Onkel nie das italienische Ufer erreichte. Und auch nicht das tunesische. Er ertrank. Irgendwo im Meer. Zusammen mit den meisten Passagieren. Die Nachricht machte Mutter krank. – Und ich darf es nun nicht versuchen.«

Adnan schluckte. Daran, dass ein Boot sinken könnte, hatte er überhaupt nicht gedacht. Eigentlich hatte er seit seiner Abreise nie weiter als bis zum nächsten Schritt gedacht. Nach Raouls Bericht hatte er Angst. Schreckliche Angst vor der nächsten Nacht.

Er brauchte Ablenkung, außerdem hatte er Durst und schon wieder Hunger. Adnan verabschiedete sich von Raoul, ging über den Hof in die schmale Gasse. Ohne zu überlegen bog er nach rechts, ging 50, vielleicht 100 Meter, bis er einen kleinen Laden entdeckte. Dort kaufte er eine große Flasche Wasser, Datteln und drei Brik, tunesische Teigtaschen mit einer Kartoffel-Zwiebel-Thunfisch-Füllung. Als er bezahlte, freute er sich: Das war das Geld, das er eigentlich den Männern hätte geben müssen.

Mit seinen Köstlichkeiten suchte sich Adnan ein ruhiges Plätzchen, doch er fand keinen Schattenplatz. Also ging er zurück in den Hof. Raoul war nicht mehr zu sehen. Adnan lehnte sich an die warme Mauer der Hauswand. Er nahm einen großen Schluck aus der Plastikflasche, biss dann in das Brik und schloss genießerisch die Augen.

Sofort tauchten Bilder hinter seinen geschlossenen Augen auf, die ihn ängstigten. Bilder von Menschen, die sich in ein Boot quetschten. Bilder von Menschen, die im Wasser trieben und um Hilfe riefen. Adnan wollte diese Bilder nicht sehen, er zwang sich, an daheim zu denken. Automatisch griff er in seine Hosentasche und tastete nach Mayas Stein. Er sah das fröhliche Gesicht seiner Schwester vor sich. Er sah seine Freunde unter der Dattelpalme sitzen und die Fußball-Ergebnisse diskutieren, dann sah er seine weinende Mutter, die ihn zum Abschied umarmte. Dann mischten sich wieder Menschen, die im Wasser trieben, in seine Gedanken.

Vor der Überfahrt

Draußen war es dunkel. Alle kauerten schweigend im Zimmer und warteten. Das Reißen von Klebeband durchbrach die Stille. Jemand wickelte seine Dokumente in Folie ein. Mit hibbeligen Füßen saß Adnan da und wartete viele Stunden. Er und alle anderen waren angespannt. Wann würde es endlich losgehen? Plötzlich kam ein Mann, lehnte sich an die Tür und sagte: »Heute wird es nichts mehr. Die Küstenwache kontrolliert mit vier Booten. Das ist zu riskant. Also morgen.«
Keiner im Zimmer sagte ein Wort. Die Anspannung wich großer Langeweile. Adnan schlief ein.

Als er aufwachte, erzählte ein Mann gerade, dass dies schon sein fünfter Versuch sei. »Beim ersten Versuch verhaftete uns die Küstenwache. Beim zweiten Mal sollte ich mit einer kleinen Jacht nach Italien gebracht werden, doch kurz nach dem Ablegen kam die Küstenwache. Bei Versuch Nummer drei streifte das Schlauchboot ein Riff, riss auf und sank. Zum Glück konnte ich schwimmen und mich an die Küste retten. Beim vierten Versuch beklaute uns der vermeintliche Schleuser am Strand. Er nahm unser Geld, aber ein Boot kam nicht. Dies ist nun mein fünfter Versuch.«
Jemand stöhnte. »Ich kann nicht schwimmen.«
»Ich auch nicht.«
Adnan dachte an seine sieben, acht Schwimmzüge. Die würden ihn nicht weit bringen.

Drei weitere Tage saßen sie noch in dem Zimmer. Immer wieder wurde die Abfahrt verschoben. Mal hieß es, die Küstenwache kontrolliere, dann waren die Wellen zu hoch oder das Wetter zu schlecht. Manchmal ging Adnan zu Raoul, aber meistens langweilte er sich, gleichzeitig war die Anspannung da, die sein Herz immer wieder schneller schlagen ließ und dafür sorgte, dass seine Hände feucht wurden. Die Stunden vergingen mit Dösen. Er hörte das Hupen der Autos, das zu ihnen heraufschallte. Bellende Hunde. Den Singsang der Altmetallhändler, die durch die Straßen zogen. Er starrte auf die Wände mit den Blutflecken, stündlich kamen neue hinzu.

Endlich, am Abend des dritten Tages, ging die Tür auf und ein Mann flüsterte: »Bereitet euch vor.«
Hektisch packte jeder seine Sachen.
»Es geht los. Seid leise!«
Als Adnan am Zimmer von Raoul und seiner Mutter vorbei ging, hörte er, wie Raoul wieder von der Flucht sprach. Er verstummte, als er die vielen Schritte im Flur hörte.
»Auf Wiedersehen, Raoul«, murmelte Adnan.
Vor dem Haus stand ein Lieferwagen. Auf dem Beifahrersitz saß ein Mann, der telefonierte.
»Schnell, schnell.« Der Mann, der ihnen Bescheid gegeben hatte, zwang alle in den fensterlosen Laderaum zu steigen. Adnan stolperte über eine Tasche, er taumelte. Beinahe wäre er in der Dunkelheit des Lieferwagens gestürzt. Doch er fiel nicht, sondern rempelte gegen irgendjemanden. »Pass doch auf«, zischte eine Männerstimme, vermutlich der Dicke.
Adnan hätte sich die Entschuldigung sparen können, denn als der Wagen losfuhr, rempelten, stießen und schubsten alle gegeneinander. Ein Glück, dass es zu eng zum Umfallen war. Aber auch beinahe zu eng zum Atmen.
»Luft, ich brauche Luft«, sagte eine Frauenstimme.
»Ich auch! Das hält doch niemand aus«, rief eine andere Stimme.
»Wie lange sollen wir das denn mitmachen? Die behandeln uns wie Vieh!«
»Ruhe!«, ertönte nun eine energische Männerstimme direkt neben Adnan. »Wir müssen Ruhe bewahren, dann halten wir das hier besser aus.«

»Ruhe? Sie haben gut reden. Der Jemand neben mir soll gefälligst seine Hände von meinem Po nehmen. Außerdem kann ich meine Tasche nicht finden«, erwiderte die Frauenstimme.

»Die Tasche kann hier nicht verlorengehen. Hier kommt nichts weg – ein echter Vorteil«, antwortete jemand.

Adnan hörte Gekicher.

»Hoffentlich geben sie uns kein Schlauchboot«, sagte nun eine andere Stimme. »Ich hab die Überfahrt schon mal versucht. Wir waren 14 Personen in einem winzigen Schlauchboot. Nach 20 Minuten ging die Luft raus und wir mussten umkehren. Die rechte Seite des Bootes war schon unter Wasser, auf der linken war noch Luft im Boot. Ein sehr kleiner Mann kletterte auf mich. Er hatte Angst vorm Ertrinken. Nicht alle kamen wieder an Land. – Bloß kein Schlauchboot!«

Daraufhin sagte keiner mehr ein Wort.

Maya, das ist der schrecklichste Ausflug, den ich je gemacht habe. Wenn das mit dem Schlauchboot stimmt, dann, ja dann weiß ich nicht, ob ich dir deinen Stein jemals wiedergeben kann.

Irgendwann hielt der Lieferwagen. Der Strand war flach und sandig. Adnan atmete tief durch, die kühle Meeresluft erfrischte ihn. Die Lichter von Sfax waren zwar zu erkennen, doch sie waren weit entfernt. Als sich seine Augen an die Dunkelheit gewöhnt hatten, sah er den Mann auf dem Beifahrersitz wieder oder immer noch telefonieren. Und er sah, dass noch mehr Menschen am Strand waren als die aus dem Lieferwagen. Manche umarmten sich zum Abschied, andere standen wartend da und starrten aufs Meer. Das war ganz glatt, wie gebügelt. Ruhig, wie ein See.

»Soll das ein Witz sein? Da passen wir doch nicht alle rein!«

Adnan drehte sich um. Er sah ein Fischerboot, klein, viel zu klein für all die Menschen hier.

Wenigstens ist es kein Schlauchboot, Maya! Aber mehr als 20 Leute finden darin keinen Platz. Am Strand sind aber 40, vielleicht 50 Leute.

Nicht alle würden mitkommen, das war klar. Manche waren hier, um ihre Söhne oder Männer zu verabschieden. Egal, wie viele hier bleiben würden, das Boot bot nicht genügend Platz für die, die mitwollten. Wie bei Raouls Onkel, dachte Adnan. Verdammt! Verdammt! Verdammt!

Er bemühte sich, äußerlich ruhig zu bleiben. Doch in seinem Kopf hämmerte es ununterbrochen: Nein, nicht in dieses Boot einsteigen! Das ist Selbstmord! Das ist Selbstmord! Nicht in dieses Boot!

Er schaute sich um, als könne er einen Ausweg finden. Doch er sah nur Menschen. Stumme Menschen, weinende Menschen, Menschen, die sich voneinander verabschiedeten, Menschen, die aufs Meer starrten, in dem sich die Sterne spiegelten. Und die Lichter von ein paar Fischerbooten. Zwischen all den Menschen fühlte sich Adnan unendlich einsam. Er wollte weg. Zurück. Heim. – Nicht in dieses Boot!

Plötzlich war ihm kalt. Seine Lippen zitterten. Er schluckte. Er wollte nicht weinen, schließlich war er beinahe 14, fast schon ein Mann. Adnan taumelte. Am liebsten hätte er sich in den Sand fallen lassen und wäre liegen geblieben.

»Mensch, pass doch auf! Hast du keine Augen im Kopf?«, fauchte ihn jemand an.

Adnan machte sich nicht die Mühe, die Person anzuschauen. Sollte sie doch meckern, Hauptsache sie ließe ihn in Ruhe.

»Du bist das? Hast du es also auch hierher geschafft!«

Nun drehte sich Adnan doch um. Es dauerte einen kurzen Moment, bis er sie in der Dunkelheit erkannte. Es war das Mädchen aus Jarjis, das einsilbige, unfreundliche Mädchen. Obwohl er keine guten Erinnerungen an ihr erstes Aufeinandertreffen hatte, war Adnan froh, zwischen all den Fremden ein halbwegs bekanntes Gesicht zu sehen. Dem Mädchen schien es genauso zu gehen, denn es fragte weiter: »Willst du auch mit dem Boot fahren?«

Nein, ich will nicht – hätte Adnan am liebsten geantwortet, stattdessen sagte er: »Bin ich ein Auskunftsbüro?«

Das Mädchen grinste. Adnan auch. Mitten in dem Durcheinander am Strand setzten sie sich in den Sand.

»Auskunftsbüro – wie heißt du? – Ich bin Dhura.«

»Adnan, ich heiße Adnan.«

Dhura nickte, umfasste ihre Knie und starrte aufs Meer.

»Ein Scheiß-Boot«, sagte Adnan.

Dhura nickte erneut. »Aber das Meer ist spiegelglatt, da wird es hoffentlich keine Probleme geben.« Doch ihre Stimme hörte sich nicht überzeugend an. »Kannst du schwimmen?«

»Ein bisschen«, antwortete Adnan.

»Sei froh. Ich kann überhaupt nicht schwimmen. Wenn der Kahn absäuft ...«

»Willst du trotzdem mitfahren?«, fragte Adnan.

»Ich hab keine andere Wahl«, sagte sie leise.

Aber ich, dachte Adnan. Ich hab eine Wahl. Ich kann jetzt aufstehen, kann zurück nach Sfax und morgen weiter nach Djerba. Spätestens am Abend wäre ich wieder daheim. Und dann? Maya würde sich sehr freuen. Mutter auch, zumindest am Anfang. Vater auch. Onkel Sami dagegen wäre fürchterlich böse. Und erst all die Nachbarn, Verwandten und Freunde, die ihm Geld für die Überfahrt gegeben hatten. All das Geld wäre futsch und er könnte es nie und nimmer zurückzahlen. Nein, er hatte auch keine Wahl, er musste in dieses klapprige Boot steigen.

»Ihr müsst euer Gepäck hier lassen«, befahl nun der Mann, der die ganze Zeit telefoniert hatte.

»Aber wir brauchen das doch«, beschwerte sich die dicke Frau.

»Nein!«, erwiderte der Mann energisch. »Entweder ohne Gepäck oder gar nicht. Keine Widerrede. Und nun beeilt euch.«

Schnell schob sich die dicke Frau alles Mögliche in ihre Jackentaschen.

In Windeseile zog Adnan den Pullover an, den er noch im Rucksack hatte. Mayas Stein war sowieso in der Hosentasche. Auf die Ersatz-Unterwäsche konnte er verzichten. Er trank die Wasserflasche leer und ließ sie einfach neben dem Rucksack liegen.

»Schnell, schnell. Wir haben nicht ewig Zeit«, mahnte der Mann.

Ohne weiter nachzudenken zog Adnan seine Stoffschuhe aus, schnürte die Enden der Schnürsenkel zusammen, legte sie sich über die Schulter und krempelte seine Hosenbeine hoch. Dann watete er zusammen mit Dhura ins Wasser, bis sie das Boot erreicht hatten. Gerade versuchte der Dicke, sich aufs Boot zu hangeln. Doch er platschte ins Wasser zurück. Fluchend versuchte er es erneut. Irgendjemand drückte ihn hinauf, während einer von oben zog. Dann wurde Adnan eine Hand entgegengestreckt. Er ergriff sie, die Hand riss ihn nach oben, schleifte ihn aufs Deck, wo der Dicke bereits atemlos lag. Schnell rappelte sich Adnan auf und reichte Dhura die Hand. Sie nahm seine Hand und ließ sie nicht mehr los. Die beiden quetschten sich auf eins der Bretter, die als Sitzplatz dienten. Sie saßen Schulter an Schulter, Hüfte an Hüfte. Adnan spürte, wie Dhura zitterte. Nicht vor Kälte, sondern aus Angst. Er drückte ihre Hand etwas fester, sie erwiderte den Druck.

Der Mann, der den Lieferwagen gefahren hatte, erklärte nun einem der Männer, wie der Bootsmotor funktionierte. »Es ist genügend Benzin im Tank, das reicht problemlos bis Lampedusa, würde sogar wieder zurück reichen, aber da wollt ihr wahrscheinlich nicht hin«, sagte er mit einem schiefen Grinsen. »Zur Sicherheit habe ich auch noch vier Paddel ins Boot gelegt.« Er deutete unter das Brett, auf dem Adnan und Dhura saßen. Adnan, der immer noch barfuß war, tastete mit dem Fuß unter der Sitzbank nach dem Paddel. Er konnte die Rundungen eines Paddels spüren. Das beruhigte ihn ein wenig.

»Wie lange werden wir brauchen?«, fragte der Mann, der nun so etwas wie der Kapitän sein würde.

»Drei, höchstens vier Stunden«, antwortete der Fahrer und räusperte sich. – »Du mein Junge«, sagte er dann und wandte sich an Adnan, »du machst einen ruhigen und vernünftigen Eindruck. Siehst du den Stern neben dem Großen Wagen? Den ganz hellen.«

Adnan fand zwar den Großen Wagen sofort, den hatte ihm Vater schon als kleines Kind gezeigt. Aber welchen hellen Stern meinte der Mann? Den rechts oder mehr links?

»Siehst du ihn?«, fragte der Mann ungeduldig.

»Bin nicht sicher.«

»Na den hellen, gleich rechts neben dem … ach, du weißt schon, welchen ich meine. Jedenfalls, der Stern muss immer rechts von euch liegen, dann könnt ihr Lampedusa nicht verfehlen. Sobald es hell wird, werdet ihr die Insel sowieso sehen. Also haltet euch immer an den Stern.« Das Telefon des Mannes klingelte. Er gab ein paar Mal ein Grunzen in das Handy, dann klappte er es wieder zu, klopfte Adnan auf die Schulter und sprang vom Boot.

Dieses war nun völlig überfüllt. Es waren hauptsächlich junge Männer an Bord. Sie saßen nicht nur dicht gedrängt auf den Brettern, sondern auch auf dem Boden des Fischerbootes. Dort war kein Zentimeter mehr frei. Das Boot lag tief im Wasser.

Adnan hörte eine Frau weinen.

»Geh nicht, mein Sohn. Geh nicht!«

»Allah sei mit dir!«, rief eine andere Stimme.

Adnan hörte auch Schluchzen im Boot. Er selbst hatte ein anderes Problem. Er spähte zum Himmel und war immer noch nicht sicher, welchen Stern er anpeilen sollte.

»Hast du die Beschreibung kapiert?«, fragte er Dhura.

»Bin mir nicht sicher«, antwortete sie. »Aber wenn der Große Wagen rechts von uns bleibt, dann müsste es doch auch klappen.«

Adnan überlegte: Wenn die Insel Lampedusa groß ist, spielt es keine Rolle, ob wir genau peilen oder nicht. Aber was, wenn sie klein ist? Ach, hätte ich bloß die Karte, die im Klassenzimmer hing, genauer angeschaut.

Mittelmeer

Nach dem vierten Versuch sprang der Motor an. Das Boot jagte aufs Meer hinaus. Gischt fegte über alle hinweg. Der Kiel klatschte aufs Wasser. Im Boot war es mucksmäuschenstill. Nach einer Weile wurde der Motor gedrosselt, er spuckte ein kleines Rinnsal Wasser aus.

»Stimmt die Richtung?«, fragte der Mann am Steuer, der Khaled hieß.

Adnan schaute zum Himmel. Er war sich nicht sicher, darum flüsterte er: »Was meinst du, Dhura?«

»Könnte passen«, erwiderte sie, auch sie klang alles andere als überzeugt.

»Könnte passen«, wiederholte Adnan.

»Könnte? Könnte reicht mir nicht«, sagte Khaled.

Obwohl Adnan unsicher war, bemühte er sich, überzeugend zu klingen: »Die Richtung passt.«

Als Antwort war von Khaled ein undefinierbarer Laut zu hören.

Sie waren schon eine Weile unterwegs. Die Lichter der Küste waren nur noch ein undeutliches Funkeln. Adnan spürte, wie Dhuras Kopf auf seine Schulter fiel. Ihr Atem ging erst ruhig, dann wurde er schneller und schneller, als würde sie rennen. Sie zuckte, krampfte, dann bettelte sie mit tiefer Stimme: »Nein, nicht, nein, bitte nicht!«

»Was ist denn mit der los?«, fragte der dicke Mann in herablassendem Ton. »Kann die nicht die Klappe halten!«

»Sei still«, zischte eine andere Stimme. »Wer weiß, was das Mädchen schon alles durchmachen musste.«

»Ist doch selber schuld. Was ist sie auch ohne Eltern unterwegs«, erwiderte der Mann ohne einen Funken Mitleid.

»Das wird sie sich bestimmt nicht ausgesucht haben.«

»Wer weiß ….«

Angewidert von so viel Dummheit boxte der Nachbar seinen Ellenbogen in die Seite des dicken Mannes. Der protestierte zwar, hielt dann aber doch den Mund.

Der Wind frischte auf. Adnan fror. Wie lange saßen sie nun schon in dem Boot? Zwei Stunden? Drei Stunden? Hatte der Mann nicht gesagt, dass die Überfahrt drei bis vier Stunden dauern würde? Sie müssten doch längst die Lichter der Insel erkennen. Adnan peilte erneut den Stern an, von dem er hoffte, dass es der richtige war. Die Richtung stimmte, aber Lichter sah er trotzdem keine.

»Neeeein! Nicht!« Dann ein durchdringender Schrei.

»Wach auf, Dhura!« Adnan rüttelte das Mädchen, das benommen die Augen aufschlug.

»Du hast schlecht geträumt. Du hast geschrien. Was ist los?«

»Die Soldaten …. – ach nichts, nichts ist passiert. Einfach blöd geträumt. Kein Wunder bei der Kälte«, erwiderte Dhura einsilbig und ließ Adnans Hand los.

»Was ist passiert? Woher kommst du? Wo sind deine Eltern?« – Adnan hatte so viele Fragen.

»Geht dich nichts an«, zischte Dhura bloß, dann schwieg sie. Und war wieder genauso abweisend wie vor ein paar Tagen an der Mole in Jarjis.

Puff, paff, peng. Dann Ruhe. Khaled versuchte den Motor erneut zu starten. Nichts. Er zog den Anlasser, zog und zog. Vergeblich. Der Motor blieb stumm.

»Scheiße!«, rief Khaled und schlug auf den Motor.

»Die haben uns reingelegt«, meinte ein anderer, »der Motor war schon von Anfang an altersschwach.«

»Versuch's noch mal«, bat eine der zwei Frauen an Bord.

Doch der Motor blieb stumm.

»Was jetzt?«, rief der Dicke.

»Wir haben die Paddel«, fiel Adnan ein. »Es müssen insgesamt vier sein.« Er bat den Mann, der vor ihm im Bootsrumpf kauerte und sich an sein Knie lehnte, die Paddel hervorzuholen. Die anderen tasteten nach den übrigen Paddeln – doch nur zwei kamen zum Vorschein.

»Der Mistkerl hat uns belogen«, rief Khaled und strich sich hektisch über seinen Dreitagebart. »Es sind nur zwei Paddel. Nur zwei! Wie sollen wir damit unser Boot nach Italien bringen?«

»Wenn wir uns abwechseln, dann geht das schon. Wir sind ja viele. – Bald wird es hell, dann können wir bestimmt schon die Insel sehen«, sagte jemand.

Hoffentlich – dachte Adnan und schickte ein Stoßgebet in den noch dunklen Himmel. Doch mitten im Gebet stockte er. Er konnte die Sterne nicht mehr sehen. Mit dem auffrischenden Wind waren Wolken aufgezogen.

Zwei Männer hatten sich mittlerweile die Paddel geschnappt und begannen gleichmäßig zu rudern.

»Stimmt der Kurs noch?«, fragte Khaled.

Adnans Stimme zitterte, er sagte nur: »Die Wolken.«

Khaled blickte nach oben: »Scheiße, auch das noch!«

Doch das war noch nicht alles. Mit dem Wind kamen auch die Wellen. Die erste Ladung Salzwasser erwischte nur die, die vorne im Boot saßen. Sie schüttelten sich wie Hunde. Gleich darauf kam die nächste Welle, die die Hälfte der Flüchtlinge durchnässte. Zwei Männer tranken die letzten Reste ihres Wassers, dann begannen sie mit den Flaschen das Wasser aus dem Boot zu schöpfen. Mancher unterstützte sie mit bloßen Händen.

»So ein Mist, kann man diese Wellen nicht abstellen?«, rief der dicke Mann, dessen rechte Seite komplett durchnässt war. »Oder können unsere Ruderer das Boot wenigstens so manövrieren, dass wir nicht alle pitschnass werden?!« Es klang nicht nach einer Bitte, eher wie ein Befehl.

»Ruder doch selber«, raunte einer der Männer, den der Dicke schon lange aufregte.

Endlich dämmerte es. Mit dem ersten Tageslicht schaute sich Adnan nach allen Seiten um, doch er sah keine Insel. Nur Wasser, überall Wasser. Er fing Khaleds entsetzten Blick auf – und hätte losheulen können. Sie waren nicht auf Kurs, sonst müssten sie Lampedusa längst sehen. Oder hatte man sie auch bei der Entfernung angelogen? Dauerte die Fahrt länger als drei, vier Stunden?

Khaled sah besorgt aus. Die Falte, die sich von seinen Nasenflügeln hinab zu den Mundwinkeln zog, wirkte tief, noch tiefer als vor zehn Minuten. Sie ließ ihn alt aussehen. Viel älter, als er mit seinen 25 Jahren war.

Dhura unterdrückte ein Schluchzen, Adnan konnte es trotzdem spüren.

Die Männer wechselten sich mit dem Rudern ab. Vor allem die, die von den Wellen durchnässt worden waren, wollten sich bewegen. Sie ruderten, wussten aber nicht, ob die Richtung stimmte. Wie sollten sie sich orientieren, wenn es überall nur Wasser gab?

»Mir ist schlecht«, sagte einer der jungen Männer, die im Boot kauerten. Er erhob sich im schaukelnden Boot, quetschte sich zwischen zwei Leute, die direkt an der Reling saßen, lehnte sich weit aus dem Boot und übergab sich. Alle schauten angeekelt zur Seite. Deshalb sahen sie die Welle auch nicht kommen, die höher war als die bisherigen. Deshalb konnte ihn auch niemand warnen. Die Welle riss den Mann über Bord. Ein kurzer Schrei, dann tauchte er unter, kam aber sofort wieder an die Wasseroberfläche, prustete und schrie verzweifelt: »Ich kann nicht schwimmen!« Er schluckte Wasser und hustete.

Der, der eins der Paddel in der Hand hielt, versuchte dies so weit wie möglich ins Wasser zu halten. Doch der Mann im Wasser sah es nicht. Er zappelte in Panik. Schrie. Ging unter, tauchte wieder auf, bevor er von der nächsten Welle überrollt wurde. Seine rote Baseballkappe schwamm neben ihm.

»Wir müssen helfen«, rief Khaled. »Schnell!«

Ohne Nachzudenken zog Adnan seinen Pullover aus. Er würde springen. Doch bevor er auf dem Bootsrand stand, hielten ihn zwei starke Hände zurück. »Nicht, das ist zu gefährlich!«, sagte Khaled energisch.

»Aber wir müssen doch was tun«, rief Adnan verzweifelt. Er tastete mit seinen nackten Füßen unterm Brett herum, ob er etwas finden konnte, um dem Mann im Wasser zu helfen. Er spürte ein Seil und zog es hervor. Sofort warf er es ins Wasser. Der Mann sah es, streckte die Hand aus, doch es fehlte ein Meter.

»Los! Wir müssen näher heranrudern«, kommandierte Khaled, sein kantiges Gesicht war nun voll tiefer Furchen.

Die Männer legten sich ins Zeug. Adnan warf das Seil erneut, doch die Strömung war stärker. Der Abstand zwischen dem Mann und dem Boot wurde nicht kleiner, sondern größer. Adnan zog das Seil zurück, warf es noch einmal. Und noch einmal. Er zielte auf die Baseballkappe. Der Kopf des Mannes tauchte wieder auf. Herzzerreißend schrie er »Allah!«, zappelte, warf die Arme in die Höhe – und ging unter. Alle starrten auf die Stelle im Wasser, warteten, dass er wieder auftauchen würde, doch er kam nicht mehr. Die nächste Welle erfasste die Baseballkappe. Voller Verzweiflung warf Adnan erneut das Seil ins Wasser. Wieder und wieder. So lange, bis ihn Khaled an der Schulter fasste.

»Es ist vorbei. Wir können nichts mehr tun«, sagte er leise.

»Ich hätte ihm helfen müssen. Ich hätte springen sollen«, stammelte Adnan immer wieder. »Ich hatte doch das Seil.«

»Wir haben es versucht, mein Junge«, tröstete Khaled. »Aber das Meer war stärker.«

Keiner sprach ein Wort. Dhura hatte die Hände vors Gesicht gelegt und zitterte am ganzen Körper. Adnan rannen Tränen übers Gesicht.

»Wer war er?«, fragte Khaled in die Stille.

Keiner kannte ihn, niemand wusste, aus welchem Land er gekommen war. Er hatte mit niemandem ein Wort gesprochen.

Dhura tastete wieder nach Adnans Hand. »Ich kann auch nicht schwimmen«, flüsterte sie kaum hörbar. »Ich kann nicht schwimmen.«

Adnan nickte, sie hatte es ihm bereits gesagt. Auch seine Schwimmkünste würden nie und nimmer ausreichen, aber für

Dhura würde er trotzdem ins Wasser springen. Davon würde auch Khaled ihn nicht abhalten können.

Adnan war wie betäubt. Der Schrei des Ertrinkenden hämmerte in seinem Kopf. Adnan drückte Dhuras Hand fest, so fest, dass sie schmerzte.

Ich hätte das Seil geschickter werfen müssen. Ich hätte ihn retten können. Oh Maya, es ist meine Schuld!

Alle starrten vor sich hin. Niemand ruderte mehr. Keiner rührte sich. Schlagartig hatten alle begriffen, dass die Fahrt lebensgefährlich war. Dabei sah es hier aus wie in einem Urlaubsprospekt. Die Sonne wärmte. Das Meer war auf einmal ruhig, wie gebügelt. Keine einzige Welle weit und breit. Man hätte den Eindruck haben können, sie würden tatsächlich einen Bootsausflug machen.

»Mir ist auch schlecht«, sagte einer der Männer.

»Mir auch.«

Ängstlich und vorsichtig krochen sie zum Bootsrand.

»Wir halten euch fest«, meinten zwei Männer, die ihnen Platz machten.

Sie beugten sich tief über den Bootsrand, während jeder von zwei Männern gehalten wurde.

Das Geschaukel im Boot, die Ungewissheit und die Angst sorgten dafür, dass immer wieder jemand seekrank wurde und sich übergeben musste. Nun passten sie aufeinander auf.

»Haben wir Trinkwasser?«, fragte der Dicke in die Stille.

Khaled schüttelte den Kopf. »Sie sagten uns doch, wir seien in ein paar Stunden in Lampedusa. Es gibt kein Trinkwasser.«

Im Boot wurde es unruhig. »Wir verdursten«, rief jemand panisch. »Die haben so viel Geld von uns kassiert und lassen uns einfach krepieren!«

Dhura sagte nichts. Sie starrte vor sich hin. Adnan wollte ihre Hand und ihre Wärme spüren, doch sie zog sie weg. Er verstand Dhura nicht. Manchmal suchte sie seine Nähe, dann stieß sie ihn wieder fort. Aber im Moment konnte er sich keine weiteren Gedanken über ihr merkwürdiges Verhalten machen. Denn in seinem Kopf dröhnte wieder der Schrei des Ertrinkenden, er sah den weit aufgerissenen Mund und den entsetzten Blick. Noch nie hatte er solch einen qualvollen, verzweifelten Schrei gehört. Er hielt sich die Ohren zu.

»Wir müssen wieder rudern, wir müssen zur Insel kommen.« Khaled schien der Einzige zu sein, der noch klar denken konnte. »Wir können uns jetzt an der Sonne orientieren.«
»Ich rudere.« Adnan meldete sich. Dann konnte er wenigstens etwas tun. Bis zur Erschöpfung würde er rudern, vielleicht würde dann der Schrei in seinem Kopf verstummen.
Adnan und Khaled ruderten gemeinsam. Khaled bestimmte die Richtung. Adnan war froh, dass Khaled ihm die Verantwortung abgenommen hatte. Sie ruderten stumm. Schon nach wenigen Minuten rann den beiden der Schweiß von der Stirn. Adnan hatte Durst.
»Der Junge muss abgelöst werden«, sagte Khaled. Er selbst schwitzte zwar, doch er hatte immer noch viel Kraft. Denn Schufterei und Entbehrungen war er gewohnt.
»Abgelöst – nicht von mir. Rudern macht durstig«, meinte der Dicke und verschränkte stur die Arme.
»Das ist doch eine Schwei....«, rief Khaled wütend. Doch bevor er den Satz beenden konnte, mischte sich ein anderer Mann ein: »Ich übernehme.«
Khaleds Blick schien den Dicken zu durchbohren. Doch der grummelte bloß verächtlich.
Adnan kämpfte sich zurück an seinen Platz neben Dhura. Die nestelte unter ihrer Bluse am Hosenbund und zog dann eine halbvolle Plastikflasche hervor, die sie Adnan wortlos reichte. Er lächelte dankbar, nahm schnell zwei, drei kleine Schlucke. Das Wasser schmeckte schal, fast ein bisschen faulig, gleichzeitig schien es das beste Wasser, das Adnan jemals getrunken hatte. In Sekundenschnelle schraubte er die Flasche wieder zu und reichte sie Dhura möglichst unauffällig. Er wollte nicht, dass die anderen die Flasche entdeckten, vor allem der Dicke nicht. Die Flasche war ein kostbarer Schatz, den Dhura mit ihm teilte.

Das Rudern hatte seine Wirkung nicht verfehlt. Adnan fühlte sich todmüde. Er hatte die ganze Nacht nicht geschlafen und der Tod des Mannes hatte ihn viel Kraft gekostet. Ich darf nicht nach hinten plumpsen, dachte er noch, dann fielen ihm die Augen zu. Im Halbschlaf bemerkte er, wie sein Kopf auf Dhuras Schulter fiel. Er roch ihren herben Geruch und schlief ein. Er spürte nicht, wie das Mädchen über seine schwarzen Locken strich.

Adnan wurde wach. Sein Rücken war nass.

»Die Wellen werden wieder höher«, antwortete Dhura auf seinen fragenden Blick.

Es dauerte eine Minute, bevor Adnan begriff, wo er war und was geschehen war. Dann aber waren die Bilder sofort wieder da. Das Bild des ertrinkenden Mannes. Das Bild von der Welle. Aber auch das Bild von seiner weinenden Mutter. Und von der lachenden Maya. Er schluckte und hustete. Er hatte Durst und Hunger. Und schreckliches Heimweh. Alles wurde schlimmer. Tief unten im Bauch fing es an, ein leichtes Stechen erst, dann kroch es hinauf, füllte den Mund mit Trauer und Bitterkeit. Durch den Durst fehlte Spucke, um Trauer und Bitterkeit hinunter zu schlucken. Am schlimmsten aber war das Hämmern im Kopf. Um sich abzulenken, summte er ein Lied, das seine Mutter ihm immer vorgesungen hatte, wenn sie ihn trösten wollte.

Gleichzeitig drehte er seinen Kopf nach allen Seiten, irgendwo musste doch Land zu sehen sein. Wenn nicht Lampedusa, dann vielleicht Afrika. Tunesien. Egal, wenn sie wieder zurückfahren würden. Hauptsache Land. Doch er sah nur Wasser.

»Die Richtung müsste stimmen«, flüsterte Khaled, der Adnans Blicken gefolgt war. Khaleds Lippen waren aufgesprungen, nun fuhr er sich ständig mit der Zungenspitze darüber.

»Woher weißt du das?«, fragte Adnan.

»Mein Vater ist Fischer. Ich bin oft mit ihm hinausgefahren.«

Das beruhigte Adnan. »Warum bist du nicht bei deinem Vater geblieben?«

Khaled seufzte. »Da, wo ich herkomme, herrscht Chaos. Es gibt keine richtige Regierung, genauer gesagt, die, die es gibt, tut nur was für ihre eigenen Leute. Ich bekam verdammte Schwierigkeiten, weil ich das laut kritisiert habe. Ich musste abhauen, sonst hätte ich das nicht überlebt. Ich will nach Europa, will dort in Frieden leben. Arbeit finden. Geld verdienen. Damit ich meiner Familie helfen kann. Das ist für mich das Wichtigste. Ich muss Geld verdienen! Und ich möchte frei sein.« Khaled presste die spröden Lippen aufeinander. »Dieses Mal muss es klappen.«

»Dieses Mal? Du hast es auch schon einmal versucht?«, fragte Adnan nach.

Khaled nickte. »Letztes Mal sank das Boot schon nach kurzer Zeit. Irgendwie schaffte ich es wieder an Land. Irgendwo an einem gottverlassenen Platz. Weit und breit war keine Straße, kein Haus und von den Schleppern, die uns das kaputte Boot gegeben hatten, war natürlich auch nichts zu sehen. Aber ich hab sie gefunden. Zuerst wollten sie mich nicht mehr mitnehmen. Nur, wenn ich wieder zahlen würde. Ich hab geschworen, dass ich sie auffliegen lasse, wenn sie mich nicht mit dem nächsten Boot mitnehmen würden. Jetzt bin ich hier. – Ich hab nichts zu verlieren, außer meinem Leben.«

»Schöpfen, los, schöpfen!«

Wieder war eine große Ladung Wasser ins Boot geschwappt. Die, die im Rumpf des Bootes saßen, hatten nun keinen trockenen Platz mehr. Erst jetzt kapierte Adnan: Je mehr Wasser ins Boot kam, desto tiefer lag es im Wasser, sodass noch mehr Wasser im Boot landen würde. Auch er begann mit der hohlen Hand zu schöpfen.

Die Ersten standen auf. Sie wollten nicht im Nassen sitzen. Immer mehr folgten ihnen, sodass bald alle standen, die keinen Sitzplatz auf den Brettern bekommen hatten.

Es wurde Mittag, es wurde Nachmittag. Die Stunden vergingen. Wann immer es nötig war, schöpften sie Wasser. Doch so sehr sie sich auch mühten, nach jeder größeren Welle blieb Wasser im Boot zurück, so dass es wieder etwas tiefer im Wasser lag.

Mittlerweile waren es nur noch zwei Handbreit von der Wasserlinie bis zur Reling. Durch das Wasser, das ständig ins Boot schwappte, hatten alle nasse Kleider.

Die Frau des Dicken, die bisher erstaunlich ruhig gewesen war, fing plötzlich an zu weinen. Erst wimmerte sie, dann heulte sie, bevor sie schluchzte. »Das werden wir nicht überleben«, rief sie zwischen zwei Schluchzern. »Das werden wir nie überleben.«
»Beruhige dich, mein Frauchen, so beruhige dich doch«, versuchte sie der Dicke zu trösten.
Doch sie wollte sich nicht beruhigen. »Es sind schon so viele in diesem Meer gestorben. Das Mittelmeer ist ein großes Grab – ein Grab ohne Blumen. Es wird auch unser Grab werden!« Bei den letzten Worten überschlug sich ihre Stimme. Voller Hass schaute sie zu ihrem Mann. »Du wolltest unbedingt, dass wir unser schönes Tunesien verlassen. Ich wollte nicht gehen. Ich wollte bei unseren Verwandten bleiben und bei unseren Nachbarn. Ich wollte nicht gehen – aber du! Wegen dir hocken wir in diesem klapprigen Kahn. In diesem Seelenverkäufer. Unser ganzes Geld haben wir dafür hergegeben. Unseren Fernseher haben wir dafür verkauft. Alles haben wir verkauft. Und die Verwandten haben uns noch ihr Erspartes gegeben. Hätten sie das bloß nicht gemacht, dann hätte das Geld für die Überfahrt nicht gereicht. Dann hätten wir daheim bleiben können. – Das werden wir nie überleben! Das ist alles deine Schuld!« Sie blitzte ihren Mann noch einmal an, dann blickte sie aufs Meer hinaus und sagte kein Wort mehr.
Der Dicke stotterte hilflos vor sich hin: »Ich dachte, wir wären uns einig. Ich wollte doch nur …, warum hast du …, es sollte doch …, nein, es wird nicht …« Hilflos tätschelte er die Hand seiner Frau. Die stieß seine Hand weg.

Ein Grab ohne Blumen – Für einen von uns ist es schon zum Grab geworden, meine Maya. Ich möchte nicht sterben! Ich habe Angst!
Mittlerweile sah das Meer dunkel, fast schon schwarz aus, denn die Sonne würde bald untergehen. Adnan schauderte bei der

Vorstellung, dass das Meer, das er eigentlich mochte, sein Grab werden könnte. Sie würden noch eine Nacht im Boot verbringen müssen. Wo waren sie? Wann würden sie wieder Land sehen? Adnans Magen knurrte. Der Durst war noch schlimmer. Nur einmal hatte Dhura noch das Wasser mit ihm geteilt. Als sie ihm die Flasche reichte, hatte Adnan sich furchtbar beherrschen müssen, um nicht alles zu trinken.

»Hast du keinen Durst?«, fragte er Dhura. Das Mädchen hatte während der letzten Stunden nur schweigend dagesessen. Manchmal zuckte sie zusammen, dann nahm sie das Gesicht in die Hände. Aber sie sagte nichts.

»Durst? Klar habe ich Durst«, sagte Dhura leise. »Da wo ich herkomme, da ist Wasser Mangelware. Ich bin Durst gewohnt.«

»Wo kommst du denn her?«

»Von weit. Von sehr weit. Aus der Wüste«, erwiderte Dhura leise.

»Aus welchem Land?«

»Aus Somalia«, antwortete Dhura.

Somalia – Adnan versuchte sich wieder an die Landkarte von Afrika zu erinnern, die in seinem Klassenzimmer hing. Somalia. Genau wusste er nicht, wo es lag. Irgendwo im Osten Afrikas. Irgendwo weit weg von Tunesien. Verdammt weit weg.

»Bist du schon lange unterwegs?« Er wollte mehr über Dhura wissen.

Sie nickte. »Sehr lange. Sehr, sehr lange.«

»Wo ist deine Familie?«

Dhura, die gerade noch den Anschein erweckt hatte, als wolle sie ihre Geschichte erzählen, setzte sich kerzengerade hin und sagte kein Wort mehr. Wie versteinert saß sie da.

Adnan kannte Dhura inzwischen gut genug, um zu wissen, dass sie erst einmal nichts mehr über sich oder ihre Familie sagen würde.

Hilflos sagte er: »Danke fürs Wasser.« Er wusste nicht, ob sie ihn gehört hatte.

Mit der Dunkelheit schwirrten die Gedanken in seinem Kopf durcheinander. Somalia. Durst. Das Seil. Seine Schuld. Hätte er besser geworfen, hätte der Mann das Seil fangen können. Der

Schrei. Ertrinken. Grab ohne Blumen. Adnan fühlte sich schwindlig. Sein Magen war flau, seine Blase drohte zu platzen. Obwohl er kaum getrunken hatte, musste er pinkeln. Doch er traute sich nicht. Vier, fünf Männer hatten es nicht länger ausgehalten, hatten sich an die Reling gestellt und ins Meer gepinkelt. Aber Adnan genierte sich. – Er konnte nicht vor allen pinkeln, das war unmöglich! Schließlich hatte Dhura auch noch nicht gepinkelt. Auch Khaled nicht.

Eine Stunde später war ihm alles egal. Er hatte Bauchkrämpfe, so sehr schmerzte seine Blase. Es war dunkel. Das Meer war ruhig, das Boot dümpelte friedlich. Jetzt musste es sein. »Ich dreh' mich um«, sagte er leise zu Dhura und Khaled.

Die verstanden sofort.

»Sei vorsichtig«, mahnte Khaled. »Ich halte dich fest.«

Eigentlich war ihm das peinlich. Schon wollte Adnan protestieren. Doch dann spürte er Khaleds Hände auf seiner Schulter. Starke Hände. Er fühlte sich sicher. Beschützt. Ohne weiter darüber nachzudenken, öffnete er die Hose. In einem weiten Bogen pinkelte er ins Meer. Adnan konnte sich nicht daran erinnern, jemals so erleichtert gewesen zu sein.

»Danke.«

»Alles klar, Bruder«, antwortete Khaled.

Bruder! Adnan lächelte in die Dunkelheit. Wie schön wäre es einen großen Bruder zu haben. Einen Bruder wie Khaled.

»Wieso rudert keiner mehr?«, rief plötzlich jemand in die Dunkelheit. Es war die Stimme des Dicken. Nach der Heulattacke seiner Frau war er einige Zeit ruhig gewesen. Dann hatte er wieder begonnen, unverschämte Kommentare von sich zu geben.

»Ruder doch selber«, fauchte ihn jemand an.

»Ich? Ich kann nicht. Ich hab Hunger. Und ich bekomme schnell Blasen an den Händen. Schließlich bin ich kein Bauer oder Fischer wie die meisten hier.« Leiser fügte er hinzu: »Ungebildetes Pack!«

»Sag das noch mal«, rief ein Mann. »So schnell kannst du nicht mal deinen Kopf bewegen, wie du dann bei den Fischen bist.« Es klang bedrohlich.

»Die Wahrheit darf man doch sagen«, schnaubte der Dicke zurück. Er schien überhaupt kein Gespür zu haben, wann er Leute beleidigte. Gleich darauf: »He, he, fass mich nicht an!« Danach hörte Adnan einen Schlag oder einen Hieb und ein Röcheln.

»Was ist los?«, rief Khaled besorgt.

»Ich musste dem Dicken die Fresse polieren. Der ist unerträglich.«

»Wir haben schon genug Probleme, wir müssen uns keine weiteren schaffen«, meinte Khaled entschieden.

Das Stöhnen des Dicken war zu hören. »Das wird nicht ohne Folgen bleiben«, nuschelte er. Ein paar kicherten, denn alle wussten, dass der Dicke in der Dunkelheit niemanden erkannt haben konnte.

Zu allem Übel fauchte auch noch seine Frau: »Geschieht dir gerade recht, was musst du auch immer dein Maul so weit aufreißen!«

Der Dicke war nun mit weinerlicher Stimme zu hören. »Die schlagen mich zusammen und du verteidigst sie auch noch. Du solltest mir helfen, Frauchen. Ich blute.«

Außer einem verächtlichen Schnauben war nichts zu hören.

Adnan zog den Kragen seines Pullovers übers Kinn. Es war kalt geworden. Sternenklar, aber kalt, denn der Wind hatte aufgefrischt. Niemand ruderte, das Boot trieb einfach in der Strömung, wobei alle hofften, dass der Wind sie in die richtige Richtung trieb. Nach Italien.

»Da! Lichter!«

Dhura rüttelte Adnan, der eingenickt war. Es dämmerte bereits, die Umrisse eines Fischerbootes waren deutlich zu erkennen.

»Los, wir müssen die Fischer auf uns aufmerksam machen«, meinte Khaled und begann sofort zu winken und zu rufen. Die meisten anderen rappelten sich ebenfalls auf, froh, die steifen und kalten Glieder zu bewegen, und winkten mit beiden Armen.

»Hallo, hier sind wir: Hilfe! Hilfe! Hier!«

Das Boot begann stark zu schaukeln.

»So geht das nicht, setzt euch wieder«, befahl Khaled. »Hat jemand eine Taschenlampe oder ein Mobiltelefon mit Licht?«

»Ja, ich«, sagten zwei Männer wie aus einem Mund und nestelten in ihren Jacken.

»Kennt ihr das Notsignal SOS?«, fragte Khaled.

Die Männer verneinten.

»Dreimal kurz, dreimal lang, dreimal kurz«, erklärte Khaled. Die zwei knipsten ihre Lämpchen an und aus. Dreimal kurz, dreimal lang, dreimal kurz. SOS. Dann machten sie eine kurze Pause und begannen erneut. SOS. Pause. SOS. Pause. SOS.

»Das müssen die doch sehen«, sagte Dhura fast flehend.

»Aber nur, wenn sie in unsere Richtung schauen«, meinte Adnan skeptisch.

»Haaaalllllloooo. SOS. SOS. Hallo.« Einige Männer riefen so laut sie konnten. Der Wind stand günstig, eigentlich müssten die Fischer sie hören. Doch das Fischerboot änderte seinen Kurs nicht. Es fuhr von ihnen weg, nicht auf sie zu.

»Sie müssen uns sehen. Oder hören. Sie müssen!« Dhura fixierte das Fischerboot, als könne sie durch ihren Blick die Fahrtrichtung des Bootes ändern. »Sie müssen«, wiederholte sie kaum noch hörbar. Vor Enttäuschung ließ sie ihren Kopf hängen.

»Hört auf, es nützt nichts mehr«, sagte Khaled zu den zwei Männern mit ihren Mobiltelefonen.

Hadernd schalteten sie ihre Telefone aus.

»Macht weiter. Ihr müsst weiter machen«, kommandierte der Dicke.

»Nein, es ist besser, wir vergeuden die Akkus nicht«, erwiderte Khaled bestimmt.

»Ach was«, fauchte der Dicke. »Das ist unsere Chance. Los macht weiter!«

Doch die Männer vertrauten Khaled, nicht dem unsympathischen Dicken. Adnan hätte sich auch gewünscht, sie würden weitermachen, doch auch er vertraute Khaled.

Adnans Magen knurrte laut. Als hätte sich Dhuras Magen davon anstecken lassen, fing auch ihr Magen an zu jammern.

»Ich weiß nicht, wann ich das letzte Mal gegessen habe«, flüsterte Dhura. Adnan nickte. Er wusste zwar, wann und was er zuletzt gegessen hatte, doch er würde es Dhura nicht erzählen. Das würde nur für noch mehr Hunger sorgen.

Khaled behielt recht. Nach Sonnenaufgang sahen sie tatsächlich wieder ein Boot. Dhura war die Erste, die es entdeckte. »Dort!« Sie zeigte mit dem Finger auf das Boot, das höchstens 200 oder 300 Meter entfernt war. Es war ganz weiß und ganz sicher kein Fischerboot, vielleicht eine Jacht. Sofort zückten die beiden Männer ihre Mobiltelefone und knipsten SOS.
»Mist, dass es so ein strahlend schöner Tag ist«, meinte jemand. »Wahrscheinlich sieht man die Lichter kaum.«
Doch die Männer schalteten weiter ihre Lampen aus und an. SOS. Pause. SOS. Pause. SOS.
Es war das Einzige, das sie tun konnten. Alle anderen riefen, schrien, brüllten. Manche waren wieder aufgestanden und wedelten mit den Armen. Obwohl sich Adnan sehr schwach fühlte, war auch er aufgestanden und winkte: »Hier sind wir! Hier! Hilfe!«
Er hätte wetten können, dass jemand auf dem Boot zurückgewinkt hatte.
»Seht ihr das? Das Boot kommt auf uns zu«, rief Khaled. Er schien Adleraugen zu haben. Adnan, Dhura und alle anderen im Boot starrten auf die Jacht und sahen, wie sich der Bug des Schiffes langsam zu ihnen drehte.
»Gerettet! Wir sind gerettet!«, rief jetzt der Dicke und sprang auf. Das Boot schwankte noch stärker als bisher. Niemand hätte ihm diese Energie zugetraut. »Hierher! Hierher!«, brüllte er. Dann griff er sich an die Rippen, sie schienen von dem Hieb in der Nacht zu schmerzen. Gleich darauf sagte er zu seiner Frau: »Siehst du, Frauchen, es wird alles gut. Es war die richtige Entscheidung, Tunesien zu verlassen.«
Doch sie tat, als hätte sie seine Bemerkung nicht gehört. Genauso wie alle anderen starrte sie gebannt zu dem Boot hinüber. Kurz darauf war es bei ihnen. Zwei Männer und zwei Frauen

starrten sie von dort an. Die Frauen lächelten. Einer der Männer mit Bartstoppeln und Haarkranz sagte etwas in einer Sprache, die Adnan nicht verstand. Auch die anderen schauten sich fragend an. Alle bis auf Dhura und Khaled, der antwortete.

»Was sagt der Mann? Können wir zu ihm aufs Boot?«, rief der Dicke aufgeregt. »Sag ihm, dass wir Hunger haben!«
»Halt die Klappe«, zischte jemand. »Der wird schon das Richtige sagen. Der braucht dein Gequatsche nicht.«
»Unverschämtheit! Das wirst du büßen!«, fauchte der Dicke zurück.
»Musst du dich denn immer streiten?«, mischte sich seine Frau ein. Das wirkte. Der Dicke setzte sich und hielt den Mund. Vorerst.
»Was sagt er?« Auch Adnan hielt es nicht mehr aus.
»Sie helfen uns«, fasste Khaled das Gespräch zusammen.
»Ich will als Erster an Bord. Und natürlich mein Frauchen«, quatschte der Dicke dazwischen. »Ich hab auch noch Geld, das können sie haben. Sag ihnen das.«
»Niemand wird an Bord gehen«, meinte Khaled. »Sie schleppen uns ab.«
»Aber ...« Der Dicke wollte protestieren.
»Halt endlich die Klappe«, ging wieder jemand dazwischen. »Sei froh, dass sie uns helfen.« Der Dicke murrte zwar noch ein wenig, schien sich aber damit zufrieden zu geben.

Es war Adnan, der das Seil auffing. Hätten wir so ein langes Seil gehabt, wäre der Mann nicht ertrunken, schoss es ihm durch den Kopf. Und dann die Bilder: das verzerrte Gesicht, die entsetzten, weit aufgerissenen Augen. Die Baseballkappe. Und der Schrei, der entsetzliche Schrei dröhnte in seinen Ohren. Ach, hätten wir dieses Seil gehabt ... Adnan schüttelte den Kopf, er wollte die grauenvollen Erinnerungen aus dem Kopf haben.
»Gib her«, sagte Khaled und schlang das Seil um eines der Bretter, die als Sitz dienten.
Dhura stieß Adnan an, der immer noch in seine Erinnerungen versunken war. »Da schau!«

Die beiden Frauen schleppten Wasserflaschen an die Reling. »Attenzione«, riefen sie, bevor sie die Plastikflaschen warfen.

»Zu mir! Zu mir!«, schrie der Dicke. Doch die Frauen verstanden ihn nicht. Adnan und Dhura teilten sich eine Flasche. So wie die meisten. Selbst dem Dicken blieb nichts anderes übrig, denn er fing keine Flasche. Aber seine Frau. Die trank erst zwei Drittel der Flasche aus, dann reichte sie sie ihrem Mann. Keine zwei Sekunden später war sie leer.

Obwohl Adnan die Flasche am liebsten auch in einem Zug geleert hätte, riss er sich zusammen. Jeden Schluck trank er langsam. Als würde er einen kostbaren Wein kosten, ließ er das Wasser erst in seinem trockenen Mund herumwandern, bevor er es schluckte. Voll Behagen schloss er die Augen. Noch einen Schluck, dann reichte er Dhura die Flasche. Nach jedem Schluck setzte Dhura die Flasche ab und lächelte erleichtert.

In der Zwischenzeit hatten die Frauen einen Korb mit Brot, Bananen, Müsliriegeln, Schokolade, Kekse, Feigen und Tomaten an das Seil gebunden. Vorsichtig zogen die Männer den Schatz nun an Bord.

Khaled forderte zwei Männer auf, das Essen gerecht zu verteilen. Alle hielten sich daran, nur der Dicke wollte wieder eine Extrawurst. »Ich brauche mehr Müsliriegel und Bananen. Ich habe Hunger!«, schrie er.

»Schämst du dich nicht?!«, sagte jemand.

Der Dicke ignorierte die Bemerkung und verschlang eine Banane auf einmal. »Brot! Ich hatte noch kein Brot!«

Alle schüttelten den Kopf, niemand gab ihm etwas.

»Frauchen!«, rief er streng. So wie er es wahrscheinlich von Zuhause gewohnt war. Doch sein Frauchen reagierte nicht. »Du bist von uns allen am fettesten. Du brauchst am wenigsten«, schnauzte sie ihren Ehemann an. »Frauchen!«, rief er empört. Ein paar kicherten.

Wegen des unmöglichen Verhaltens des Dicken drohte Khaled der Kragen zu platzen. »Die Leute gehen ein hohes Risiko ein, wenn sie uns helfen«, sagte er mit eisiger Miene. »Sie tun es trotzdem, weil sie ein gutes Herz haben. Sie teilen ihr Trinken und ihr Essen mit uns und schleppen uns in den Hafen. Da wäre Dankbarkeit angebracht statt weiterer Forderungen.«

Der Dicke schwieg.

Brot – noch nie hatte Brot so gut geschmeckt, fand Adnan. Dazu etwas Schokolade, Feigen und ein Keks. Was für ein Festmahl. Langsam spürte er wieder Kraft und Hoffnung. Würde das Mittelmeer doch nicht zu ihrem Grab ohne Blumen werden?

»Festhalten«, rief Khaled.

Der Motor der Jacht wurde angeworfen, das Seil spannte sich und zog das alte, klapprige Flüchtlingsboot. Dhura zwickte Adnan aus Übermut in den Arm. Sie strahlte. »Wir schaffen es«, flüsterte sie glücklich. »Wir schaffen es ganz bestimmt.«

Als er die Umrisse einer felsigen Insel sah, hätte Adnan vor Freude und Erleichterung losheulen können.

Lampedusa! Neun Kilometer lang, drei Kilometer breit. Ungefähr 130 Kilometer von Tunesien entfernt und 200 von der italienischen Insel Sizilien. Lampedusa – das Tor zu Europa.

Lampedusa

Adnan sah am Hafeneingang ein riesiges Tor. Es war fünf Meter hoch mit einem Durchgang. Am Tor hingen Schuhe, Mützen und andere Habseligkeiten, die Flüchtlinge an Bord gehabt oder bei der Überfahrt am Leib getragen hatten. Was Adnan da sah war ein Kunstwerk, doch davon hatte er keine Ahnung. Sein Blick blieb viel mehr an dem alten Fischkutter hängen, der an einem von der Brandung zernagten Felsen gestrandet war. Möwengeschrei übertönte das Rauschen der Brandung. Er sah den aufgerissenen Rumpf des Holzkahns und atmete tief durch. Die Menschen, die in diesem morschen Kahn gesessen hatten, hatten wahrscheinlich nicht soviel Glück gehabt wie sie selbst.

Ihr Boot wurde in den Hafen geschleppt. Keiner sagte ein Wort. Adnan betrachtete die Häuser mit den Bögen und Flachdächern. Die meisten waren weiß gestrichen, manche ocker- oder rosafarben. Sie hätten auch in Tunesien stehen können. Segelboote dümpelten im Hafen. Fahrzeuge tuckerten an der Hafenmole entlang. Es wurde gehämmert und geschweißt. Wettergegerbte Fischer flickten ihre Netze.
Adnan war aufgeregt, sehr aufgeregt. Sein Herz pochte wie neulich, als er die gesamte Strecke von Zuhause zum Strand gerannt war. Zugleich war er erleichtert, glücklich und traurig. Traurig, dass er so weit weg von seiner Familie und seinen Freunden war. Da half auch Mayas Stein wenig.
Der Bootsausflug ist zu Ende, kleine Maya. Ich bin in Europa angekommen.
Als ihr Boot im Hafen festgezurrt wurde, brach keiner in Jubel aus. Erschöpfung, Angst und die Strapazen der letzten Tage

sorgten dafür, dass alle stumm blieben. Sie wollten nur endlich raus aus dem Boot, sie wollten wieder festen Boden unter den Füßen haben.

Dhura und Adnan, die beiden Jüngsten an Bord, durften als Erste an Land. Soldaten oder Polizisten, das wusste Adnan nicht zu sagen, mit weißem Mundschutz halfen ihnen. Warum trugen die Männer diesen Mundschutz, fragte sich Adnan. Mundschutz, so etwas gab es doch höchstens im Krankenhaus. Aber der Gedanke beschäftigte ihn nur kurz. Mit staksigen Schritten kletterte er aus dem Boot. Ein Helfer legte ihm eine Decke um. Für die Winzigkeit eines Wimpernschlages schloss er die Augen. Angekommen. Überlebt.

Er schaute zur Jacht. Ihre vier Retter kletterten gerade an Land. Immer noch auf staksigen Beinen ging Adnan zu ihnen. Dhura folgte ihm. Adnan ergriff die Hand des Mannes, der das Seil geworfen hatte, und sagte auf Französisch: »Vielen Dank, mein Herr, Sie haben mir das Leben gerettet.« Dann kamen ihm die Tränen.

Obwohl der Mann kein Französisch sprach, verstand er Adnans Worte. Er legte Adnan die andere Hand auf die Schulter und sagte ebenfalls etwas mit sanfter Stimme. Wie einem kleinen Kind wischte er Adnan dann die Tränen weg. Aus den Augenwinkeln konnte Adnan sehen, dass Dhura von den Frauen umarmt wurde. Sie sagten ein paar Worte, dann flossen auch bei Dhura die Tränen. Tränen der Erleichterung.

Ein Bus kam und sie stiegen ein.

»Wohin bringen sie uns?«, fragte Adnan.

Khaled, der sein Amt als Kapitän gegen das des Übersetzers eingetauscht hatte, meinte: »Der Bus fährt uns ins Aufnahmelager. Dort kommen alle Flüchtlinge erst einmal hin. Dort können wir uns bestimmt erholen. Es ist nicht weit.«

Adnan freute sich auf eine Matratze, auf Wasser und Essen. In seiner Fantasie sah er ein weiß gestrichenes Zimmer mit Matratzen, einem Tisch und Stühlen vor sich. Sauber und hell. Hoffentlich konnte er sich das Zimmer mit Khaled teilen. Und mit

Dhura. Weiter kam er mit seinen Überlegungen nicht, denn der Bus fuhr los.

Es ging langsam voran, die Straße im Hafen war schmal. Trotzdem fuhr der Fahrer sicher, so als habe er diese Strecke schon viele Male hinter sich gebracht. Dann bogen sie ins kleine Städtchen Lampedusa ein. Wie in Tunesien, dachte Adnan erneut, als er die kleinen Läden, die Cafés und die Häuser sah. Nur Schuhputzer sah er keine und auch niemanden, der Töpferwaren verkaufte. Auch keinen Esel, der durch das Städtchen trabte. Und er sah keine Palmen. Die Stadt Lampedusa war genauso kahl und felsig wie ein Großteil der Insel. Gleich hinter dem Ort bog der Bus in ein Tal ein und hielt vor einem Tor. Der Fahrer hupte, das Tor wurde geöffnet, der Bus fuhr hindurch und hielt, während das Tor wieder geschlossen wurde.

»Wir sind angekommen«, dolmetschte Khaled. »Wir werden hier bleiben, bis man weiß, wie es mit uns weitergeht.«

»Wie lang dauert das?« Natürlich fragte der Dicke.

»So lange es eben dauert«, antwortete Khaled, ohne die Frage übersetzt zu haben.

»Hier sieht es voll aus, wie sollen wir denn da ein gemütliches Plätzchen finden, um uns zu erholen?« Der Dicke gab sich immer noch nicht zufrieden. Aber er hatte recht. Das Lager war völlig überfüllt. Ursprünglich gab es Platz für 250 Menschen, doch nun waren es fast 2000, wie sie später erfuhren.

Es begann die Zeit der Warteschlangen. Warten, um trockene, saubere Kleidung zu bekommen. Warten auf Essen. Warten, um registriert zu werden. Nur auf eins warteten sie umsonst: auf einen Schlafplatz. Das Lager war so überfüllt, dass es längst keine freien Betten mehr gab. Nachdem sie noch einmal in einer Warteschlange gestanden hatten, hatte jeder von ihnen eine Schaumstoffmatratze ergattert. Sie würden noch eine weitere Nacht unter freiem Himmel schlafen müssen.

»Wie soll ich mich denn da von den Strapazen der Überfahrt erholen?«, hörten sie den Dicken maulen. »Ich brauche ein Zimmer mit Betten für mein Frauchen und mich!«

»Wir alle brauchen Zimmer«, erwiderte Khaled müde. »Aber es gibt keine freien Plätze.«

»Das werden wir ja sehen«, meinte der Dicke nur und marschierte schnurstracks ins Haus für die Flüchtlinge.

Adnan verdrehte die Augen. »Der Dicke ist so peinlich.«

Dhura nickte und kicherte. »Komm, wir suchen uns einen Schlafplatz.«

Sie legten ihre Matratzen an eine Mauer. Dort war es windstill und die Steine der Mauer strahlten die Wärme des Tages ab. Das Licht der Lampen störte sie hier nicht. Noch nie hatte sich Adnan so müde gefühlt. Das Rauschen der Brandung war hier kaum noch zu hören. Adnan war so erschöpft, dass er nur noch ein »Gute Nacht, liebe Maya, mein Täubchen« flüsterte, bevor er einschlief. Er bemerkte weder, dass sich Khaled zu ihnen legte, noch hörte er das Schnarchen des Mannes.

»Neeeeiiiin! Nicht! Nicht meine Mama!« – Dhuras Schreien überhörte Adnan dagegen nicht. Das konnte niemand überhören.

»Sie hat euch nichts getan! Lasst sie in Ruhe! Wir haben euch alle nichts getan. Neeeeiin – Mama. Hilfe!«

»Dhura, wach auf.« Khaled rüttelte an ihrem Arm. »Mädchen, komm zu dir.« Er nahm Dhura in die Arme, wiegte sie wie ein kleines Kind und sagte sanft: »Es war nur ein Traum, ein böser Traum. Du bist in Sicherheit.«

Dhura zitterte und wimmerte.

Adnan kroch zu den beiden und strich Dhura zärtlich über den Rücken. »Was ist mit deiner Mama? Was ist mit deinem Papa?« Das Mädchen zitterte noch mehr. Khaled schüttelte leicht den Kopf, Adnan begriff. Auch jetzt würde Dhura nicht über ihre Vergangenheit sprechen. Vielleicht würde sie nie darüber sprechen.

Was hatte sie nur durchleben und erleiden müssen? Was konnte so schlimm sein, dass sie sich weigerte, darüber zu reden? War ihre Mutter getötet worden? Was war mit ihrem Vater? Und ihren Geschwistern?

Als Adnan die beiden in der tröstenden Umarmung sitzen sah, wurde er plötzlich von einer gewaltigen Welle Heimweh überrollt. Wie aus heiterem Himmel. Die Traurigkeit, die ihn überfiel, machte ihn starr. Unbeweglich. Adnan konnte nur dasitzen. Zum ersten Mal in seinem Leben war er nicht zuhause. Er vermisste seine Familie so sehr, dass es schmerzte. Mama! Maya! Papa! Amal! Er vermisste die Umgebung, die er so gut kannte. Die Gassen, die Wege, sogar die Schule, die Dattelbäume, den Schuhputzer. Und Rahid und Nour, die beiden vermisste er ganz besonders. Er wollte nach Mayas Stein greifen, um wenigstens eine kleine Erinnerung an die Heimat zu spüren. Doch sein Arm fühlte sich tonnenschwer an, er schaffte es nicht, ihn zu heben. Wann würde er wieder nach Midoun zurückkehren? Wann würde er seine Familie wiedersehen? Wann? Immer noch saß Adnan starr da.

Als sich ein Arm um seine Schultern legte, war dies wie eine Befreiung. Er seufzte und rückte dicht zu Dhura und Khaled. Zu dritt hielten sie sich umschlungen. Adnan atmete tief ein und aus. Dhura zitterte immer noch und Khaled versuchte ihnen Kraft und Hoffnung zu geben. Der Wind, der mit den Zweigen der Pinienbäume spielte, übertönte Adnans Summen nicht. Wieder war es das Lied, das seine Mutter ihm vorgesungen hatte. Es tat gut, die Wärme der anderen zu spüren. Erschöpft schloss Adnan die Augen und schlief im Sitzen ein.

Die Papierlosen

Nach einem mickrigen Frühstück reihten sich die drei wieder in eine Warteschlange ein. Dieses Mal, um sich registrieren zu lassen.

Maya, das würde dir hier nicht gefallen. Das ist ein doofer Ausflug. Sei froh, dass du daheim bist.

»Habt ihr Ausweise? Papiere?«, fragte Khaled flüsternd.

»Schon lange nicht mehr«, sagte Dhura leise.

»Einen Ausweis hatte ich noch nie«, antwortete Adnan. »Warum?«

»Es ist besser, sie wissen nicht, woher wir kommen. Mit manchen Ländern hat Europa Abmachungen, Flüchtlinge gleich wieder zurückzuschicken. Ich glaube, auch mit Tunesien«, sagte Khaled und zu Dhura gewandt: »Bei Somalia bin ich mir nicht sicher. Besser nichts sagen. Nicht mal eure Namen.«

Sie nickten.

Khaled überlegte kurz, dann fügte er hinzu: »Ihr seid ja noch Kinder, ihr könnt eure Vornamen sagen. Aber zur Sicherheit nicht mehr.«

Ihr seid ja noch Kinder, hatte Khaled gesagt ... Aber Adnan war beinahe 14, fast schon ein Mann. Ein Kind oder ein Mann? Adnan wusste es selbst nicht. Manchmal fühlte er sich wie ein Kind, manchmal stark und erwachsen, fast wie ein Mann.

Beinahe 14 – in einer Woche hatte er Geburtstag. In der Hosentasche seines Trainingsanzuges, den er bekommen hatte, weil seine Kleidung nass war, kramte er nach Mayas Stein. Sie würde an ihn denken. Er schluckte. Das Lied aus seiner Kindheit setzte sich erneut in seinem Kopf fest, er begann zu summen.

Es dauerte beinahe eine Stunde, bis sie an der Reihe waren. Hinter einem wackligen, kleinen Holztisch saß ein Mann in Uniform. Er fragte Adnan etwas, das er nicht verstand.

»Französisch«, sagte Adnan, »ich spreche Französisch.«

Sofort setzte sich ein Mann ohne Uniform zum Uniformierten.

»Name?«, fragte er Adnan auf Französisch.

»Adnan.«

»Adnan Wie?«

Adnan schaute zu Khaled und antwortete nicht.

»Wir müssen deinen vollständigen Namen wissen, Adnan«, sagte der Mann freundlich.

Adnan schwieg. Der Mann seufzte.

»Woher kommst du?«

Adnan schwieg.

»Weißt du nicht, in welchem Land du gelebt hast? Das kann doch nicht sein.«

Was für eine doofe Bemerkung! Natürlich weiß ich das, hätte Adnan ihm am liebsten an den Kopf geworfen. Doch er schwieg.

Der Mann zuckte mit den Achseln und fuhr fort: »Alter?«

Adnan senkte den Kopf und schaute verstohlen zu Khaled. Der nickte leicht. »13, fast 14«, antwortete Adnan daraufhin.

»Ausweis?«

»Hatte ich noch nie.« Bei allen weiteren Fragen schwieg er.

Dann nahm der Mann Adnans rechte Hand, drückte Finger für Finger erst in ein schwarzes Stempelkissen, dann auf eine helle Unterlage. Adnan kam sich wie ein Verbrecher vor.

»Noch eine Papierlose?«, fragte der Mann seufzend, als Dhura an die Reihe kam.

Sie nickte. Der Mann schien nichts anderes erwartet zu haben. Kein Wunder, denn alle in der Schlange waren Papierlose. Keiner wollte sagen, aus welchem Land er kam, denn dann konnte man nicht dorthin zurückgeschickt werden.

»Ich habe Verwandte in Deutschland«, fügte Dhura ihrem Nicken hinzu.

»Das ist gut, Mädchen. Das ist sehr gut«, meinte der Uniformierte und notierte: Minderjährige mit Verwandten in Deutschland.

Khaled machte überhaupt keine Angaben.

»Das ist heute wieder so ein Tag«, sagte der Uniformierte mit einem Stöhnen zu seinem Kollegen. »Lauter Papierlose. Und alle aus Afrika, wenigstens das kann man sehen.«

Der Kollege grinste.

Als sie sich wieder an die Mauer auf ihre Matratzen setzten, hörten sie die Stimme des Dicken. Er schwärmte lautstark, wie herrlich er im Bett geschlafen habe. War es ihm doch tatsächlich gelungen, zwei Betten zu ergattern. Zur Erklärung rieb er Daumen und Zeigefinger aneinander.

»Sag doch auch was, Frauchen«, forderte er seine Frau auf.

»Angeber, lass mich in Ruhe!«, bekam er zu hören. Dann stapfte sie zum Zaun und starrte aufs Meer in Richtung Tunesien.

»Frauchen, du bist undankbar«, rief der Dicke ihr hinterher.

Dhura hielt sich vor Lachen die Hand vor den Mund. Adnan grinste. Khaled ebenso und rieb sich dabei seinen sprießenden Bart.

»Wie geht es mit uns weiter, Khaled?«, fragte Adnan.

»Ich weiß es nicht«, gestand er.

»Willst du auch nach Frankreich?«, fuhr Adnan fort, als hätte er Khaleds Antwort nicht gehört. »In Frankreich leben viele Tunesier, wir sprechen dieselbe Sprache. Ich werde in Frankreich arbeiten. Geld verdienen und es nach Hause schicken. Sie werden stolz auf mich sein.«

»Sie können jetzt schon stolz auf dich sein«, erwiderte Khaled. Auf Adnans fragenden Blick ergänzte er: »Weil du überlebt hast. – Und weil du ein prima Junge bist.« Er zwinkerte ihm zu. Adnan zwinkerte zurück.

Eigentlich wusste er, dass er sich die Frage sparen konnte. Eine Antwort bekäme er von Dhura wahrscheinlich nicht. Trotzdem versuchte er es: »Hast du wirklich Verwandte in Deutschland?«, fragte Adnan. Zu seiner Überraschung nickte sie. »Mein Onkel wohnt dort. Ohne ihn hätten wir uns nicht auf den Weg gemacht. Er hat Geld geschickt, damit wir fliehen können.«

»Wir?«, unterbrach Adnan. Es war die falsche Zwischenfrage. Dhura schluckte, nickte und sagte kein Wort mehr, sondern starrte vor sich hin. Adnan schaute sie an und war sicher, dass sie nichts und niemanden mehr wahrnahm. Nicht die Matratzen, die überall herumlagen, auch nicht das langgestreckte Flüchtlingshaus, das vor Jahren einmal mit rosa Farbe gestrichen worden war. Sie sah nicht die Wäsche, die überall zum Trocknen hing. Längst reichten die Wäscheleinen nicht aus – über dem Zaun, der das Lager umschloss, hing genauso Wäsche wie in den paar Büschen oder über den Türen. Dhura sah auch nicht den kümmerlichen Unterschlupf, den sich jemand aus zwei Paletten und einer Matratze als Dach gebaut hatte. Ärmlich zwar, aber immerhin bot er ein bisschen Privatsphäre. Sie sah auch nicht die drei Männer, die auf dem Boden knieten und sich betend vorbeugten. Und sie hörte vermutlich auch nicht das Kinderlachen, das von zwei Jungs kam, die mit einem alten Ball kickten und für ein paar Minuten das Elend und die schrecklichen Erinnerungen vergessen konnten. Bestimmt sah Dhura auch nicht die Männer, die auf klapprigen Plastikstühlen saßen und nervös mit den Füßen wippten. Andere starrten genauso abwesend vor sich hin wie Dhura. Auch Khaled schien im Moment ganz weit weg zu sein.

Eigentlich wollte Adnan ein bisschen herumstromern. Vielleicht sogar für ein paar Stunden aus dem Lager verschwinden, ans Meer gehen und allein sein. Im Lager konnte man nicht allein sein. Überall waren Menschen. Doch er fühlte sich viel zu erschöpft. Als hätte die Überfahrt ihn all seiner Kraft und Energie beraubt. Es gab nur noch eins, wofür seine Energie reichte: Er suchte den Dicken. Ausgerechnet den Dicken! Mit geschlossenen Augen saß dieser auf einem Stuhl im Schatten und machte einen recht zufriedenen Eindruck.
»Entschuldigen Sie«, sagte Adnan höflich.
Der Dicke öffnete kurz die Augen: »Was willst du, Bürschchen?«
»Sie sind doch auch aus Tunesien«, begann Adnan, »und ich habe gesehen, dass Sie ein Mobiltelefon haben. Dürfte ich, könnte ich, vielleicht wäre es möglich ...«

»Was stammelst du rum?«, blaffte der Dicke.

Adnan atmete tief durch: »Darf ich Ihr Telefon benutzen? Nur ganz kurz. Ich würde gerne daheim anrufen und sagen, dass ich es nach Lampedusa geschafft habe. Bitte.«

Der Dicke schnaubte abfällig. »Wenn ich das mache, dann kommt ganz Tunesien, ach was, ganz Afrika, um mit meinem Telefon zuhause anzurufen. Nein, das fange ich gar nicht erst an!« Mit beiden Händen wollte er Adnan wie ein lästiges Insekt wegscheuchen.

»Bist du noch gescheit?«, fauchte seine Frau. Ihre Augen funkelten. »Bist du denn zu geizig, um diesem armen Jungen zu helfen! Was glaubst du, welche Sorgen sich seine Mutter macht? Du wirst immer herzloser! Was ist nur aus dir geworden?«

»Aber Frauchen, ich kann doch nicht jedem ...«, versuchte er sich zu verteidigen.

»Nicht jedem?«, unterbrach sie ihn, »nicht jedem? Du hast noch keinem einzigen dein Telefon gegeben. Schämst du dich nicht?«

Ohne ein weiteres Wort zog der Dicke sein Mobiltelefon aus der Hosentasche und gab es Adnan.

»Danke.«

Der Dicke schaute mürrisch, seine Frau nickte Adnan freundlich zu.

Adnan wählte die Nummer von Onkel Sami, dem Einzigen der Familie, der ein Telefon besaß. Es tutete. Adnans Herz schlug schneller.

»Hallo«, hörte er die vertraute Stimme seines Onkels, die so nahe klang, als säße er höchstens fünf Meter von ihm entfernt.

»Onkel Sami, hallo. Ich bin's. Adnan. – Es geht mir gut. Ich bin in Lampedusa angekommen. Hat aber länger gedauert, als gedacht. Ich musste nach Sfax und von dort...«

Der Dicke räusperte sich und sah mürrisch zu Adnan.

»Inschallah«, hörte er Onkel Sami sagen.

»Es geht mir gut«, sagte Adnan noch einmal. »Bitte grüße Mutter und Maya und Vater und Amal und alle. Ich muss Schluss machen.«

»Auf Wiedersehen, mein Junge«, grüßte der Onkel erleichtert.

»Danke, vielen Dank«, sagte Adnan, als er dem Dicken das Telefon reichte.

»Gern geschehen, mein Junge«, sagte dessen Frau.

Adnans Herz klopfte vor Freude. Durch das Telefonat fühlte er sich seiner Familie näher – und war doch so weit weg. Ein ganzes Meer trennte sie.

»Aufwachen, du Schlafmütze, es gibt Essen.« Sanft rüttelte Khaled an Adnans Schulter.

Immer noch erschöpft stellte er sich mit Dhura und Khaled am Ende der Warteschlange an. Auch Dhura machte einen schläfrigen Eindruck. Khaled unterhielt sich mit seinem Hintermann. Es duftete nach Pizza. Plötzlich ein Scheppern, dann splitterte Glas. Adnan drehte den Kopf und konnte sehen, wie Scheiben zerschlagen wurden. Automatisch duckte er sich. Dhura drängte sich schutzsuchend an Khaled.

»Was will der Mann?«, fragte Adnan erschrocken. Khaled übersetzte.

»Wann geht es für uns weiter?«, schrie ein Mann. »Wir sind schon vier Monate auf der Insel. Wir können doch nicht ewig hierbleiben!«

»Es muss was passieren!«, brüllte ein anderer Mann und drohte mit einem Knüppel die nächste Scheibe einzuschlagen.

»Vier Monate«, rief der erste. »Vier Monate und dabei sollten wir höchstens 48 Stunden hier sein. Das sind zwei Tage.«

Der andere Mann fuhr mit dem Knüppel über die Gitterstäbe vor dem Büro. Er schaute entschlossen drein. Er hatte nichts zu verlieren.

»Aufhören! Männer, seid vernünftig«, rief ein Polizist, der mit seinem Kollegen zu ihnen eilte. Beide Polizisten hielten ihre Schlagstöcke in der Hand. »Ihr habt ja recht. Vier Monate sind viel zu lang. Es wird für euch weitergehen. Ganz bestimmt.«

»Wann?«, fragte der mit dem Knüppel skeptisch.

»Bald«, erwiderte der Polizist.

Das schien dem anderen nicht zu genügen. »Wann ist bald? In einer Stunde? Morgen? Oder in einer Woche?«

»Bald ist bald«, antwortete der Polizist beinahe hilflos. Es war ihm anzusehen, dass er keine Ahnung hatte.

»Bald reicht mir nicht!«, rief der Mann, holte aus und zertrümmerte noch ein Fenster.

»Sei vernünftig!«, rief der Polizist hilflos. »Damit schaffst du dir nur Probleme.«

»Probleme? Dass ich nicht lache – Probleme!« Der Mann redete sich in Rage. »Ich habe nichts als Probleme am Hals! Ich musste mein Land verlassen. Ich habe kein Dach überm Kopf, kein Geld, keine Arbeit. Ich vermisse meine Frau und meine Kinder. Ich weiß nicht, wie es weitergehen soll. Was macht da noch das ein oder andere Problem aus? Probleme – pah!«

Adnan beobachtete, wie sich zwei Polizisten von hinten an den Mann heranschlichen. Gerade als er »pah« sagte, schwang er erneut seinen Knüppel, der den Kopf eines Polizisten traf. Ein dumpfes Geräusch war zu hören. Erschrocken drehte der Mann sich um und sah, wie der Polizist zu Boden sackte.

»Das, das wollte ich nicht«, stammelte er. »Ehrlich, das wollte ich nicht.« Er ließ den Knüppel fallen und wollte sich über den verletzten Polizisten beugen. Doch er wurde von zwei weiteren Polizisten weggezerrt. In Windeseile legten sie ihm Handschellen an.

»Du wirst abgeschoben. Das ist sicher«, zischte einer der beiden Polizisten laut genug, dass es alle hören konnten.

Nachdem der zweite Unruhestifter gesehen hatte, was mit seinem Freund geschehen war, hatte er sich aus dem Staub gemacht.

»Das war doch keine Absicht!«, sagte Adnan erregt. »Das wollte der wirklich nicht!«

Khaled nickte nur und legte den Zeigefinger vor den Mund.

Nur mit Mühe konnte sich Adnan beruhigen.

Während sich Dhura, Khaled und Adnan ihre Pizzastücke abholten, wurden die Glasscherben zusammengekehrt. Schnell gingen die drei zurück zu ihren Matratzen und verschlangen wortlos das Essen. Vier Monate, überlegte Adnan, hoffentlich müssen wir keine vier Monate hierbleiben. Ich muss doch weiter. So schnell wie möglich nach Frankreich. Ich brauche dringend eine Arbeit. Denn eins ist sicher: Je eher ich zu arbeiten beginne, desto schneller kann ich meiner Familie helfen, das geborgte Geld zurückzahlen, und wieder zurück nach Midoun.

Paolo Veronese

Zwei Tage vergingen. Drei Tage. Vier Tage. Neue Flüchtlinge kamen, kaum einer konnte die Insel verlassen. Zweimal war es Adnan gelungen, allein zum Meer zu gehen. Zweimal stand er am Ufer, kniff die Augen zusammen, um möglichst scharf und weit zu sehen. Tunesien wollte er sehen. Seine Heimat, die ihm so fehlte. Doch er sah nur das Meer und den Horizont. Zweimal hatte er flache Steine gesucht und auf den leichten Wellen hüpfen lassen. Wie früher am Strand. Doch das Wohlbehagen, das er am Strand in Djerba hatte, das wollte sich hier nicht einstellen. Und das Meer machte ihm Angst. Obwohl es sanft an die Küste plätscherte, wusste Adnan jetzt, wie gefährlich es sein konnte. Jede Nacht sah er den ertrinkenden Mann vor sich und hörte dessen verzweifelten Todesschrei. Letzte Nacht war er von diesem Schrei aufgewacht. Erschrocken setzte er sich auf und hielt sich die Ohren zu. Doch es nützte nichts. Dann versuchte er sich auf die Geräusche der Nacht zu konzentrieren, auf das Schnarchen der Männer, auf ein Käuzchen, irgendwo hupte es und der Wind strich sanft durch die Äste der zwei Pinien, die neben dem Lager wuchsen. Doch auch darauf konnte er sich nicht konzentrieren. Denn mit dem Bild des ertrinkenden Mannes und seinem Schrei hämmerte auch noch ein Gedanke in seinem Kopf: Ich bin schuld! Ich bin schuld!
Adnan stöhnte.
»Was ist los, Bruder?«, fragte Khaled.
»Ich bin schuld! Es ist meine Schuld!«
Zwar konnte Adnan den fragenden Ausdruck auf Khaleds Gesicht nicht erkennen. Doch der junge Mann stupste ihn auffordernd in die Seite, sodass Adnan von seinen Schuldgefühlen erzählte.

»Nein, es ist nicht deine Schuld«, sagte Khaled bestimmt. »Niemand hat Schuld, außer vielleicht die Welle, die ihn über Bord gerissen hat. Oder wir alle haben Schuld, weil wir ihn nicht festgehalten haben. Oder weil wir nicht schwimmen können. Ich hätte das Seil auch nicht geschickter werfen können als du. Du hast das prima gemacht. Du wärst sogar ins Wasser gesprungen. Du warst der Mutigste von uns allen. Dich trifft keine Schuld! Kapiert?« Khaled strich seinem jungen Freund über den Kopf und gab ihm dann einen freundschaftlichen Klaps.
Adnan nickte.

Als Dhura, Adnan und Khaled am achten Tag auf ihren Matratzen dösten, kam einer in Uniform und sagte zu Khaled. »Wir brauchen Ihre Hilfe als Dolmetscher. Bitte kommen Sie mit.«
Khaled nickte und stand auf, froh, etwas tun zu können. Beim Aufstehen lächelte er den beiden zu. Adnan hob nur träge den Kopf. Hätte er gewusst, dass er seinen Freund zum letzten Mal sehen würde, hätte er anders reagiert.
Kaum war Khaled im Haus, kam ein anderer in Uniform und setzte sich zu Dhura und Adnan.
»Ihr habt doch Verwandte in Deutschland.«
Dhura nickte. »Mein Onkel wohnt in Köln.«
»Du möchtest doch sicherlich zu deinem Onkel«, sagte der Mann leise.
Dhura nickte erneut.
»Und du? Willst du auch nach Deutschland? Ist das auch dein Onkel?«, fragte er Adnan.
»Ich? Deutschland? Nein, ich möchte ....Aua!« Adnan wollte protestieren, doch Dhura hatte ihn kräftig in den Oberschenkel gekniffen.
»Es sieht zwar nicht so aus, aber wir haben tatsächlich denselben Onkel«, mischte sich Dhura freundlich lächelnd ein und zeigte auf ihre dunkle und Adnans hellere Haut. Unbemerkt zwinkerte sie Adnan zu. »Soll ich ihnen unsere Verwandtschaft erklären? Also meine Großmutter ist mit meinem Großvater verheiratet. Der wiederum hat noch eine Zweitfrau ...«

»Schon gut, schon gut, Mädchen«, sagte der Uniformierte, den das nicht im Geringsten interessierte. »Hier hat jeder von euch 150 Euro. Damit könnt ihr es bis Deutschland schaffen. Dort ist es besser für euch. Aber ihr müsst vorsichtig sein und dürft euch nicht erwischen lassen. Ihr dürft auch nicht sagen, dass ihr aus Italien kommt. In einer halben Stunde geht die Fähre, dort wissen sie Bescheid.«

»Warum, warum machen Sie das?«, fragte Dhura irritiert.

»Ein Geschenk vom italienischen Staat«, antwortete er grinsend. »Die einzige Bedingung ist, dass ihr sofort losgeht und nicht mehr zurückkommt. Schnell, schnell. Am Tor wartet das Auto.«

Ehe die beiden kapierten, was gerade geschehen war, bugsierte sie der Uniformierte vor das Tor. Es blieb gerade noch Zeit, um ihre Kleider, die sie gewaschen hatten, vom Zaun zu nehmen. »Avanti. Ciao.«

Adnan wollte protestieren. Weder wollte er nach Deutschland, noch wollte er ohne Khaled gehen. Khaled, sein Freund. Sein Bruder. Doch Dhura nahm ihn an der Hand und zog ihn energisch davon. »Das ist unsere Chance, los, komm!«

Protestierend stolperte Adnan in den kleinen Fiat, der sofort losbrauste.

Adnan drehte sich um und schaute zum Rückfenster hinaus. Er hätte schwören können, dass er Khaled sah, wie er aus dem Haus kam. Khaled!

»Warum machen Sie das?«, fragte Dhura nun den Fahrer. Das Mädchen schien sich von der Überraschung bereits erholt zu haben.

»Dafür ich bekomme Geld. Ein bisschen«, sagte der Mann auf Italienisch.

»Wer bezahlt Sie?«

»Die Polizei. Oder Italien. Möchten die Flüchtlinge loswerden. Ist billiger als im Lager.« Lachend und fröhlich pfeifend kurvte der Mann durch das Städtchen Lampedusa.

Dhura übersetzte für Adnan. »Woher kannst du Italienisch?«, fragte er.

»Aus der Schule. Wir lernen dort Italienisch.«

Adnan konnte bereits die Fähre erkennen. In seinem Kopf rauschte es. Er wusste nur, er wollte die Insel nicht ohne Khaled verlassen. Khaled würde ihm immer helfen, Khaled würde ihn beschützen. Ohne Khaled fühlte er sich völlig einsam in der Fremde. Außerdem wollte er nicht schon wieder auf ein Boot. Selbst diese stabile Fähre flößte ihm Angst ein. Die Erinnerungen an seine letzte Bootsfahrt ließen ihn zittern. Die Erinnerung an den Todesschrei. Dhura dagegen saß ganz ruhig neben ihm. Freute sie sich etwa?

Der Fiat stoppte mit quietschenden Reifen, der Fahrer pfiff einmal laut und durchdringend auf zwei Fingern. Es dauerte keine Minute, bis eine mollige Frau mit dunklen Locken an der Schiffsrampe erschien. Sie trug einen dunklen Rock und einen hellen Blazer, was zusammen wie eine Uniform aussah. Während sie ein paar Wörter mit dem Fahrer wechselte, las Adnan den Namen der Fähre »Paolo Veronese« stand in großen Buchstaben dort. Gleich darauf bugsierte die Frau Dhura und Adnan die Rampe hinauf.

»Viel Glück«, rief der Fahrer ihnen nach.

Die Frau führte die beiden, sie schlängelten sich zwischen parkenden Autos hindurch, dann Treppen hinauf.

»Ich will wieder an Land«, stieß Adnan hervor. »Ich will zurück.«

Die Frau verstand ihn nicht. Adnan drehte sich um und rannte los, doch ein Mann versperrte ihm den Weg. Dann schnappte ihn die Frau mit einer Kraft, die man ihr nie und nimmer zugetraut hätte. Sie schleppte Adnan durch einen schmalen Korridor zu einem fensterlosen, schummrigen Kabuff. Die Frau nickte ihnen zu, zeigte auf drei Wasserflaschen und zwei Packungen Kekse, dann zog sie die Tür zu und verriegelte sie.

Adnan ließ sich auf die Pritsche fallen und wimmerte. Er fühlte sich schrecklich, schließlich hatte er ganz andere Pläne gehabt. Wie sollte er jetzt nach Frankreich kommen? Wie sollte er es ohne Khaled schaffen?

Wut stieg in ihm auf. Wut, die Dhura mit voller Wucht abbekam: »Du bist Schuld, dass ich hier hocke! Ich wollte nicht weg. Nicht ohne Khaled. Ich will nicht schon wieder aufs Meer. Ich will nicht in dieses Deutschland. Was soll ich da? Da kenne ich niemanden. Ich spreche die Sprache nicht. – Du bist schuld! Ich hasse dich!«

Zornig rutschte er auf der Pritsche ganz nach hinten, zog die Beine an und umschlang seine Knie.

»Ich weiß gar nicht, was du hast«, fauchte Dhura ihn an. »Du solltest mir dankbar sein. Endlich geht es weiter. Wer weiß, wie lange wir noch in diesem miesen Lager gehockt und was die mit uns gemacht hätten? Vielleicht hätten sie uns wieder zurückgeschickt. Ist alles schon passiert. Oft. Wir haben eine Chance bekommen. Wir können es schaffen.«

Was schaffen?, wollte Adnan rufen. Was? In ein fremdes Land kommen? Na toll! Ich will da nicht hin. Nicht nach Deutschland, auch nicht nach Frankreich – ich will zurück nach Tunesien. Doch Adnan schwieg. Dhura hätte es nicht verstanden. Sie hatte ihr Ziel: den Onkel in Köln. Er selbst war ziellos. Er wusste nur, er musste seiner Familie helfen. Irgendwie. Und bald.

Die Motoren der Fähre wurden angeworfen. Die *Paolo Veronese* schien zu beben. Adnan hielt den Atem an.

»Wir sind hier sicher«, meinte Dhura, jetzt mit sanfter Stimme. »Das ist ein stabiles Schiff, nicht so eine wackelige Nussschale wie die, mit der wir übers Meer gekommen sind.« Sie reichte Adnan die Packung Butterkekse. Obwohl er keinen Hunger verspürte, riss er die Packung auf und mampfte einen Keks nach dem anderen. Um sich zu beruhigen sprach er in Gedanken mit seiner Schwester.

Maya, ich mache schon wieder so einen doofen Bootsausflug. Ich hasse Bootsfahrten. Da kann so viel passieren. Ich habe Angst, denn beim letzten Mal...

»Hast du Geschwister?«

Adnan schaute Dhura entgeistert an. Konnte sie Gedanken lesen? Warum fragte sie ausgerechnet jetzt nach Geschwistern?

Dhura grinste. »Was ist? Warum schaust du so komisch? Hast du oder hast du keine?«

Adnan nickte und erzählte von Maya und von Amal. Vor allem von Maya. Er holte den Stein aus seiner Hosentasche und zeigte ihn Dhura. Sie nahm den Stein und wiegte ihn in der Hand. »Und du?«

»Ich habe eine ältere Schwester, Nhur, und einen älteren Bruder, Burhaan.«

»Sind sie noch in Somalia?«, fragte Adnan vorsichtig.

»Burhaan kämpft bei den Rebellen. Ich habe ihn schon lange nicht mehr gesehen. Ich weiß nicht, ob er ...«

»Und Nhur?«, fragte Adnan schnell.

»Mit Nhur bin ich geflohen. Meine wunderschöne, kluge Schwester Nhur.« Dhura schluckte.

»Was ist passiert?«

»Wir waren noch in Somalia unterwegs. Auf einem Lastwagen. Wir waren viele. Es war kühl, darum hatte ich mir die Baseballkappe aufgesetzt und eine Decke um die Schultern gelegt.« Dhura machte eine Pause. »Wir fuhren eine holprige Piste entlang. Aus dem Nichts tauchten plötzlich fünf Männer auf. Schwer bewaffnete Männer. Sie sprangen auf den langsam fahrenden Lastwagen und zwangen den Fahrer anzuhalten. Der hatte Angst und gehorchte.« Dhura stieß ihren Atem stoßweise aus. »Die Männer leuchteten jeden Einzelnen an. Sie zwangen jede Frau zum Aussteigen. Wenn sich eine wehrte, wurde sie geschlagen. Ein Mann wollte seine Frau nicht gehen lassen. Die Banditen haben ihm das Gewehr auf den Kopf geschlagen. Er wurde bewusstlos, dann zerrten sie seine schreiende Frau davon. Alle Frauen und Mädchen holten sie. Nur mich, mich ließen sie sitzen, weil sie dachten, ich sei ein Junge.«

Dhuras Körper bebte.

»Was ist mit Nhur und den anderen Frauen passiert?«

Das Mädchen zuckte mit den Schultern. »Ich weiß es nicht. Der Fahrer brauste los, so schnell er konnte, und als er anhielt, waren wir in einer kleinen Stadt.«

»Hast du Nhur nicht gesucht?«

»Doch. Lange. Aber es ist Somalia. Da ist es nicht wie anderswo. In Somalia herrschen andere Gesetze, besser gesagt: keine Gesetze. Niemand konnte mir helfen. Niemand wusste, wo sie sein könnte. Die Männer suchten ihre Frauen, ich suchte meine Schwester. – Wir haben keine von ihnen gefunden.«

Dhura ließ den Stein fallen und hielt sich die Hände vors Gesicht. Sie weinte, das wusste Adnan, aber er wusste nicht, was er machen oder sagen sollte. Hilflos hob er seinen Stein auf, legte ihn auf die Handfläche, wartete, und als Dhura die Hände sinken ließ, streckte er ihr die Handfläche entgegen.

Dhura versuchte ein Lächeln und schüttelte gleichzeitig den Kopf. »Es ist dein Stein«, flüsterte sie. »Deine Schwester.« Gleichzeitig war sie gerührt, dass Adnan ihr das kostbarste, das er hatte, geschenkt hätte.

Sizilien

Zwölf Stunden später tapsten zwei Kinder, fast schon Erwachsene, von Bord der *Paolo Veronese.*

»Wo sind wir?«, wollte Adnan von der Frau wissen, die sie auch an Bord gebracht hatte. Doch sie sprach kein Französisch und schaute fragend.

»Wo?«, versuchte es Dhura und zeigte mit beiden Händen aufs Land vor ihnen. Die Gesichtszüge der Frau hellten sich auf. Sie nickte eifrig und sagte: »Sicilia.« Dann drehte sie sich um, winkte ihnen zu und ging wieder aufs Schiff.

»Sicilia«, wiederholte Adnan. »Sizilien – das ist doch schon wieder eine Insel. Verdammte Inseln! Wie soll's jetzt weitergehen? Wie sollen wir denn von hier weiterkommen?«

Auch Dhura hatte keine Idee.

Sie schauten sich um. Autos standen in einer Reihe hintereinander. Die Fahrer warteten, bis sie mit ihrem Auto auf die Fähre fahren durften. Manche ließen den Motor laufen, andere hupten ungeduldig. Ein Mann rannte, hektisch mit einer Fahrkarte wedelnd, zu einem der Autos. Kinder leckten Eis. Zwei Frauen saßen im Schatten unter dem Vordach eines grauen Schuppens, tippten in ihre Smartphones und fächelten sich immer wieder Luft zu. Hinter dem Schuppen standen einige Lastwagen. Vor einem Fahrkartenschalter bildete sich eine Menschenschlange. Es wurde gerufen, gehupt und gerannt.

Alle schienen ein Ziel zu haben, alle, bis auf Dhura und Adnan. Die beiden standen hilflos inmitten des Gewusels. Sie fühlten sich einsam und fremd. Obwohl er es uncool fand, tastete Adnan nach Dhuras Hand. Sie lächelte ein schüchternes und ängstliches Lächeln, dann fuhr sie zaghaft mit ihrem Daumen über die Innenfläche von Adnans Hand. Zwei Kinder, die keine Ahnung hatten, wie es weitergehen sollte. Adnan schaute zum Himmel, die Sonne stand schon tief.

»Es wird bald dunkel«, sagte er, »wir brauchen einen Schlafplatz.« Doch wo sollten sie schlafen? Adnan grübelte. Sollten sie einen Teil des Geldes, das sie in Lampedusa bekommen hatten, für eine Unterkunft ausgeben? Als ob beide denselben Gedanken gehabt hätten, schüttelten sie gleichzeitig den Kopf. Nein, sie mussten das Geld sparen. Adnan drückte die Plastiktüte mit seinen Kleidern, die er in Lampedusa noch schnell von der Wäscheleine hatte reißen können, fest an sich. Ratlos setzten sie sich an den Straßenrand und schauten sich erneut um. Irgendwo musste es doch einen Schlafplatz für sie geben. Aber wo? Lange saßen die beiden einfach nur da.

Ach Maya, wenn doch jemand kommen und uns mitnehmen würde. In ein Auto oder in eine Wohnung, egal wohin, wir brauchen doch nur ein bisschen Platz. Und Schutz. Maya, niemand kümmert sich um uns! Ich habe solche Angst vor dieser Nacht!

Bestimmt hätte Adnan auf der Stelle losgeheult, wenn ihn Dhura nicht leicht in die Seite geboxt hätte. Sie deutete mit dem Kinn unauffällig nach rechts. Dort stand ein Mann, ein Afrikaner, und schaute sich ständig um. Dhura ließ ihn nicht mehr aus den Augen. Scheinbar zufällig, wie ein bummelnder Spaziergänger, schlenderte der Mann am Straßenrand entlang. Er schaute noch mal vor und hinter sich, dann zwängte er sich blitzschnell ins Gebüsch. Sofort zog Dhura Adnan auf die Beine und ging zu der Stelle, auf der vor ein paar Sekunden noch der Afrikaner gestanden hatte.

»Er ist hier rein«, flüsterte Dhura. Sie konnte die kleine Lücke im Dickicht erkennen. »Los, ihm nach.«

Adnan zögerte. Wer weiß, was uns dort erwartet, dachte er. Dhura war schon im Gebüsch verschwunden. Eilig kroch Adnan hinter ihr her, denn auf keinen Fall wollte er ganz alleine sein. Kleine Dornen rissen die Haut seiner Arme auf. Es brannte, doch ihm blieb keine Zeit, sich darum zu kümmern. Denn er sah einen kleinen Trampelpfad, auf dem Dhura entlangpirschte. Adnan musste sich ganz klein machen. Er sah ein altes Handtuch auf dem Boden liegen oder war es ein großes T-Shirt? Das war in der Dämmerung nicht so genau zu erkennen. Er stolperte über einen großen Stein, wäre beinahe gefallen. Als er sich aufrappelte, sah er im Dämmerlicht Dhura, die den Mann eingeholt hatte und mit ihm redete. Schnell beeilte er sich, zu ihnen zu kommen. Er hörte noch, wie der Mann auf Arabisch sagte: »Von mir aus könnt ihr euch hier einen Schlafplatz suchen. Ist einigermaßen sicher vor Polizisten, trotzdem weiß man nie, wen es alles hierher treibt. Es gibt schönere Schlafplätze. – Hier drüben lege ich mich hin.«

»Besser als nichts«, sagte Dhura, die sich zu Adnan umgedreht hatte.

»Besser als nichts«, wiederholte er, obwohl er gleichzeitig dachte: Es ist nichts. Nichts als Boden hinter Gestrüpp. Da er aber selbst keine Idee hatte, wo sie sonst hätten schlafen können, gab er sich damit zufrieden.

»Können wir die haben?«, fragte Adnan sofort, als er eine dünne, schmutzige Stoffdecke über zwei Ästen hängen sah. »Von mir aus«, sagte der Mann nur. »Die hat gestern einer hingehängt, aber er ist nicht mehr zurückgekommen. Vielleicht hatte er Glück und sitzt jetzt schon in Deutschland oder Dänemark oder England. Vielleicht hatte er Pech und sie haben ihn geschnappt. Wer weiß das schon.«

Adnan nahm die Decke, sie würde etwas Wärme und Schutz in der Nacht bieten. Sie legten sich neben den Mann.

»Wie lange schläfst du schon hier?«, fragte Dhura.

»Lange. Zehn, elf, zwölf Nächte – ich zähle sie nicht mehr.«

»Willst du nicht mehr weg?«, fragte Adnan naiv.

Der Mann atmete laut hörbar aus. »Natürlich will ich weg. Lieber gestern als heute. Aber so einfach geht das nicht. Nicht, wenn man kein Geld hat. Manchmal weine ich über mein Leben. So mies wie hier habe ich selbst in Afrika nicht leben müssen.«

Als hätte jemand die Schleusen geöffnet, brach seine Geschichte aus ihm heraus: »Ich komme aus Mali. Vor vielen Jahren bin ich nach Libyen gegangen, um Geld für meine Familie zu verdienen. Ich arbeitete als Maler. Es war ein gutes Leben. Dann kam der Krieg und ich war nicht mehr sicher in Libyen. Denn wir Fremden galten plötzlich als Sündenböcke für alles, was in Libyen schieflief. – Ich musste schnellstens weg und wollte wieder zurück nach Mali. Doch die Polizei kam mir zuvor. Sie griff mich auf und brachte mich und viele andere Schwarzafrikaner zum Hafen. Ich wollte nicht in das Boot, ich wollte nicht nach Europa, sondern zurück in die Heimat. Dafür musste ich nicht übers Wasser. Libyen und Mali liegen doch beide in Afrika. Doch die Polizisten zwangen mich mit vorgehaltener Waffe. Auf dem morschen Kutter standen 500 Leute aneinandergepresst. Wir hatten nichts zu trinken. In ihrer Verzweiflung tranken viele Salzwasser. Sie husteten und hatten ganz rote Augen. Wir haben nur überlebt, weil ein Boot vom Roten Kreuz uns in einen italienischen Hafen schleppte. – Nun bin ich hier gelandet, ich will weg von dieser Insel. Hab aber kein Geld. Immer wieder versuche ich, mich in Lastwagen zu schleichen. Doch mittlerweile passen die Fahrer auf und verschließen ihre Wagen. – Vielleicht muss ich ewig hier blieben. Vielleicht werde ich hier sterben.« Tränen glitzerten in seinen Augen.

Genauso wie in Dhuras und Adnans. Die beiden lagen dicht beieinander, sodass sie sich gegenseitig wärmen konnten.

Normalerweise schlief Adnan tief und fest wie ein Murmeltier, aber in dieser Nacht konnte er kaum ein Auge zumachen. Am nahen Hafen schien keine Ruhe einzukehren. Autotüren wurden zugeschlagen. Männer stritten. Irgendwo schrie ein Kind, oder war es eine Frau? Im Gebüsch raschelte es. War das ein Vogel? Oder eine Ratte? Oder ein Dieb? Adnan zwang sich, die Augen zu öffnen. Er sah den matten Schein einer Taschenlampe. Sein Herz schlug schneller. Doch ein Dieb! Würde er ihr Geld finden? Dann würden sie, genauso wie der Mann neben ihnen, kaum noch von der Insel kommen. Oh nein, das durfte nicht geschehen. Adnan tastete nach einem großen Stein, der ihm als Waffe dienen könnte. Der Schein der Taschenlampe streifte die

Decke, entfernte sich aber sofort wieder. Adnan hatte einen Stein gefunden. Der war so groß, dass er ihn gerade noch mit einer Hand umfassen konnte. Damit konnte er sich, Dhura und das Geld verteidigen. Er umklammerte den Stein und wartete auf den Angreifer. Adnan hörte ein verdächtiges Geräusch, wie ein Knacken. Sicherlich macht sich der Angreifer bereit, dachte er. Es knackte noch einmal, dann war Ruhe. Adnan blieb angespannt, doch nichts geschah.

»Adnan, Adnan, wach auf.« Dhura rüttelte ihn. »Es ist schon hell. – Wozu hältst du denn den Stein in der Hand?«

Der Stein! Adnan war sofort hellwach. »Der Angreifer«, flüsterte er.

»Welcher Angreifer?«, fragte Dhura.

Adnan sah sich um, ein paar Meter weiter im Dickicht sah er einen dunklen Schlafsack, in dem jemand lag. War das der Angreifer? Nein, dies war jemand, der genau wie sie bloß einen Schlafplatz gesucht hatte. Erleichtert legte Adnan den Stein zur Seite. »Welcher Angreifer?«, fragte Dhura noch einmal.

»Ach nichts«, erwiderte Adnan kleinlaut und warf den Stein zur Seite. Dann legte er die schmuddelige Decke zusammen und hängte sie über ein paar Äste. Hoffentlich brauchen wir sie in der nächsten Nacht nicht mehr, dachte er dabei.

Vorsichtig krochen sie aus dem Gestrüpp zurück in die Nähe des Hafens. Schon so früh am Morgen war mächtig was los. Autos und Lastwagen standen in einer Reihe und rollten langsam vorwärts. Alle wollten in den großen Bauch einer Fähre, die sie von Sizilien aufs Festland brachte. Dazu kamen ein paar Fahrradfahrer, Fußgänger. Ein Zeitungsverkäufer versuchte Zeitungen zu verkaufen, jemand bot Lose an. Es roch nach Benzin und nach Kaffee. Die beiden bewegten sich in die entgegengesetzte Richtung zur Autoschlange. Sie entdeckten einen Kiosk. Adnan hatte noch im Gestrüpp etwas Geld aus dem Kuvert in seiner Unterhosentasche genommen. Sie wählten ein paar belegte Brötchen und zwei große Wasserflaschen. Dann setzten sie sich auf eine Laderampe, ließen die Beine baumeln und sich ihr Frühstück schmecken.

Treffpunkt: Hauswand

Plötzlich stand ein Mann vor ihnen. Schwarze Haare. Vollbart. Der Mann sagte etwas, das Adnan nicht verstand. Er versuchte es in verschiedenen Sprachen. »Wo wollt ihr hin, Kinder?«, fragte er schließlich auf Französisch.

»Nach Frankreich. Oder Deutschland«, antwortete Adnan leise.

»Was jetzt? Deutschland oder Frankreich?«, wollte der Mann wissen. Es klang ungeduldig.

»Deutschland«, mischte sich Dhura ein.

Was sollte Adnan in Deutschland? Er hatte überhaupt keine Ahnung von dem Land. In Frankreich, das wusste er, lebten viele Tunesier. Und er würde keine Probleme mit der Sprache haben.

»Frankreich.«

Der Mann schnalzte mit der Zunge, dann senkte er seine Stimme: »Ich kann euch nach Deutschland bringen. Und nach Frankreich. Doch das kostet.«

»Wie viel?«, fragte Dhura leise.

Der Mann schien zu überlegen. »Deutschland zusammen 400 Euro. Einmal Frankreich, einmal Deutschland, das sind 300 für jeden.«

»Was? Wieso das denn?«, rief Adnan empört.

»Schhhhh.« Der Bärtige legte den Zeigefinger auf seinen Mund und schaute sich hektisch um.

»Das, das können wir nicht bezahlen«, stammelte Dhura leise. »Weder das eine, noch das andere. Wir haben nicht mehr als …«

»200 Euro zusammen«, fiel ihr nun Adnan ins Wort. Es hatte schon einmal geklappt, dass er nicht sein ganzes Geld den Schleppern gegeben hatte. Vielleicht klappte es noch einmal.

Der Mann überlegte, dabei rieb er die Finger seiner rechten Hand und hielt sie dicht an seinen Mund. »200 zusammen, das ist fast nichts. Da geht nur Deutschland. Dorthin habe ich bessere Kontakte.« Er schaute zu Adnan. »Wenn du nach Frankreich möchtest, musst du die 300 Piepen beschaffen.«

Der Blick des Mannes war eiskalt. Er würde sich nicht für Adnans Gründe interessieren und er würde auch nicht mit sich handeln lassen. Der Mann interessierte sich nur für Geld. Doch woher sollte Adnan 300 Euro nehmen? Er hatte nur etwas mehr als die Hälfte davon.

Adnan wusste, dass Dhura auf keinen Fall nach Frankreich gehen würde. Sie wollte zu ihrem Onkel. Adnans Gedanken überschlugen sich. Deutschland – was wusste er über Deutschland? Nichts! Aymen Abedennour hatte mal in Deutschland gekickt. Hatte nicht die Mutter manchmal von Deutschen erzählt, die in dem Hotel Urlaub machten, in dem sie gearbeitet hatte? Aber was? Immerhin gab es Deutsche, die nach Tunesien kamen, um dort Urlaub zu machen. Was tun? Ginge er mit nach Deutschland, dann könnte er weiterhin mit Dhura unterwegs sein. Vielleicht würde Dhuras Onkel auch ihm helfen. In Frankreich kannte er niemanden, in Deutschland wenigstens Dhura.

»Na, was ist?«, wollte der Mann ungeduldig wissen.

Auch Dhura schaute Adnan gespannt an.

Der nickte. »Okay – Deutschland. Für 200 zusammen.«

Der Mann rieb noch mal die Finger aneinander und nickte schließlich. »Abgemacht. Wir treffen uns bei Sonnenuntergang. Dort drüben.« Er zeigte auf ein Haus, das hinter der Hafenausfahrt stand. Wie ein Spaziergänger, der sich den Hafen anschauen wollte, schlenderte der Mann davon.

»Traust du dem?«, wollte Dhura wissen und streckte ihre Beine aus. »Der ist irgendwie komisch. Von 400 auf 200 Euro, ganz schnell, warum macht er das? Das hab ich noch nie erlebt.«

»Vielleicht ist er nett und will uns einfach helfen.« Adnan wollte sie beruhigen.

»Nett? Uns helfen?«, Dhura prustete los. »Diese Schlepper sind weder nett, noch wollen sie einem helfen. Die wollen nur eins: Geld. Und zwar möglichst viel Geld.«

»Immerhin hat er uns das Geld noch nicht abgeknöpft«, entgegnete Adnan. »Was sollen wir sonst machen, um von der Insel zu kommen?«

Dhura hatte keine Ahnung. Doch das komische Gefühl blieb, und auf ihr Gefühl konnte sie sich verlassen. Trotzdem wusste sie auch, dass sie dem Mann vertrauen musste. Zum Glück blieb Adnan bei ihr. Sie beschloss, alles noch genauer zu beobachten als sonst und noch vorsichtiger zu sein.

»Lass uns für heute Abend noch ein paar Flaschen Wasser kaufen«, wechselte Adnan das Thema. Er versuchte, nicht mehr an Frankreich zu denken.

Mein Ausflug zieht sich in die Länge, kleine Maya. Planänderung. Jetzt geht's nach Deutschland. Wird noch eine Weile dauern, bis ich wieder in Midoun sein werde. Aber ich komme zurück, Täubchen, das verspreche ich dir. Dann bekommst du deinen Stein wieder.

Die Sonne würde demnächst untergehen. Dhura und Adnan hatten den ganzen Nachmittag überlegt, welche Möglichkeiten es noch gäbe, von der Insel zu kommen. Sollten sie es mit einer normalen Fähre versuchen? Doch was, wenn man dort ihren Ausweis sehen wollte? Was, wenn die Polizei kontrollierte, wer an Bord ging? Das Risiko, erwischt zu werden, war groß. Zu groß. Was dann passieren würde, war ihnen klar: Sie würden nach Afrika zurückgeschickt.

Trotz Dhuras Bedenken standen sie kurz vor Sonnenuntergang am Treffpunkt und drückten sich gegen die warme, dunkelgelbe Hauswand. Sie hatten sich mit weiteren belegten Brötchen und Wasser versorgt. Keine Minute später gesellten sich drei junge Männer zu ihnen. Sie waren genauso schwarzhäutig wie Dhura, drückten sich genauso an die Hauswand, schauten sich genauso unauffällig um und schienen auch weg zu wollen. Dhura und Adnan zwinkerten sich zu. »Flüchtlinge wie wir«, sollte das heißen. Ob sie auch nach Deutschland wollten?

Ein großes, klappriges Auto fuhr vor. Am Steuer saß der Bärtige. Er forderte sie auf einzusteigen.

»Wir fahren zu einer Tankstelle, dort parkt ein weißer Lieferwagen mit der Aufschrift ›Truck- und Trailervermietung‹. Die Hintertür ist offen. Dort steigt ihr ein. Schnell. Es wird ein bisschen eng werden, aber es ist genug Platz für euch fünf. Ihr zwei«, er deutete auf Adnan und Dhura, »braucht ja nicht viel Platz. – Haltet schon mal die Piepen bereit. Ach ja, es gibt eine kleine Klappe am Boden des Transporters, durch die bekommt ihr Luft. Also keine Panik, es ist für alles gesorgt.«
Der Bärtige gab Gas. »Ihr bleibt in dem Lieferwagen, bis der Fahrer dreimal gegen die Tür klopft, dann könnt ihr aussteigen und seid in Deutschland. Das dauert aber eine Weile. Erstmal Fähre fahren, dann geht's noch einige Stunden durch Italien, dann Österreich und dann Deutschland. Habt ihr Plastiktüten dabei?«
Fünf Augenpaare schauten ihn fragend an. Der Bärtige kicherte. »Ich hab doch gesagt, das dauert. Ihr könnt nicht aussteigen. Wenn ihr mal müsst, dann muss das in die Tüte rein.« Mit der linken Hand lenkte er, mit der rechten fischte er im Handschuhfach nach Plastiktüten.
»Es sind nur vier«, sagte einer der Männer.
»Mehr hab ich nicht. Sollen sich die Kinder eine teilen.«

Gleich darauf sahen sie die Lichter der Tankstelle. Der Bärtige stoppte 200 Meter davor. Adnan hatte den weißen Lieferwagen bereits entdeckt. Wortlos hielt der Bärtige die Handfläche hin und Dhura legte die 200 Euro hinein.
»Los jetzt«, zischte der Bärtige, nachdem er sich vergewissert hatte, dass die Luft rein war.
Zügig, aber ohne zu rennen, erreichten sie den Lieferwagen. Einer der Männer, die mit ihnen abhauen wollten, öffnete die Tür. Dhura und Adnan krochen als erste hinein. Doch wo sollten sie hinkrabbeln? Es gab keinen Platz. Überall stapelten sich Kisten und Kartons. Adnan kletterte auf eine der großen Kisten. Er musste den Kopf einziehen, um nicht gegen die Decke zu stoßen. Dhura fand einen Platz in der hinteren rechten Ecke, auf einem Karton. Sie saß noch nicht, da fuhr das Auto schon

an. Mit offener Tür. – Der Mann, der die Tür geöffnet hatte, versuchte gerade, ins Auto zu kriechen. Sein Oberkörper war schon drin, die Beine waren noch draußen. Er streckte seinen Arm aus. Adnan machte sich lang und schnappte den Arm. Mit aller Kraft zog er. Gleichzeitig stieß der Mann sich mit beiden Beinen von der Straße ab.

»Uff!« Der Laut dröhnte durch den Laderaum. Ein paar Sekunden lag der Mann reglos zwischen zwei Kisten. Dann rappelte er sich auf, drehte sich um und wagte einen Blick nach draußen.

»Was ist passiert?« Adnan versuchte ebenfalls hinauszuschauen, doch er saß zu weit oben, er konnte nichts erkennen.

»Polizei. Bei meinen Freunden. Scheiße!« Mehr sagte der Mann nicht, sondern schloss schnell die Tür und kauerte sich zwischen zwei Kisten, seine Hände umklammerten die Knie.

Polizei? Adnan wusste, was dann mit den beiden Männern passieren würde. Auch der andere wusste es: »Die Polizei nimmt sie mit und schickt sie zurück. Alles umsonst. Aber sie werden es wieder versuchen. Wieder und wieder, bis sie es schaffen. Und Gott wird ihnen helfen.« Er bekreuzigte sich.

»Ich hab doch gleich gemerkt, dass der Schlepper komisch ist«, sagte Dhura. »Aber dass er so ein rücksichtsloser Kerl ist, der Flüchtlinge in die Hände der Polizei rennen lässt, das hätte ich nicht gedacht. – Vielleicht steckt er sogar mit der Polizei unter einer Decke und kassiert auch noch von denen für jeden Flüchtling, den er ihnen bringt.« Adnan war sauer und ängstlich zugleich.

»Woher kommst du?«, fragte Dhura den Mann.

Keine Antwort.

»Wohin möchtest du?«

»England. Oder Schweden. – Und ihr?«

»Deutschland«, antwortete Dhura.

»Hm«, machte der Mann in die Dunkelheit hinein, bevor er sich geräuschvoll schnäuzte.

»Wie heißt du?«

»Nicolas.«

Im Laderaum gab es kein Fenster. Der Wagen, der erst losgebraust war, fuhr nun langsam. Dann hielt er, fuhr ein paar Meter weiter, hielt erneut. Sie konnten die Motoren anderer Fahrzeuge hören.
»Wir sind bestimmt in der Warteschlange zur Fähre«, überlegte Dhura.
Gleich darauf rumpelte es, dann wurde der Motor abgestellt. Sie konnten hören, wie der Fahrer ausstieg und die Tür zuschlug. Dann wurde ihre Tür abgeschlossen.
»Wir müssen leise sein«, flüsterte Dhura. »Niemand, der am Lieferwagen vorbeigeht, soll hören, dass wir hier drin sind.«
Abgeschlossen! Eingesperrt! Adnan wurde nervös. Eingesperrt! Zwar konnte niemand herein und sie entdecken. Aber sie konnten auch nicht mehr hinaus. Was, wenn die Fähre sank? Was, wenn ein Feuer ausbrach? Sie hätten keine Chance.

Er versuchte es sich etwas bequemer zu machen. Im Dunkeln tastete er zu der nächsten Kiste. Sie war genauso hoch wie die, auf der er mit eingezogenem Kopf saß. Langsam streckte er sich aus, bis er schließlich auf den beiden Kisten liegen konnte. Danach ertastete er einen Stapel Kartons, der zwar etwas höher war als die Kisten. Sein Platz war hart, dennoch einigermaßen bequem. Solange das Auto nicht fuhr, war es wahrscheinlich die bequemste Lage, die es hier für ihn gab.
Er lag auf den Kisten und starrte in die Dunkelheit. Bilder tauchten vor ihm auf. Von seiner Mutter, seinen Geschwistern und auch von seinem Vater. Dann versuchte er sich die Gesichter von Nour und Rahid vorzustellen. Hatte Nour eine spitze oder eine Stupsnase? Er wusste es nicht mehr. In seiner Fantasie sah er Nour, wie er auf dem Bolzplatz dem Ball nachjagte. Oder wie er unter der Dattelpalme kauerte, aber sein Gesicht, das sah er nicht mehr in aller Deutlichkeit. Würde das auch mit den Gesichtern seiner Eltern geschehen? Und mit Onkel Sami?
Aber dein Gesicht, kleine Maya, werde ich immer aus dem Gedächtnis hervorkramen können. Dein Gesicht werde ich nie vergessen.
Plötzlich spürte er ihre kleine Hand auf seinem Arm, sah ihre dunklen, lachenden Augen vor sich. Sah, wie sie mit dem Fuß

eine Pistazienschale wegkickte und kichernd sagte: »Ich muss noch viel üben, bis ich so gut bin wie Aymen Abdennour.«
Maya, süße, kleine Maya!
Mit der Erinnerung an seine Schwester schlief er ein.

Er erwachte durch das Knistern einer Plastiktüte.
»Dhura – alles in Ordnung?«, fragte er flüsternd.
»Mhm«, hörte er aus der rechten Ecke. Gleich darauf spürte auch er den Druck seiner Blase. Warum hatte er vor der Abfahrt nur so viel Wasser getrunken? Er wollte nicht in eine Plastiktüte pinkeln. Er würde es sich verkneifen. Er würde sich wieder wegträumen, zu seiner Familie, zu seinen Freunden, dann würde er den Druck auf der Blase bestimmt vergessen.
Vater – wie geht es dir? Was macht dein Kopf? Mutter – hast du inzwischen Arbeit gefunden? Konntest du wieder ein paar Teller verkaufen? Du musst die Kunden freundlich anlächeln und ihnen eine Geschichte erzählen. Erinnerst du dich, wie gut es bei mir geklappt hat?
»Ich kann nicht mehr sitzen! Ich bin zu groß für diese Lücke.«
Adnan wurde aus seinem »Gespräch« mit den Eltern gerissen.
»Nicolas, du musst durchhalten. Es geht nicht anders«, bat Dhura eindringlich.
»Nein, meine Beine schmerzen. Ich muss sie ausstrecken. Es geht wirklich nicht mehr.« Sein Stimme klang jämmerlich.
Ohne weiter nachzudenken, bot Adnan an: »Wir können die Plätze tauschen. Hier ist zwar nicht viel Platz zwischen den Kisten und dem Autodach, aber du kannst dich ausstrecken.«
Nicolas sagte nichts, doch der Wagen schwankte leicht. Kurz darauf tippte Nicolas auf Adnans Arm. Sein Kopf war ganz nah an Adnans Kopf. Adnan hatte keine Ahnung, wie er bei dieser Enge an ihm vorbeikommen sollte. Langsam schob sich Adnan von den Kisten. Mit einem Bein hatte er eine Lücke zwischen zwei Kartons gefunden. Doch die Lücke reichte eben nur für ein Bein. Grätschend versuchte er mit dem Bein Halt zu finden, währenddessen hievte sich Nicolas auf die Kisten.
»Hallo? Ist hier jemand drin? Hallo?« Eine Frauenstimme. Dann klopfte jemand gegen den Lieferwagen. »Hallo!«

Obwohl Adnan die Worte nicht verstand, konnte er ihren Sinn erahnen. Adnan und Nicolas verharrten in ihren Bewegungen. Dhura hielt die Luft an.

»Hallo!?«

Adnans Blase drückte gegen einen Karton, an den er sich festklammerte. Der Druck war gewaltig. Gleichzeitig roch er Schweiß. Von Nicolas, der sich irgendwo in seiner Nähe festkrallte.

»Hallo! Wer ist da drin?« Die Frauenstimme blieb hartnäckig.

Nicht bewegen! Nicht bewegen, trichterte sich Adnan unentwegt ein. Egal, was passierte, nicht bewegen. Gleichzeitig musste er so dringend pinkeln wie noch nie in seinem Leben.

Draußen klingelte ein Mobiltelefon. »Ja?« Es war dieselbe Stimme.

Nicht bewegen, trichterte sich Adnan ein. Alles andere ist egal. Was die Frau sagte, würde Dhura bestimmt später übersetzen.

»Ich komme gleich nach oben. Aber irgendwas ist hier komisch. Ich hab mir meinen Pullover aus dem Auto geholt. Da habe ich ein Auto gesehen, das sich bewegte.«

Pause.

»Na, eben bewegte. Es schaukelte, so als ob Menschen da drin wären, die sich bewegten.«

Verdammt, dachte Adnan. Warum musste die Frau gerade dann vorbeikommen, wenn sie die Plätze tauschten? Nicht bewegen!

»Natürlich bin ich mir sicher.«

Pause.

»Natürlich hab ich gerufen, aber es hat niemand geantwortet.«

Adnans Blase drohte zu platzen. Er hielt es einfach nicht mehr aus.

»Meinst du? – Vielleicht hast du recht.«

Er fühlte, wie es an seinen Oberschenkeln nass wurde. Fühlte, wie ein warmes Rinnsal an seinem Bein entlanglief. Spürte, wie seine Hose nass wurde. Adnan schloss die Augen – vor Erleichterung und aus Scham. Sie verharrten noch mindestens zehn Minuten in ihren unbequemen Positionen. Adnans rechtes Bein zitterte. Er stand auf Zehenspitzen, die sein gesamtes Gewicht tragen mussten. Wann konnte er sich endlich wieder bewegen?

War die Frau noch da? Alle drei lauschten, doch sie konnten nur das Dröhnen der Motoren hören. Adnan spürte seine nasse Hose. Wie peinlich! Wenigstens war es im Wagen stockdunkel. *Oh Maya, es ist etwas Fürchterliches passiert. Was soll ich nur machen? Die anderen werden mich sicherlich auslachen! Ich bin doch kein kleines Kind mehr, aber trotzdem ...*

»Ich glaube, sie ist weg«, flüsterte Dhura kaum hörbar.

Adnan atmete erleichtert aus. So schnell es ging, wechselten er und Nicolas nun endgültig die Plätze. Adnan machte es nichts aus, mit angewinkelten Beinen dazusitzen. Das konnte er stundenlang. Wenn nur die nasse Hose nicht wäre.

Hoffentlich kommt die Frau nicht mehr zurück, schoss es ihm durch den Kopf. Was, wenn sie den Kapitän informierte? Was, wenn Spürhunde an Bord wären? Immer mehr schreckliche »was, wenn« fielen ihm ein.

»Dieses Auto ist es.« Die Frauenstimme.

Adnan erstarrte.

»Hallo, ist da jemand?«, rief nun eine Männerstimme. Adnan traute sich nicht mal zu schlucken. Er fürchtete, schon das könnte ein Geräusch verursachen.

»Ist jemand da drin?« Es klopfte gegen das Auto.

»Nichts, mein Schätzchen. Bestimmt hast du dir das eingebildet. Vielleicht hat das Schiff geschwankt. Vielleicht liest du einfach zu viele Kriminalgeschichten.« Jemand machte sich am Türgriff zu schaffen. »Siehst du, die Tür ist abgeschlossen. Niemand würde sich in einen fensterlosen Lieferwagen einschließen lassen. Warum sollte man das tun?«

»Ich weiß nicht, warum. Aber ich bin mir ziemlich sicher, dass ...«

»Wahrscheinlich bist du von der langen Reise übermüdet, Liebes«, konterte die Männerstimme. »Lass uns wieder nach oben gehen und das Ganze vergessen.«

Adnan atmete jetzt stoßweise. Sein Puls hämmerte.

Alle drei schwiegen. Stundenlang. Noch einmal bewegte sich der Lieferwagen leicht, als Nicolas sich auf die Seite drehte. Gleich darauf hörte Adnan erneut das Knistern einer Plastiktüte. Ir-

gendwann konnte Adnan dann doch nicht mehr in dieser angewinkelten Position sitzen. Er hatte kein Gefühl mehr in den
Beinen. Sie waren taub. Er musste aufstehen und die Beine bewegen. Er musste, selbst wenn die Frau gerade dann zurückkommen würde. Mühsam zog sich Adnan an einer Kiste hoch
und hielt sich daran fest, denn seine Beine konnten das Gewicht
seines Körpers nicht tragen. Kurze Zeit später begann es in seinen Beinen zu kribbeln, als spazierten Horden von Ameisen
darin herum. Es schmerzte. Adnan biss die Zähne zusammen.
Automatisch, ohne nachzudenken hüpfte er von einem Bein aufs
andere.
»Bist du wahnsinnig!«, raunte Dhura. »Das ganze Auto schwankt!«
Doch das war Adnan egal. Er brauchte wieder Gefühl in den Beinen. Egal, um welchen Preis.
»Hör auf!«, fauchte jetzt auch Nicolas.
»Gleich vorbei«, antwortete Adnan und schüttelte sein rechtes
Bein. Langsam ließ das Kribbeln nach. Adnan blieb erst einmal
stehen, wenn er auch zwischen den Kartons eingequetscht war.
Alle drei lauschten. Wieder nur das Dröhnen der Motoren. Sie
hatten Glück gehabt. Mit einer Hand fasste Adnan an seine Ho-
se. Sie war immer noch feucht.

Es dauerte eine Ewigkeit, bis sie wieder Stimmen hörten. Dann
schlugen Autotüren, Motoren wurden angelassen. Endlich stieg
auch ihr Fahrer ein. Adnan setzte sich wieder. Nun war es kein
Problem, wenn das Auto leicht schaukelte.
Endlich fuhr der Lieferwagen los. Sie hatten das Festland er-
reicht. Der Motor brummte.
»Jetzt können wir essen«, schlug Dhura vor. Sie tastete sich zu
Adnan, der dankbar die zwei Käsebrötchen nahm.
»Ich bin so froh, dass die Frau nicht den Kapitän gerufen hat.
Das wäre unser Ende gewesen. Mann, habe ich gezittert. Wenn
die uns erwischt hätten, dann ....«
Nach der Anspannung der letzten Stunden redete Dhura für
ihre Verhältnisse wie ein Wasserfall. Adnan biss ins Brötchen.
Erst jetzt bemerkte er, wie riesengroß sein Hunger war. Es dau-

erte keine Minute, dann hatte er die zwei Brötchen verdrückt. Zufrieden leckte er sich die Lippen. Er hörte Dhura ebenfalls genießerisch schmatzen.

Nicolas dagegen war still. Kein Redeschwall, kein Kauen, kein Schmatzen. Adnan lauschte. Nun hörte er Nicolas laut und stoßweise atmen. »Was ist los, Nicolas?«

»Die Luft ist so schlecht«, keuchte er. »Zu wenig Luft. Die Luke – wo ist die Luke? Habt ihr die entdeckt? Gibt es die überhaupt?« Adnan schaute sich um. Doch in der Dunkelheit konnte er nichts erkennen.

»Ist sie mit Kisten zugestellt?« Nicolas klang panisch. »Ich krieg immer weniger Luft«, japste er nun. »Müssen wir ersticken?« Adnan fand die Luft auch schlecht, aber ausreichend.

»Keine Panik, Nicolas. Das bildest du dir nur ein. Keine Panik«, versuchte er ihn zu beruhigen. »Atme gleichmäßig. Es ist genügend Luft da.«

»Die Luke?«, keuchte Nicolas.

»Ähm, die Luke ist hier bei mir«, sagte Dhura. Es klang nicht allzu überzeugend. Adnan hoffte, dass Nicolas ihr dennoch glauben würde.

»Wirklich?«, fragte Nicolas.

»Ja«, bestätigte Dhura. »Hier kommt die Luft rein. Du kannst ruhig atmen.«

»Aber es ist so, so unglaublich stickig.« Nicolas blieb skeptisch.

»Du kannst dich auf Dhura verlassen«, meinte Adnan. Auch er wollte Nicolas beruhigen. Auf keinen Fall durfte Nicolas panisch werden. Es gelang. Er atmete gleichmäßiger.

Wo sind wir?

Adnan hatte Durst. Er versuchte ihn zu ignorieren, denn er hatte beschlossen, nichts mehr zu trinken, bis sie aussteigen würden. Egal, wie lange die Fahrt dauern würde. Er versuchte zu schlafen. Ohne Erfolg. Er konnte nicht mehr sitzen. Er wollte raus, raus aus dieser Dunkelheit. Raus aus dieser furchtbaren Luft. Einfach raus!

Aus Verzweiflung trommelte er gegen die Kartons. Dann kamen die Tränen, die ihn wütend machten. Mit all seiner Kraft boxte er gegen die Kartons, bis ihm die Finger und die Knöchel seiner Hand schmerzten.

»Hör auf, reiß dich zusammen. Du bist doch kein Kind mehr«, kommandierte Nicolas, der sich selbst wieder im Griff hatte.

Kein Kind mehr?! Hatte Nicolas recht? War schon der 19. oder noch der 18.? Im dunklen Lieferwagen war das nicht zu erkennen. Wenn jetzt der 19. wäre, dann hätte er heute Geburtstag. Dann wäre er 14 und viel mehr Mann als Kind. Ein Mann mit einer feuchten Hose! Peinlich! Auf einmal hasste er sich. Hasste seine beschissene Situation im Lieferwagen, der ihn irgendwohin brachte, wo er nicht hin wollte. Hasste seinen Onkel, weil er ihn in diese Lage gebracht hatte. Hasste die Mächtigen mit ihrer verdammten Politik, denen alle Flüchtlinge dies zu verdanken hatten. Hasste auch Dhura und den Fleck auf seiner Hose. Sein Hass brauchte Platz. Adnan schnaufte zornig, dann fiel ihm nichts Besseres ein, als wieder hilflos gegen die Kartons zu trommeln.

Er hatte keine Ahnung, wie lange er auf die Kartons eingedroschen hatte. Jedenfalls fühlte er sich danach etwas besser.

Geburtstag! Wie unbeschwert hatte er seinen 13. Geburtstag verbracht. Mit Nour und Rahid und ein paar anderen. Mit Maya, die sich immer zu ihnen geschmuggelt hatte, obwohl Mutter wollte, dass sie ihr mit dem Essen half. Adnan lächelte bei der Erinnerung. Doch dann biss er sich auf die Lippen. Die Erinnerung schmerzte so sehr.

Scheißgeburtstag!

»Wie heißen deine Freunde daheim?«, fragte Dhura aus heiterem Himmel.

Schon wieder kam in ihm der Verdacht auf, dass das Mädchen Gedanken lesen konnte.

»Nour und Rahid sind meine besten Freunde. Wir treffen uns immer im Schatten der Dattelpalme. Wir kennen uns schon, schon immer. Nour und Rahid sind verrückt nach Fußball. Wir haben uns jeden Tag gesehen. Aber ich konnte mich nicht von ihnen verabschieden. Ich weiß nicht, ob sie sich immer noch bei der Dattelpalme treffen. Ich weiß nicht, was sie jetzt machen. Ich weiß nicht ...«

»Meine Freundin heißt Aleeke. Sie ist dünn wie ein Ästchen und hat große braune Augen. Keiner in der ganzen Schule kann so schnell rennen wie Aleeke. Auch die Jungs nicht. Mit Aleeke kann man viel Quatsch machen. Wenn ich keine Zeit für die Hausaufgaben hatte, weil ich Mutter auf dem Feld helfen musste, dann konnte ich von ihr abschreiben. Sie erledigte die Hausaufgaben immer, egal, wie viel sie daheim helfen musste. Aleeke würde mich nie im Stich lassen – und ich sie nicht.«

»Wo ist Aleeke jetzt?«, mischte sich nun Nicolas ein.

»Ich weiß es nicht. Vielleicht ist sie wieder in unserem Dorf. Sie hat im Nachbardorf ihren Großvater besucht, als die Männer mit den Knüppeln und Messern kamen und wir abgehauen sind, weil sie uns sonst totgeschlagen hätten. Vielleicht haben die Männer das Nachbardorf verschont und sind weitergezogen. Dann hätte Aleeke wieder zurückkommen können, als alles vorbei war. Ich denke so oft an sie. Sie wird immer meine Freundin bleiben. Hoffentlich ist ihr nichts passiert!«

»Es geht ihr bestimmt gut«, sagte Nicolas, um sie zu trösten. Allerdings schwangen in seiner Stimme unüberhörbar Zweifel mit.
»Hast du Freunde?«, fragte jetzt Adnan.
»Mhm«, erwiderte Nicolas schmallippig, »ihr habt sie kurz kennengelernt. Sie haben es nicht ins Auto geschafft...«

Plötzlich stoppte der Lieferwagen. Der Motor wurde abgestellt. Alle drei hielten die Luft an. Es klopfte dreimal, dann wurde die Tür aufgeschlossen. Adnan kletterte als erster hinaus, streckte sich und füllte seine Lungen mit frischer Luft. Was für eine Wohltat. Dann kam Nicolas. Wie ein Ertrinkender schnappte er nach Luft. Zum Schluss purzelte Dhura aus dem Auto. Sie war an einem Karton hängen geblieben, stolperte und fiel. Bevor Adnan ihr helfen konnte, rappelte sie sich auf und sah sich um. Es gab nicht viel zu sehen, denn es war dunkel. In der Ferne bellte ein Hund.
»In einer halben Stunde wird es hell«, sagte nun eine Männerstimme neben ihnen. Der Fahrer. »Ihr müsst noch eine Weile in die Richtung gehen, dann seid ihr in Deutschland. Ciao.« Er zeigte in die Richtung, in der Adnan die Umrisse von Bäumen erkennen konnte.
Dann schloss er die Hintertür des Lieferwagens, stieg ein und brauste mit quietschenden Reifen davon.

Schweigend gingen die drei los. Sie stolperten über Wurzeln, Zweige streiften ihre Wangen. Nicolas ging voran. Der Schrei eines Tieres war zu hören. Dann ein Rascheln und ein Knacken. Dhura griff nach Adnans Hand.
Endlich ging die Sonne auf. Mit den ersten Sonnenstrahlen kam auch die Zuversicht zurück. »Vielleicht sind wir morgen schon bei meinem Onkel.«
Adnan nickte. Ankommen, Hauptsache irgendwo ankommen. Egal wo. Er wollte nicht mehr unterwegs sein. Wollte nicht mehr in Booten oder Lieferwagen kauern. Er wollte keine Angst mehr haben, sondern seine Ruhe. Einfach seine Ruhe und Essen und ein Bett – und einen Job.

Der Wald lichtete sich. Sie standen auf einer Wiese. Das Gras war gelb vor Trockenheit. Sie schauten sich an. Automatisch glitt Adnans Blick hinunter zur Hose. Der Fleck war zwar trocken, doch unübersehbar. Dhura und auch Nicolas waren seinem Blick gefolgt, sie sahen zwar, was passiert war, sagten aber nichts. Dafür war Adnan ihnen sehr dankbar.

»Ist dort drüben vielleicht schon Deutschland?«, überlegte Dhura.

»Wir können ja fragen«, entgegnete Nicolas und deutete auf ein großes Haus, das in der Talsenke vor ihnen lag. Nur das Ziegeldach des Hauses war zu sehen, der Rest lag im Morgennebel. Die Sonnenstrahlen ließen das dunkelrote Dach funkeln. Das vertrockene Gras sah wie Gold aus und duftete. Es duftete nach Geborgenheit, nach Ruhe, nach Ankommen. Entschlossen marschierte Nicolas los. Adnan und Dhura folgten ihm.

Keine zehn Minuten später tauchten sie in den Nebel der Talsenke ein und standen vor einem riesengroßen Bauernhof: eine Scheune mit kaputtem Tor, ein Steinschuppen, in dem ein Traktor zu sehen war, ein halb verfallener Stall und ein Wohnhaus aus groben Steinbrocken. Sie fanden die Eingangstür. Bevor Nicolas klopfen konnte, hörten sie wütendes Rufen hinter sich. Sie drehten sich um und sahen einen Mann mit einer Axt auf sie zukommen. Neben ihm ein genauso wütend knurrender Hund. Ängstlich wichen die drei zurück und quetschten sich an die Hauswand. Der Mann rief etwas, das Adnan nicht verstand. Aber Nicolas, denn er antwortete ruhig.

Der Mann ließ die Axt sinken. Dann wechselten sie ein paar Sätze. Darauf schnaufte Nicolas und schüttelte den Kopf.

»Was ist los?«, drängte Adnan.

»Wir sind in Italien«, antwortete Nicolas.

»Oh, dann müssen wir eben noch ein Stückchen weiter«, meinte Adnan zuversichtlich.

»Ein Stückchen?« Nicolas grinste verächtlich. »Ein verdammtes Stückchen! Ein verdammt weites Stückchen! Tagelang, wochenlang – was weiß ich. Wir sind noch weit, weit von der Grenze entfernt, hat der Bauer gesagt. Wir sind noch mitten in Italien.«

»Aber der Fahrer ...«, stammelte Dhura, die alles verstanden hatte.

»... der Fahrer hat uns reingelegt. Oder der Schlepper. Oder beide«, begriff jetzt auch Adnan. »Wir haben ihm zu wenig Geld bezahlt. Es kam uns doch gleich so komisch vor, dass der Schlepper mit dem niedrigeren Preis einverstanden war. Jetzt wissen wir warum.« Enttäuscht glitt Adnan an der Hauswand nach unten. Es war ihm egal, dass der braune Hund ihn fixierte. Es war ihm schnuppe, was der Bauer sagte. Es war ihm alles egal. Hier sitzenbleiben, den Kopf hängen lassen und nie wieder aufstehen, nichts anderes wollte er. Der Hund schien das zu verstehen. Er trottete zu Adnan und stupste ihn mit der Schnauze, dann leckte er Adnans Hand. Obwohl Adnan großen Respekt vor Hunden hatte und in Midoun immer einen weiten Bogen um die Kläffer gemacht hatte, lächelte er nun und genoss sogar die feuchte, warme Zunge auf seiner Hand.

»Arco«, sagte der Bauer und deutete auf den Hund.

Dhura tastete sich noch weiter an der Hauswand entlang.

»Er ist ganz lieb. Du brauchst keine Angst zu haben«, sagte Adnan und streichelte das braune, weiche Fell. »Guten Tag, Arco.«

Dhura schüttelte den Kopf, sie bevorzugte einen Sicherheitsabstand. Mit Hunden hatte sie bisher keine guten Erfahrungen gemacht.

Nicolas unterhielt sich mit dem Bauern. »Wir können bei ihm frühstücken. Er lädt uns ein«, übersetzte er.

Dhura und Adnan nickten begeistert. Nicolas brachte Adnan das erste italienische Wort bei: »Grazie«, sagte er, als sie am Tisch saßen und Brot und Eier und Speck und Käse vor ihnen standen. »Grazie«. Danke. Danach war eine Weile nur noch kauen und schlürfen zu hören. Nur Adnan sah manchmal auf und warf Arco unbemerkt ein Stückchen Speck zu, das der in der Luft schnappte.

Nicolas und Claudio, der Bauer, unterhielten sich.

»Woher kannst du denn so gut Italienisch?«, fragte Dhura in einer Gesprächspause.

»Ich war schon mal hier.«

»Hier? Kennst du Claudio von früher?«

Nicolas grinste. »Nein, nicht hier bei Claudio. Hier in Italien. Bis Italien hatte ich es im letzten Jahr schon geschafft. Ich war sechs Monate in Italien, konnte bei der Weinernte helfen. Ich wollte Geld verdienen für die Weiterreise nach England, doch dann hat mich die Polizei geschnappt. Sie haben mich abgeschoben. Zurück nach Afrika. Aber ich bin wiedergekommen. Und wenn sie mich noch einmal schnappen, dann werde ich es wieder versuchen. Und wieder. Alles ist besser als der Krieg und die Armut in meinem Land.« In Nicolas' Blick lag die Entschlossenheit eines verzweifelten Mannes.

Adnan beeindruckte diese Entschlossenheit, doch er sagte nichts. Denn der volle Magen, die behagliche, friedliche Stube mit dem Blick auf Olivenbäume und die Sonne, die den Nebel vertrieben hatte und jetzt ins Zimmer schien, machten ihn schläfrig. Dhura schien es genauso zu gehen. Gleichzeitig streiften sie die Schuhe ab, legten sich auf die Bank, sodass sich ihre Köpfe berührten und waren eingeschlafen. Sie merkten nicht, dass Claudio sie zudeckte.

Es war schon Nachmittag, als Adnan erwachte. Er hatte so gut geschlafen wie seit Wochen nicht mehr. Tief und traumlos. Er fühlte sich erholt und zuversichtlich. Dhura dagegen machte eine Bewegung mit den Armen, als wolle sie jemanden von sich wegstoßen: »Nein, nicht, hau ab!«, schrie sie. Dann wimmerte sie leise: »Bitte nicht. Ich hab doch nichts getan! Oh nein! Nein!« Ihr Kopf schoss von rechts nach links, auf ihrem Gesicht lag ein Schmerz, wie ihn Adnan noch nie gesehen hatte. Er streichelte ihre Wange und sagte leise: »Dhura, arme Dhura, was hast du alles erlebt? – Was haben sie mit dir und deiner Familie gemacht?« Dann nahm er ihre Arme und streichelte auch sie. Dhura wurde ruhiger, dann öffnete sie die Augen. Als sie Adnan so nah bei sich auf der Bank sah, setzte sie sich sofort hin und rückte ein paar Zentimeter von ihm ab. Adnan sah ihr an, dass es ihr unangenehm war, dass er sie im Schlaf beobachtet hatte. Verlegen rückte auch er ein wenig zur Seite und sah sich um. Die Bank, auf der sie es sich bequem gemacht hatten, der Holztisch, zwei Stühle, ein Herd, eine Spüle, ein weißer Kühlschrank und ein beigefarbener Geschirrschrank standen in der Küche. Auf dem Tisch stand eine Schale mit Pfirsichen und tiefroten Tomaten. Im Ofen schmorte irgendetwas, das köstlich roch. Dann traute er sich wieder Dhura anzuschauen. Sie hatte die Augen geschlossen und schnupperte genießerisch, beinahe wie Arco.

«Ist das schön hier«, sagte sie. Ein kurzes Lächeln umspielte ihre Mundwinkel. Mit keinem Wort ging sie auf ihren schlechten Traum ein.

»Schön und friedlich«, ergänzte Adnan. Er wusste, dass Dhura jetzt nichts von sich und ihrem Traum erzählen würde. Vielleicht würde sie ihre Geschichte nie erzählen. Für einen Moment war Adnan enttäuscht, doch dann schaute er aus dem Fenster. Nicolas warf Heuballen von einem Anhänger in den Schuppen. Sein nackter Oberkörper glänzte in der Sonne. Adnan sah, wie durchtrainiert Nicolas war. Und wie dünn. Im Schuppen stand Claudio, der die Heuballen stapelte. Claudios graues Haar steckte unter einem Strohhut, nur ein paar Locken waren zu sehen. Sein Gesicht konnte Adnan nicht erkennen, dafür war der Schuppen zu weit weg. Adnan hatte nur eine vage Vorstellung von Claudios Gesicht, denn bei ihrer ersten Begegnung hatte er erst auf die Axt gestarrt, dann auf Arco. Beim Frühstück dann auf das Essen. Immerhin sah Adnan, dass ihr Gastgeber ein nicht allzu großer, aber kräftiger Mann mit leichtem Bauchansatz war. Einen Schnauzbart konnte Adnan auch noch erkennen. Und ein freundliches Lächeln erahnen. Claudio hatte Adnan im Fenster gesehen. Er unterbrach seine Arbeit für einen Augenblick und winkte. Adnan winkte zurück.

»Na, ausgeschlafen?«, fragte Nicolas, als er Adnan sah.
»Kann ich dir helfen?«, fragte Adnan zurück. Nicolas nickte und Adnan kletterte auf den Hänger. Dort warf ihm Nicolas ein Paar Arbeitshandschuhe zu, die Adnan nicht auffing. Nicolas grinste und Adnan suchte zwischen den Heuballen nach den Handschuhen. Dann packte er einen Heuballen, hievte ihn hoch und

warf ihn vom Hänger. Er hätte nicht gedacht, dass ein Ballen so schwer war. Doch dann sah er Nicolas' anerkennendes Nicken, vergaß das Gewicht und fühlte sich wie ein Mann. Er war ein Mann – schließlich war er heute 14 geworden.

»Bravo«, sagte Claudio, als alle Heuballen abgeladen waren, und klopfte Adnan auf die Schulter. Der freute sich über das Lob. Zwar schmerzten seine Arme, trotzdem war es gut, endlich was zu tun. Nicht immer nur rumsitzen und warten und bangen. Auch Nicolas strahlte.

Bei Claudio

Später, beim Abendessen, erzählte Claudio, dass seine Frau vor ein paar Jahren gestorben sei, dass die Kinder in der Stadt lebten und sich nicht für den Hof interessierten. Sie kämen nur manchmal übers Wochenende, aber richtig zupacken wollten sie dann nicht. Er erzählte, wie schwer es sei, alles allein zu schaffen. Und alleine zu leben. Nicolas übersetzte. Mit welcher Aufmerksamkeit er dabei Claudio zuhörte, ließ erkennen, dass er über mehr nachdachte als die Übersetzung.

Dhura hörte auch interessiert zu, fragte ab und zu nach und vermied den Blickkontakt mit Adnan. Es schien ihr noch immer peinlich zu sein, was zur Mittagszeit geschehen war.

»Wie alt seid ihr eigentlich?«, übersetzte Nicolas Claudios Frage.

»14«, antwortete Adnan sofort.

»Hä, ich dachte, du bist 13!«, meinte Dhura.

»War ich auch, bis gestern.«

»Du hast heute Geburtstag?«, fragte Nicolas zur Sicherheit nach. Adnan nickte und Nicolas übersetzte. Claudio klatschte erst, dann reichte er Adnan die Hand, um ihm zu gratulieren. Gleich darauf ging er zum Geschirrschrank und holte eine Dose mit Mandelkeksen. Als Claudio den Deckel der Dose öffnete, strömte ihnen ein wunderbar süßer Geruch entgegen. Nichts, was Adnan in letzter Zeit gegessen hatte, war so köstlich wie diese Kekse.

»Claudio möchte dir was schenken«, sagte Nicolas. »Hast du einen Wunsch?«

Einen Wunsch hatte Adnan schon – wieder in Midoun zu sein. Doch diesen Wunsch hätte Claudio ihm nicht erfüllen können.

Aber einen anderen: »Ich würde so gerne mit meiner Mutter in Tunesien sprechen.«

Claudio nickte und holte das Telefon.

Adnan wählte Onkel Samis Nummer, die er nie im Leben vergessen würde. Schon nach dem zweiten Klingeln hörte er die Stimme des Onkels.

»Ich bin's, Adnan.«

»Adnan, wie geht es dir? Wo bist du?«, fragte der Onkel erleichtert.

»Noch in Italien, aber auf dem Weg nach Deutschland. Dann werde ich mir Arbeit suchen.«

»Deutschland ist gut«, sagte der Onkel mit seiner tiefen Stimme, dann sagte er: »Einen Moment, Kleiner«.

»Adnan?! Adnan, mein Engel. Herzlichen Glückwunsch zu deinem Geburtstag. Wie geht es dir?«

Als Adnan die Stimme seiner Mutter hörte, schossen ihm die Tränen in die Augen. Mama! »Gut. Es geht mir gut. Ich bin auf einem Bauernhof in Italien. Ich esse Mandelkekse.«

»Ich vermisse dich so, mein Liebling!« Ihre Stimme wurde von Schluchzern geschüttelt.

»Ich vermisse dich auch. Ich kehre sofort um und komme wieder zurück nach Midoun«, hätte Adnan am liebsten ins Telefon geschrien. Doch er wusste, dass das unmöglich war. Unter Tränen sagte er deshalb: »Ich bin nicht alleine unterwegs, Mama, sondern mit Dhura, einem Mädchen aus Somalia, und Nicolas aus ...«, erst jetzt fiel ihm auf, dass er nichts über Nicolas wusste, »... ist auch bei uns.«

»Mein tapferer Junge! Mein Großer. Pass auf dich auf. – Ich liebe dich.«

Adnan schluckte erneut. »Mama, grüße Maya von mir und Papa und alle, auch Rahid und Nour, wenn du sie siehst.«

»Mach ich, mein Liebling. Ganz bestimmt. Deine Schwester Maya denkt immer noch, dass du einen Ausflug machst. Sie löchert mich, wo du bist und warum dein Ausflug so lange dauert. Ich weiß bald nicht mehr, was ich ihr sagen soll. Sie redet übrigens mit dir. Sie erzählt dir, was sie erlebt. Ich glaube sogar, sie schreibt alles in ein kleines Heft, damit du es später lesen kannst.«

Adnan hielt sich die Hand vor den Mund, um nicht noch lauter zu weinen. Mutter sollte nicht merken, wie sehr er alle vermisste. »Ach, und Nour ist nach Tunis gezogen«, fuhr sie fort. »Ich weiß nicht, was er dort macht. Vielleicht hat er Arbeit. – Pass auf dich auf. Hörst du?! Pass auf dich auf, mein Junge!«

Die Tränen ließen sich nicht stoppen. Unbeholfen tätschelte Nicolas Adnans Schulter. Dhura lächelte ihn hilflos an. Claudio nahm ihn tröstend in die Arme. Mit seiner dunklen, klaren Stimme summte er eine schöne Melodie und wiegte Adnan wie ein kleines Kind. Es tat so gut, er fühlte sich so beschützt. Mama! Maya! Nour!

Als Claudio ihnen anbot, bei ihm zu übernachten, waren alle drei froh – und der Geburtstag perfekt. Adnan und Dhura durften im ehemaligen Kinderzimmer schlafen. Es roch nach abgestandener Luft, so als wäre schon lange niemand mehr im Zimmer gewesen. Dhura beugte sich über den Schreibtisch, riss das Fenster auf und ließ die laue Abendluft herein. Dabei rutschte das T-Shirt, das sie jetzt trug, weit bis über den Bauchnabel. Sie kicherte und zog es verschämt nach unten. Adnan grinste, nicht nur über ihr zu kurzes Shirt, auch über das Tuch, das sie sich als Rock um die Beine geschlungen hatte.

»Du siehst nicht besser aus«, sagte Dhura kichernd. Adnan zuckte mit den Schultern. Er hatte alte, viel zu weite Boxershorts von Claudio bekommen und ein T-Shirt, das an ihm herunterhing.

»Ist doch todschick. Vielleicht ziehe ich meine Klamotten gar nicht mehr an, wenn sie aus der Waschmaschine kommen«, meinte Adnan grinsend. Obwohl dann der doofe Fleck weg ist, fügte er in Gedanken hinzu und hockte sich auf eins der Betten. Zwei richtige Betten! Wann hatte Adnan das letzte Mal auf einer guten Matratze geschlafen? Rot-weiß karierte Bettwäsche lag auf dem Bett. Dhura griff sofort danach und bezog mit geschickten Handgriffen ihr Bett. Adnan schaute ihr zu und dann hinaus auf die hügelige Landschaft. Er lauschte dem Konzert der Grillen und war einfach nur froh, hier zu sein.

Die geduschte Dhura schnupperte immer wieder an ihren gut riechenden Armen. Auch Adnan fühlte sich so frisch und sauber wie schon ewig nicht mehr.

Es war erst dämmrig, als Adnan schon Dhuras regelmäßige Atemzüge hörte. Er war zu faul, sein Bett zu beziehen, und er wusste auch nicht, wie das ging. Darum legte er sich auf die Matratze, verschränkte die Hände hinter dem Kopf, dachte an seine Mutter und an Maya.

Süße Maya, es würde dir hier gefallen. Es gibt hier so viel Platz, nicht nur im Haus, überall ist viel Platz. Vom Bauernhof aus sehe ich kein anderes Haus. Nur Hügel, Wiesen, Bäume. Es ist ruhig und es gibt zwei Katzen, die dir gefallen würden. Auch Claudio würde dir gefallen, meine Süße.

Er sah die großen, dunklen Augen seiner Schwester, wie sie neugierig umherblickten. Dann sah er sie, wie sie erzählend neben ihm hüpfte, um den Vater vom Café Amghar zu holen. Vater, wie geht es dir? Hast du verstanden, dass ich nicht mehr in Midoun bin? Vermisst du mich? Er sah seinen Vater, der ihn ernst zum Abschied anblickte. Dann vermischte sich Vaters Gesicht mit dem von Claudio. Der starke Claudio, der ihn in die Arme genommen und getröstet hatte, der ihn gelobt hatte, der ihm ein Geburtstagsgeschenk gemacht hatte – all das, was ein Vater auch machen würde. Dann hörte er wieder Mutters Stimme: Nour ist in Tunis. – Was machte sein Freund in Tunis? Adnan wusste, dass Nours älterer Bruder sich in Tunis durchschlug. Manchmal hatte er einen Job auf dem Großmarkt und schleppte dort Kisten. Aber meistens hatte er keine richtige Arbeit. Adnan erinnerte sich noch genau, wie er seinen Freund fragte, was denn keine richtige Arbeit sei. Nour hatte verlegen mit den Spitzen eines Palmblattes gespielt und geantwortet. Na, Geld verdienen, ohne richtig zu arbeiten. Adnan hatte immer noch nicht kapiert. »Er klaut«, half ihm Rahid damals auf die Sprünge. – Hoffentlich wurde Nour kein Taschendieb! Hoffentlich gab es einen anderen Grund, warum er nach Tunis gegangen war. Aber welchen Grund könnte es geben? Vielleicht hatte man Nours Fußballtalent entdeckt? Vielleicht schickte man ihn in eine beson-

dere Schule? Doch Adnan bezweifelte das. Nour war zwar fuß-
ballverrückt, aber so ein begnadeter Kicker war er auch wieder
nicht. Welche besondere Schule sollte es für Nour geben? Blieb
doch nur die andere Möglichkeit? Adnan schüttelte den Kopf.
Sein Freund ein Dieb? Nein, das konnte er nicht glauben. Das
wollte er nicht glauben.

Es war die erste Nacht, in der Dhura schlief, ohne zu schreien.
Die Tage bei Claudio vergingen in einem angenehmen Gleich-
klang von Arbeiten auf dem Bauernhof oder bei der Olivenern-
te, mit Arco oder den Kätzchen spielen und gemeinsam am
Tisch sitzen und sich Claudios leckeres Essen schmecken lassen.
Es gab zwar kein Couscous, dafür waren seine Nudeln und die
Pizza Weltklasse. Jeden Tag lernte Adnan neue italienische
Wörter. Sie lachten viel, erholten sich schnell. Es gab jetzt einige Stunden am Tag, an denen Adnan nicht das Heimweh plagte
und er kein einziges Mal an seine Familie oder an Midoun dachte. Vielleicht konnte er bei Claudio bleiben?
Meistens, wenn er die Zweige der Olivenbäume schüttelte, dachte er an Djerba, das Oliven- und Dattel-Paradies. Aber manchmal war da auch so ein merkwürdiges Gefühl. So wie ein schlech-
tes Gewissen, weil er bisher weder Frankreich noch Deutschland
erreicht und noch keinen Dinar oder Euro verdient hatte. Bestimmt wartete Onkel Sami schon längst auf die erste Zahlung.
Er schüttelte weiter an den Ästen, dass die grünen Oliven nur so
von den Bäumen purzelten. »Siehst du, Onkel Sami – ich arbei-
te! Und wie!«, hätte er ihm am liebsten zugerufen. »Das würde
ich auch in Midoun machen, wenn ich einen Job bekommen
hätte! Aber niemand wollte mich.«

Während sie abends bergeweise Spaghetti Bolognese verdrückten,
sagte Nicolas: »Claudio, ich würde so gerne bei dir bleiben. Ich
kann viel arbeiten, ich mache alles. Es ist so friedlich bei dir, keine
Schreie, keine Banden, die durch die Dörfer ziehen und stehlen
und morden. Ich habe seit Jahren nicht mehr so gut geschlafen
wie bei dir. Ich kann einfach aus der Tür gehen, ohne zu riskieren,

dass jemand auf mich schießt. Ich kann sogar nachts rausgehen und die Sterne bewundern – und das Schlimmste, das mir dabei passieren kann, ist, dass ich mich erschrecke, weil ein Tier um die Ecke huscht. Es ist wunderbar hier! Es ist das Paradies.«

Claudio lächelte und nickte. »Stimmt, es ist wunderbar. Ich hatte schon beinahe vergessen, wie wunderbar es ist. Ich hatte nur die viele Arbeit gesehen, aber du hast recht, Nicolas. Es ist friedlich und wunderbar.«

Adnan hörte mit weit aufgerissenen Augen zu. Wenn Nicolas bleiben konnte, hätte Claudio bestimmt nichts dagegen, wenn auch er bleiben würde.

»Und?« Nicolas wartete ungeduldig auf eine Antwort.

»Du bist illegal in Italien, das stört mich nicht. Mich interessiert der Mensch, nicht dieser Verwaltungskram. Und du bist ein guter Mensch, Nicolas. Ich kann Hilfe auf dem Hof gut gebrauchen, aber ich kann dir kaum Geld bezahlen. Vielleicht mal zehn oder 20 Euro, die ich übrig habe. Aber viel zu wenig, um davon Kleidung zu kaufen oder was du sonst so brauchst«, sagte Claudio entschuldigend.

Und zu wenig, um Geld nach Hause zu schicken, ergänzte Adnan in Gedanken.

»Ich brauche nicht viel«, entgegnete Nicolas. »Wenn ich bei dir wohnen und essen kann, dann ist das gut. Ruhe und Frieden sind mir wichtiger als Geld.«

»Ruhe und Frieden, das kann ich dir bieten. Mehr Ruhe als dir mit der Zeit lieb sein kann«, erwiderte Claudio grinsend. »Du bist jung, du willst dich amüsieren. Aber hier gibt es weit und breit kein Kino, nicht mal eine Kneipe.«

»Ich brauche kein Kino und keine Kneipe«, bekräftigte Nicolas noch einmal.

Claudio nickte, dann streckte er Nicolas die Hand hin. Der schlug ein.

Adnan war neidisch. Die Aussicht, hier zu bleiben, war verlockend. Er konnte nicht widerstehen, darum streckte er Claudio auch seine Hand entgegen. »Kann ich auch bleiben?«, sollte dies heißen, sagen konnte er es nicht.

Er sah Claudios erstauntes Gesicht. »Adnan, du musst doch zur Schule. Die nächste Schule ist schrecklich weit. Es gibt hier keine Freunde für dich.« Nicolas übersetzte.

»Ich hab doch euch, ihr seid meine Freunde. Ich bin 14 und war lange genug in der Schule«, entgegnete Adnan, dieses Mal übersetzte Dhura.

»Mit 14 kam ich auch aus der Schule«, murmelte Claudio. »Danach musste ich meinem Vater hier auf dem Hof helfen.«

»Lass mich nun dir helfen«, fügte Adnan hinzu. »Bitte!«

Claudio strich sich über seinen Dreitagebart und überlegte. »Wir können es ja versuchen.« Dann schlug er ein.

Am liebsten wäre Adnan ihm um den Hals gefallen. Angekommen sein. Hier bleiben. Ab und zu könnte er mal zehn Euro nach Hause schicken. Damit müsste sich Onkel Sami zufriedengeben, versuchte er sich einzureden. Doch da war dieses Gefühl, als säße ihm Onkel Sami auf den Schultern und würde ihn antreiben wie einen Esel. Adnan beschloss, dieses Gefühl zu ignorieren.

Nicolas boxte ihn freundschaftlich in die Seite. Adnan boxte zurück. Nicolas war nun auch so etwas wie sein Bruder. So wie Khaled.

Dhura schwieg. Sie schien sich ganz auf ihre Spaghetti zu konzentrieren. Doch Adnan wusste, dass sie überlegte. Zwei Minuten später hob sie den Kopf, wischte sich die Sauce vom Kinn, schaute erst Nicolas, dann Claudio an. Adnan würdigte sie keines Blickes. »Dann bin ich wohl die Einzige, die weiterziehen möchte. Nach Deutschland. Nach Köln, dorthin wo mein Onkel lebt. Ist das noch weit?«

Claudio ging zum kleinen Bücherregal im Flur. Er kam mit einem alten Atlas zurück. »Das hier ist Italien«, sagte er und zeigte auf ein Land, das wie ein Stiefel aussah. Alle drängten sich um den Atlas. »Hier ist Lampedusa, hier Sizilien und ungefähr hier sind wir. Toskana.« Er tippte in die obere Hälfte des Stiefels. »Da liegt Florenz, eine große Stadt, die ist 70 Kilometer von hier entfernt.« Dann fuhr sein Finger auf der Karte weiter nach oben. »Das hier sind die Alpen, das hohe Gebirge. Dann kommt ein

kleines Stückchen Österreich. Und dann kommt Deutschland.«
In Deutschland fuhr er mit dem Finger noch ziemlich weit nach
oben. »Hier ist Köln.«

Dhura stöhnte. »Das ist aber weit! Wie komme ich denn nach
Köln?«

Claudio kratzte sich am Kopf. »Am besten mit dem Zug.– Hast
du Geld?«

Dhura bejahte. Sie hatte noch etwas von dem Geld, das sie in
Lampedusa bekommen hatten. »Fahren Züge von Florenz ab?
Kannst du mich morgen hinbringen?«

Claudio nickte.

»Morgen schon?«, entfuhr es Adnan. Er wollte sich nicht so
schnell von Dhura trennen. Das stille Mädchen mit seiner schrecklichen Vergangenheit war längst seine Freundin geworden.

Dhura schien seinen Einwand zu überhören. Für beide wurde es
ein schweigsamer Abend. Sie gingen früh zu Bett. Der Mond
schien in ihr Zimmer.

»Willst du nicht noch ein paar Tage hierbleiben?«, fragte Adnan,
als sie in ihren Betten lagen.

»Nein.«

»Aber, du kannst doch nicht einfach gehen ...« Adnan wusste,
dass er Blödsinn redete. Natürlich konnte sie einfach so gehen.
Sie hatte ein Ziel. Sie wollte zu ihrem Onkel.

»Ich bin schon ein Jahr unterwegs, Adnan. Ich möchte jemanden aus meiner Familie sehen. Vielleicht habe ...« Der Rest des
Satzes war ein unverständliches Gemurmel. Adnan hätte
schwören können, dass er »ich sonst keine Familie mehr, vielleicht sind mein Onkel und ich die einzigen Überlebenden«
gehört hatte. Schlagartig kapierte Adnan, dass Dhura vielleicht
die einzige Überlebende ihrer somalischen Familie war. Sie und
der Onkel, der schon ein paar Jahre in Deutschland lebte.

Der Schmerz, den Adnan jetzt schon fühlte, wenn er an den Abschied dachte, war schlimm. Er fühlte eine Traurigkeit, wie er
sie sonst nur bei der Erinnerung an Maya empfand.

Liebe Maya, Dhura wird gehen. Ich möchte nicht, dass sie geht.
Immer wenn ich auf dieser blöden Flucht jemand gefunden habe, den

*ich mag, dann trennen wir uns wieder. Das war mit Raoul so, dann
mit Khaled und jetzt mit Dhura. Maya, was soll ich bloß tun?*

In dieser Nacht schlief Adnan schlecht. Er wälzte sich im Bett,
starrte an die Decke, seufzte. Einmal glaubte er, Dhura weinen
zu hören. »Dhura, bist du wach?«
Er bekam keine Antwort. Trotzdem war er sicher, dass sie auch
nicht schlafen konnte. Arco, der neben Adnans Bett auf dem Boden lag, stupste ihn mit seiner feuchten Schnauze an. Adnan
streckte die Hand aus und streichelte das weiche Fell. Das beruhigte den Hund und den Jungen.
Adnan wachte auf, als Dhura ihre kleine Tasche packte. Sie hatte
nicht viel: eine ausgeleierte Zahnbürste, eine zweite Bluse und
ein paar Unterhosen, die sie bereits von der Wäscheleine geholt
hatte.
»Schon trocken?«, fragte Adnan und kraulte Arco.
Dhura nickte, dann sah Adnan ihre vom Weinen verquollenen
Augen.

Beim Frühstück besprach Claudio mit Nicolas, was zu tun war.
Lustlos knabberte Dhura an ihrem Brot.
»Du musst essen, Mädchen«, sagte Claudio.
»Keinen Hunger«, erwiderte Dhura leise. Daraufhin schmierte
Claudio ihr einen Stapel Brote für die Reise und reichte ihr zwei
Flaschen Wasser, die Dhura dankbar entgegennahm.
»Du musst nicht gehen, Mädchen«, sagte Claudio. Dhura ver-
stand, ihr gelang ein schiefes Lächeln. »Danke, aber ich gehe heu-
te«, erwiderte sie entschlossen.
Claudio nickte. Adnan schluckte und merkte, wie sich seine
Augen mit Tränen füllten. Er stand auf, stellte die Teller in die
Spüle und ging hinaus. Arco folgte ihm. Adnan wollte seine
gewaschenen Kleider von der Wäscheleine hinterm Haus holen
und in den Schrank legen. Er war angekommen. Auch ohne
Dhura.
Gerade kontrollierte er seine Hose und stellte erleichtert fest,
dass der Fleck rausgegangen war, da stand Dhura hinter ihm.

Sie hatte eins der Kätzchen im Arm und die Lippen zusammengekniffen.

»Ist es soweit?«, fragte Adnan. Er schämte sich, weil er sie im Stich ließ und sie jetzt allein, ohne ihn weiterziehen musste.

»Ja«, antwortete Dhura kurz angebunden und sah Adnan an. Der konnte neue Spuren von Tränen auf ihren Wangen erkennen.

»Dhura, ich … es …« Er wollte so viel sagen und brachte nicht einmal einen einzigen vernünftigen Satz heraus.

Sie vergrub ihr Gesicht im Fell des Kätzchens.

Auf einmal hörten sie ein Auto in den Hof fahren. Seit sie bei Claudio waren, war noch nie Besuch gekommen. Bellend rannte Arco ums Haus.

»Nehmen Sie den Hund weg.« Eine Männerstimme war zu hören.

»Was wollen Sie bei mir, meine Herren Polizisten?«, rief Claudio übertrieben laut, um sie zu warnen.

»Polizei! – Wir müssen verschwinden«, raunte Dhura. Sicherlich wären sie anders als die Polizisten auf Lampedusa, die nur wollten, dass das überfüllte Lager ein bisschen leerer wurde. Sicherlich würden diese Polizisten nach Ausweisen und Aufenthaltsgenehmigungen fragen. Papieren, die sie nicht hatten.

Adnan schaute sich hektisch um. Im Haus und in der Scheune würden die Polizisten zuerst nach ihnen suchen. Es gab nur ein gutes Versteck: im Wald. Dafür mussten sie zwar über die Wiese rennen, doch die lag hinter dem Haus. Vielleicht reichte die Zeit zum Abhauen, bevor die Polizisten nachschauen würden.

»Wir haben gehört, dass jemand bei Ihnen wohnt«, hörten sie einen der Polizisten sagen.

»Ist das verboten?«, entgegnete Claudio selbstbewusst.

»Wenn es sich um einen oder mehrere Farbige ohne Papiere handelt, dann schon«, erwiderte der andere Polizist.

»Wer sagt denn so etwas?« Claudios Stimme klang nicht mehr ganz so selbstbewusst.

»Das dürfen wir nicht sagen.« Der Polizist klang sehr bestimmt.

»Wie ist es nun, wohnen hier Afrikaner ohne gültige Papiere?« Claudio schwieg.

Adnan und Dhura rannten los.

»Hallo, stehen bleiben!«, hörten sie einen der Polizisten rufen.
»Stehen bleiben, hab ich gesagt.«
Adnan blieb stehen, schloss ein paar Sekunden die Augen, dann
drehte er sich langsam um.
»Los, weiter«, zischte Dhura, ergriff seine Hand und zerrte ihn weg.
»Zum letzten Mal: Stehen bleiben! Oder ich werde schießen!«
Abrupt blieb Adnan stehen, sodass Dhura beinahe gestürzt wä-
re. »Komm schon.«
»Die schießen«, zischte Adnan zurück.
»Sie meinen nicht uns, sie haben uns noch nicht entdeckt.«
Erst jetzt drehte sich Adnan um. Tatsächlich, niemand war zu
sehen.
»Weiter.«
Nicolas – schoss es ihm dabei durch den Kopf. Die haben Nico-
las entdeckt.
»Nicolas, bleib stehen. Bitte bleib stehen«, flehte Adnan stumm,
während er weiter rannte. Hoffend, dass er keinen Schuss hörte.
Noch 200 Meter, dann waren sie im schützenden Wald. Ge-
schafft! Sie gönnten sich ein paar Atemzüge Erholung. Es blieb
still. Niemand hatte geschossen.
»Weiter. Die suchen auch nach uns!«, meinte Dhura.
»Weiter? Aber wohin?«, überlegte Adnan.
»Dorthin, wohin Claudio mich bringen wollte. Zum Bahnhof«,
antwortete Dhura.
»Kennst du den Weg?«
Das Mädchen schüttelte den Kopf. »Die Straße entlang?«, schlug
sie dann vor.
»Zu gefährlich«, entschied Adnan.
Sie überlegten, ob sie noch eine Weile warten und dann zurück
zu Claudio gehen sollten. Claudio würde ihnen sicher helfen.
Aber was, wenn ein Polizist noch bei ihm wäre? Vielleicht hatten
die Polizisten genau denselben Gedanken? Dann würden sie den
Polizisten direkt in die Arme laufen. Und Claudio hätte mächtig
viel Ärger am Hals. Nach einigem Hin und Her beschlossen sie,

sich bis zum Abend hier im Wald zu verstecken. Sobald es dunkel war, würden sie losmarschieren.

»Wo sollen wir uns verstecken?« Dhura sah sich um. Bäume, nichts als Bäume. Doch die Stämme waren so hoch, dass sie niemals bis zu den ersten Ästen klettern konnten. Suchend gingen sie weiter. Ein Knacken ließ sie zusammenzucken. Noch ein Knacken. »Jetzt haben sie uns«, dachte Adnan, schloss schon wieder die Augen und wartete auf den Befehl »Stehen bleiben!«. Doch der blieb aus.

»Was war das?«

Dhura zuckte mit den Schultern. »Vielleicht ein Tier? Was weiß ich. – Los, komm!«

Adnan war wie gelähmt. Das war zu viel für ihn. Dhura dagegen suchte fieberhaft nach einem guten Versteck. Sie ließ Adnan stehen. Als der einsah, dass Dhura ihn allein lassen wollte, kam wieder Leben in seinen Körper. Allein in diesem Wald wollte er auf keinen Fall sein. Auch nicht für ein paar Minuten. Dhura entdeckte ein paar nicht allzu hohe Felsen. »Schau mal, da oben scheint eine Höhle zu sein.«

Ein paar Meter über ihnen war ein kleines Loch in einem Felsen zu erkennen. Es könnte groß genug für sie sein. Dhura stieg voran. Sie war eine ausgezeichnete Kletterin. Problemlos kraxelte sie nach oben und lugte in die Höhle. »Ideal«, rief sie Adnan zu. »Platz genug für uns beide.«

Adnan konnte sich nicht so gut hochziehen wie Dhura. »Ich schaff's nicht«, keuchte er nach einigen Versuchen.

Dhura kletterte ihm entgegen und nahm ihm seine Wäsche ab, die er sich hektisch um den Hals geschlungen hatte, als sie losgerannt waren. Sie stopfte die paar Kleidungsstücke in ihre Tasche. Endlich, nach weiteren fünf Versuchen und mit Dhuras kräftiger Unterstützung, hievte sich auch Adnan auf die Felsplatte vor der kleinen Höhle.

»Hier sind wir in Sicherheit«, meinte Dhura überzeugt.

»Wenn sie nicht mit Hunden kommen«, ergänzte Adnan. Mehr sagte er nicht, denn es war ihm peinlich, dass Dhura viel besser klettern konnte als er.

»Du zitterst ja.« Dhura schien nichts zu entgehen.

»Ist gleich vorbei«, entgegnete er einsilbig. Was hätte er auch sonst sagen sollen? Etwa, dass das zu viel Aufregung war? Die Polizei, das überstürzte Abhauen, das Verstecken, die Anspannung. Sollte er ihr das sagen? Auf keinen Fall, das wäre noch peinlicher als seine miesen Kletterkünste.

»Was wird aus Nicolas?«, fragte er stattdessen.

»Die Polizei wird ihn mitnehmen. Vielleicht lassen sie ihn nach ein paar Stunden laufen. Vielleicht gelingt es ihm abzuhauen...«

»Und was geschieht mit Claudio? Bekommt er Ärger?«

Darauf wusste auch Dhura keine Antwort.

Wie gerne wäre Adnan wieder zurück zu Claudio gegangen. Wenigstens um sich von ihm zu verabschieden und sich zu bedanken. Außerdem hatte er noch Claudios Shirt und die kurze Hose an, die er sogleich gegen seine Kleidung austauschte. Er konnte Hose und Shirt nicht zurückgeben, denn auch ein kurzer Besuch wäre zu gefährlich. Falls doch noch Polizisten im Haus wären ...

Mittlerweile dämmerte es. Dhura schlüpfte in die Trageriemen ihrer Tasche, sodass sie sie wie einen Rucksack tragen konnte. Sie kletterten aus ihrem Versteck, bahnten sich ihren Weg durch das Wäldchen und gingen Richtung Landstraße. Das war die entgegengesetzte Richtung zu Claudios Haus. Wie gern wäre Adnan zurück zum Haus, direkt in Claudios starke Arme, direkt zu Arco, dem besten und liebsten Hund auf der ganzen Welt. Er konnte die Umrisse des Hauses erkennen und ein erleuchtetes Zimmer – wahrscheinlich die Küche. »Auf Wiedersehen, mein Freund. Und vielen Dank für alles!«, sagte Adnan halblaut. Schon wieder ein Abschied!

Die beiden wanderten auf der asphaltierten Straße. Sie kamen gut voran. Jedes Mal, wenn die Scheinwerfer eines Fahrzeugs aufleuchteten, sprangen sie in den Straßengraben. Da um diese Zeit nicht viel Verkehr war, mussten sie nicht oft ausweichen. Die Straße führte über sanfte Hügel, an denen Trauben und Getreide wuchsen. Sie naschten von den süßen Trauben. Die Konturen der hohen, spitzen Pinien, die die Straße flankierten, waren zu sehen. Sie sahen aus wie riesengroße, spitze Hüte. Gleich danach führte die Straße durch ein Dorf. Kurz überlegten die beiden, ob sie lieber einen Bogen um das Dorf machen sollten. Da es wie ausgestorben wirkte, beschlossen sie durchzugehen. Irgendwo huschte eine Katze davon und ein Hund bellte. Sonst schien das Dorf tatsächlich zu schlafen. Am Dorfbrunnen auf dem Marktplatz füllten sie die Wasserflaschen auf.

Als sie zum Umfallen müde waren, suchten sie nach einer Schlafmöglichkeit. Doch so viel sie in der mondbeschienenen Dunkelheit erkennen konnten, gab es weit und breit keinen Wald, keine Höhle, keinen Schuppen, nichts. Sie sahen nur Reben.

»Dann legen wir uns eben zwischen die Trauben«, sagte Adnan müde. »Zwischendurch können wir Trauben naschen.« Er hätte sich auch direkt neben die Straße gelegt, so erschöpft war er.

Doch Dhura war damit nicht zufrieden. Sie wusste, dass die Trauben reif waren und bald geerntet werden würden. Vielleicht schon am Morgen.

Es dauerte eine weitere Stunde, bis die beiden ein Wäldchen entdeckten. Eigentlich war es nicht mehr als eine Baumgruppe. Doch es war der beste Platz weit und breit. Ermattet legten sie sich auf die kleine Lichtung zwischen den Bäumen. Adnan schlief sofort ein.

Aber schon nach einer Stunde wurde er geweckt. Dhura rüttelte ihn wach.

»Wir müssen weg. Schnell.«

Adnan begriff nicht. Er wollte weiterschlafen und drehte sich zur Seite.

»Schnell. Schnell. Schreckliche Tiere sind hier.« Dhuras Stimme bebte.

»Schreckliche Tiere? Was sollten das für Tiere sein?«, dachte Adnan im Halbschlaf. Dann hörte er ein tiefes Grunzen. Oder war es ein Rülpsen? Schmatzgeräusche? Wieder dieses tiefe Grunzen, dann ein lautes, hohes Quieken. Jetzt saß Adnan aufrecht und starrte in die Dunkelheit. »Was ist das?«, fragte er. Schemenhaft erkannte er Tiere, vielleicht zehn oder 15. Doch was waren das für Tiere? Sie verströmten einen üblen Geruch. Sie rochen wie Schweine. Wilde Schweine.

Adnan war aufgesprungen. Weg, bloß weg! Als wäre der Teufel hinter ihnen her – oder eine Horde Wildschweine – rannten sie zurück zur Straße. Die Wildschweine interessierten sich überhaupt nicht für zwei Flüchtlinge, sondern für die Wurzeln, die sie erschnüffelten, und die schmackhaften Pilze, vor allem aber für die Eicheln, die am Boden lagen.

Schwach und kraftlos taumelte Adnan die Straße entlang. Nachdem er sich von dem Schreck über die Wildschweine erholt und sich sein Puls wieder beruhigt hatte, wollte er nur noch schlafen. Dhura stolperte über ihre eigenen Beine, auch sie war todmüde. Sie brauchten eine Pause, setzten sich an den Rand der Straße und ließen die Köpfe hängen.

Nach einer Weile sagte Adnan: »Da drüben, Dhura, schau.« Er hatte einen Schuppen entdeckt und zog Dhura hoch. Sie mobilisierte ihre letzten Kräfte, zusammen liefen sie zum Schuppen. Als sie näherkamen, sahen sie, dass es mehr ein Unterstand als ein Schuppen war. Geräte standen herum. Ganz egal was es war, hier gab es etwas Schutz. Sofort als sie in der Ecke auf ein paar alten Säcken lagen, waren sie eingeschlafen.

Die Sonne stand schon tief, als sie aufwachten. Der Schlaf hatte ihnen ihre Kräfte zurückgebracht. Sie aßen die letzten Brote, die Claudio geschmiert hatte, tranken die Wasserflaschen leer und gingen zurück zur Straße. Nach ein paar Kilometern sahen sie ein Schild – noch 40 Kilometer bis Florenz. Hatte Claudio nicht gesagt, dass es vom Hof bis nach Florenz 70 Kilometer seien? Also hatten sie schon fast die Hälfte der Strecke geschafft. Im nächsten Dorf kauften sie sich Brot und Tomaten und füllten die Wasserflaschen wieder auf. Im Schatten eines Cafés saßen drei alte Männer und schauten ihnen nach.

Beiden, Dhura und Adnan, war klar, dass sie es am selben Tag nicht bis Florenz schaffen würden. Aber sie sagten nichts. Stattdessen unterhielten sie sich über ihre Pläne in Deutschland.

Adnan musste Geld verdienen. Dhura hoffte auf die Hilfe ihres Onkels. Sie wollte möglichst schnell in eine Schule. »Ich war schon so lange nicht mehr in der Schule. Ein Jahr bin ich unterwegs und zuvor konnten wir nur manchmal zur Schule. Dann, wenn es sicher war. An manchen Tagen durften wir unsere Hütte nicht verlassen. – Ich möchte viel lernen und später mal Ärztin werden. Dann helfe ich allen Flüchtlingen.« Sie waren so in ihre Unterhaltung vertieft, dass sie den Traktor erst sahen, als er neben ihnen anhielt. »Es wird gleich dunkel, Kinder. Wo wollt ihr hin?«, fragte der Fahrer.

Ohne lange zu überlegen antwortete Dhura: »Nach Florenz. Zum Bahnhof.«

»Oh, das ist noch ein Stück. Ich fahre ein paar Kilometer in die Richtung, soll ich euch mitnehmen?«

Das Angebot war zu verlockend. Erst als sie auf dem Traktor saßen, fiel Adnan ein, dass der Mann sie auch anderswo hinbringen könnte. Oder sie ausrauben oder bei der Polizei abliefern könnte. Immerhin beruhigte Adnan, dass der Traktor nicht allzu schnell fuhr. Bei Gefahr könnten sie abspringen und verduften. Als er das nächste Schild sah, auf dem stand, dass es noch 32 Kilometer bis Florenz waren, war Adnan beruhigt. Beim nächsten Schild standen noch 25 Kilometer bis Florenz. Der Traktor stoppte.

»Ich biege hier ab«, sagte der Fahrer. »Viel Glück.«

Dhura und Adnan sprangen vom Traktor und winkten zum Abschied dankbar. Alle Befürchtungen waren überflüssig gewesen, der Mann war einfach nur freundlich und hilfsbereit.

Zuversichtlich marschierten sie weiter. Nach einer Stunde wurde die Straße breiter. Nach zwei Stunden gab es mehr und mehr Häuser. Mehrmals bellte sie ein Hund an. Jedes Mal, wenn sie sich nach einem Versteck umschauten, entdeckten sie, dass die Hunde an Ketten angebunden waren. Das machte sie unvorsichtiger und sorgloser. Ein großer Fehler. Nachdem sie stundenlang unterwegs waren und nur noch vier Kilometer von Florenz entfernt, beschlossen sie, sich nach einem Schlafplatz umzuschauen. Denn sie wollten den Bahnhof bei Tageslicht suchen. Ohne genauer hinzuschauen legten sie sich an den Rand eines Ackers und schliefen sofort ein. Durch die hohen Bohnenpflanzen fühlten sie sich ein bisschen geschützt. Aber nur, bis Adnan durch einen Stock geweckt wurde. »Aufstehen, avanti, was macht ihr in meinem Garten?« Die krächzende Stimme einer Alten sagte noch mehr, doch Adnan verstand es nicht. Die Schläge mit dem Spazierstock waren umso deutlicher zu verstehen. Sie sprangen auf, wollten sich entschuldigen und erklären, dass sie sich nur ein bisschen ausgeruht hatten. Doch die wütende Alte schwang den Stock und rief laut so etwas wie: »Paolo, komm, hier sind Diebe! Bring den Hund mit! Paolo!«

»Wir sind keine Diebe«, rief Dhura und rannte hinter Adnan her. Das furchtbare Gekreische der Alten verfolgte sie noch eine Weile. Doch einen Hund hörten sie nicht bellen. Sie rannten lange, bis Adnan eine Mauer sah. Sie liefen hinter die Mauer, lehnten sich daran und ließen sich langsam auf den Boden gleiten.

»War das eine schreckliche Alte«, keuchte Adnan.

»Das war ein Gespenst«, kicherte Dhura zwischen zwei Atemzügen. Sie grinsten sich an, aus dem Grinsen wurde ein Lachen. Das Lachen war die reinste Befreiung, sie lachten, bis ihnen der Bauch schmerzte. Dann sahen sie sich um und entdeckten, dass sie auf einem Friedhof gelandet waren. Sofort verstummten sie. Friedhof und Lachen, das passte nicht zusammen.

»Was macht ihr denn hier?« Ein Mann in einem schwarzen Gewand stand vor ihnen.

Ein Priester, das erkannte Dhura sofort. »Wir ruhen uns aus«, sagte sie schüchtern.

»Wo wollt ihr denn hin?«

»Zum Bahnhof. Und dann nach Deutschland. Köln.«

»Ihr seid Flüchtlinge, stimmt's?«

Die beiden nickten.

»Habt ihr Hunger?«

Sie nickten erneut.

Der Priester wohnte gleich um die Ecke. Er briet Eier und tischte süße Teilchen auf. Während des Essens fragte er, warum sie auf dem Friedhof so gelacht hätten. Sie mühten sich zu erklären, wie die Alte auf sie losgegangen war und wie erleichtert sie danach waren, ihr entkommen zu sein.

»Das war bestimmt die alte Donna Maria«, vermutete der junge Priester. »Sie ist eigentlich eine herzensgute alte Frau, nur manchmal spinnt sie ein bisschen. Einen Hund hat sie nicht, und ich wüsste auch nicht, wer Paolo sein soll. – Typisch Donna Maria.«

Sie unterhielten sich eine Weile, dann fragte Adnan: »Kennen Sie Claudio? Er wohnt 70 Kilometer von hier auf einem einsamen Bauernhof.«

»Wie heißt euer Claudio mit Nachnamen?«, erkundigte sich der Priester.

Das wussten die beiden nicht. Aber der Priester versprach, sich zu erkundigen. »Wenn Sie ihn gefunden haben, würden Sie bitte von Adnan danke sagen.«

»Und von Dhura«, ergänzte diese.

Das versprach der Pfarrer, dann bot er an, sie zum Bahnhof zu bringen. Die Fahrt in dem kleinen Fiat dauerte höchstens eine Viertelstunde, die Suche nach einem Parkplatz länger. Pfarrer Matteo ließ es sich nicht nehmen, die zwei bis zum Schalter zu begleiten. Er verlangte zwei Tickets nach Köln. Auf dem Display der Kasse erschien eine rote 370. Pfarrer Matteo deutete auf die Zahl und rieb Daumen und Zeigefinger zusammen. »Für zwei«, sagte er.

Entsetzt schüttelte Adnan den Kopf. Selbst wenn die 370 Euro für zwei Fahrkarten waren, so konnten sie dies nicht bezahlen. Dhura stöhnte, Adnan blies geräuschvoll Luft aus seinen Wangen. Dann malte Dhura eine 250 auf die Glasscheibe zwischen ihnen und dem Schalterbeamten. Der Mann mit dem Schnauzbart schüttelte den Kopf.

»Mehr haben wir nicht«, sagte Dhura auf Italienisch.

Der Schalterbeamte tippte in seinen Computer, dann meinte er freundlich. »Im Moment gibt es eine Sonderaktion: Florenz – München für 130 Euro. Zwei Tickets, das macht 260 Euro.«

Dhura zuckte hilflos mit den Schultern. »Wir haben aber nur 250 Euro«, sagte sie traurig. Sie waren so nah dran und jetzt scheiterte es an zehn Euro.

250 malte Dhura erneut an die Scheibe, als würden die Tickets dadurch günstiger. Der Schalterbeamte schüttelte energisch den Kopf und zeigte auf die rote Anzeigetafel auf seinem Monitor: 260 Euro. Adnan schloss die Augen und ließ den Kopf hängen.

»Hier«, sagte der Priester und legte 30 Euro auf die Marmorplatte des Bahnhofschalters. »Mehr hab ich leider nicht dabei.« Erst fiel ihm Dhura, dann Adnan um den Hals. Der Schalterbeamte reichte ihnen die Tickets.

»München ist gut«, meinte Priester Matteo. »Von da schafft ihr es bestimmt nach Köln. Es gibt Busse, die kosten nicht viel. – Buona fortuna – viel Glück. Gott sei mit euch.« Er umarmte sie noch einmal. »Hier ist meine Telefonnummer. Falls ihr in Schwierigkeiten steckt, ruft mich an.«

Dhura nahm den Zettel mit der Nummer und steckte ihn in ihren Hosenbund. Dann küsste sie Matteo auf die Wange. Das hätte Adnan am liebsten auch gemacht, aber er war jetzt 14.

Wieder ein Abschied! Er hasste all diese Abschiede. Es waren schon viel zu viele. In 30 Minuten würde der Zug kommen.

Das Gedränge, als der Zug hielt, war groß. Viele Menschen stiegen aus, viele wollten mitfahren.

»Los, komm!« Dhura zog ihn ungeduldig am Ärmel.

Im Zug

Sie quetschten sich durch die Gänge. Überall standen Menschen, stapelten sich Koffer, Rucksäcke und Taschen. Neben einer Toilette fanden sie wenigstens genügend Platz zum Stehen, sie konnten sich sogar an die Wand lehnen. Immerhin gab es ein kleines Fenster. Die beiden standen so dicht beieinander, dass Adnan Dhuras Atem spüren konnte. Und sie wahrscheinlich seinen. Sie zwinkerte ihm zu und lächelte. Dhura hatte gute Laune, denn mit jedem Kilometer fuhr sie näher zu ihrem Onkel. Adnan dagegen war nicht so begeistert. Wie schön war es doch bei Claudio und Arco gewesen. Um sich von den tristen Gedanken abzulenken, schaute er aus dem Fenster. Mittlerweile hatten sie die Stadt hinter sich gelassen. Der Zug fuhr an Feldern vorbei, manchmal tauchte ein Gehöft auf, ähnlich wie das von Claudio. Dann fuhren sie über eine Brücke, kurz konnte Adnan den kleinen Fluss sehen, am Ufer wuchsen Weintrauben, dann kamen unendlich viele niedrige Bäume. Adnan presste die Nase ans Fenster, um zu erkennen, welche Früchte an den Bäumen hingen. Äpfel. Äpfel waren in Midoun eine Besonderheit, denn sie wuchsen dort nicht. Trotzdem bekam er einmal einen Apfel geschenkt. Von seiner Mutter. Na ja, keinen ganzen Apfel, aber ein Stück. Mutter brachte den Apfel damals aus dem Hotel mit, in dem sie arbeitete. Wer ihn ihr gegeben hatte, wusste Adnan nicht. Aber er erinnerte sich daran, wie sie den Apfel am Brunnen wusch, dann ein Messer nahm und ihn in drei gleiche Teile schnitt. Adnan bekam ein Stück davon, genauso wie Maya und Mutter. Erst roch er daran, er konnte die Süße erschnuppern. Ein Tropfen Saft rann damals über seinen Daumen. Schnell leckte er ihn ab und schloss für einen Moment die Augen. Was für ein herrlicher Geschmack! So frisch und gleichzeitig süß. Dann biss er hinein. Es knackte und spritzte auch ein bisschen. Er kaute langsam, schmeckte die glatte Schale und das knackige Fruchtfleisch. Adnan erinnerte sich, wie Maya zu husten begann, sie war so im Apfelglück, dass sie auch das Kerngehäuse hinuntergeschlungen hatte. Es kratzte im Hals. Doch gleich darauf strahlte sie wieder. Zum nächsten Geburtstag wünschte sie sich einen ganzen Apfel nur für sich. Eine Kostbarkeit. Und nun standen hier Apfelbäume, so weit Adnan schauen konnte. Er drückte seine Nase am Fenster platt.

»Was gibt's zu sehen?«, wollte Dhura wissen.

»Apfelbäume«, antwortete Adnan, »viele, viele Apfelbäume.«

Dhura nickte nur. Es schien sie nicht besonders zu interessieren.

Adnan konnte den Blick nicht von den Apfelbäumen wenden. *Maya, wenn du das sehen könntest! Wenn wir hier aussteigen würden, dann müssten wir nur die Hand ausstrecken und könnten einen Apfel pflücken. Du würdest einen ganzen Apfel bekommen. Einen? Ach, was! Wir könnten hier zehn Äpfel ernten. Oder 100. Niemand würde es bemerken. Wir könnten Äpfel essen, bis wir platzen. Maya, das ist hier das Apfelparadies.*

»Was hast du gesagt?«

Adnan grinste. Ihm war nicht bewusst, dass er laut gesprochen hatte. »Ein Apfelparadies«, wiederholte er.

»Du mit deinen Äpfeln. Ich hab noch nie einen gegessen«, sagte Dhura und reichte ihm die Wasserflasche.

Lange standen oder hockten die beiden an ihrem Platz an der Toilette. Wenn der Zug hielt, versuchte Adnan die Schilder zu lesen. Doch die Ortsnamen sagten ihm nichts. Irgendwann hielt der Zug am Bahnhof mit dem Schild »Verona«. Dort stiegen viele Mitreisende aus. Und wenige stiegen ein. Als der Zug weiterfuhr, war plötzlich Platz in den Gängen. Dhura streckte sich. Adnan streckte sich. Dann nahmen sie ihr leichtes Gepäck und schauten sich im Zug um. Sie gingen den Gang entlang, drückten eine Tür auf, standen im nächsten Gang. Links davon war ein Abteil mit sechs Sitzplätzen. Alle Plätze waren frei. Sie nickten sich zu, Adnan schob die Tür auf.

Sie setzten sich ans Fenster. Adnan in Fahrtrichtung, Dhura ihm gegenüber. Beide stießen ein wohliges »aaah« aus, als sie es sich bequem machten. Dhura packte zwei von Matteos Vesperbroten aus und legte sie auf das Tischchen zwischen ihnen. Dort lagen sie nicht lange.

»Jetzt ist es doch wie bei einem Ausflug«, sagte Adnan und biss erneut in das Butterbrot. Auf Dhuras fragenden Blick erzählte er ihr von Maya und von der Ausrede, dass er einen Ausflug machen würde.

»Stimmt«, erwiderte Dhura mit einem leichten Lächeln, »gerade machen wir einen netten Ausflug nach München. Da würde deine Maya nicht schlecht staunen. Wir fahren im Zug und die Landschaft zieht an uns vorüber.«

»Was für eine Landschaft! Schau dir die Berge an, die sind viel höher als die Hügel bei Claudio. Und auf den Bergen stehen überall Bäume. – So viele Bäume, wie allein auf diesem Berg zu sehen sind«, mit dem Finger deutete er auf einen Berg, der über alle anderen ragte, »so viele gibt es wahrscheinlich in ganz Tunesien nicht. – Jetzt fahren wir wieder über eine Brücke. Da, schau, das Wasser des Flusses ist hellblau.«

Begeistert starrte Dhura aufs Wasser. Es war tatsächlich hellblau, solch ein Blau hatte sie noch nie gesehen. In Somalia war das Wasser der Flüsse meistens braun. »Wunderschön«, flüsterte sie. »Unser Ausflug heute ist wunderschön.«

Die Tür wurde aufgeschoben. Ein Mann in Uniform stand vor ihnen. Was wollte er von ihnen?

»Biglietti«, sagte der Mann forsch, aber nicht unfreundlich.

Adnan und auch Dhura verstanden nicht gleich. Aber sie hatten nichts und niemandem etwas getan. Außer, dass sie übers Meer gekommen waren, aber das war doch kein Verbrechen. Oder doch?

»Biglietti«, wiederholte der Mann jetzt barscher, »Tickets«.

»Ah«, rief Adnan erleichtert und zog die Fahrkarten aus der Hosentasche.

Der Uniformierte schaute sie sich genau an, dann versah er sie mit einem Stempel und gab sie Adnan zurück. Der atmete erleichtert auf.

»Buon viaggio«, sagte der Mann, bevor er die Tür schloss. Buon viaggio – gute Reise. Es war wirklich ein Ausflug!

Sie fuhren durch ein weites Tal, wieder voller Apfelbäume und mit einigen Dörfern. Rechts und links des Tales wurden die Berge immer höher. Die Gleise folgten nun dem Fluss mit dem hellblauen Wasser. »Ich habe noch nie so eine schöne grüne Landschaft mit so hohen Bergen gesehen«, sagte Adnan.

Dhura nickte bestätigend. »Und alles sieht so friedlich aus. Hoffentlich ist es in Köln genauso schön.«

Wenn nicht, überlegte Adnan, dann komme ich wieder hierher zurück. Hier gibt es bestimmt Arbeit bei den Apfelbäumen. Als der Zug ein paar Minuten später hielt, stand auf dem Schild »Bolzano«. Adnan wiederholte den Namen mehrmals. Bolzano – er wollte ihn nicht vergessen.

In Bolzano stieg eine junge Frau mit großem Rucksack zu ihnen ins Abteil. Sie hievte den Rucksack in die Gepäckablage und plumpste dann auf den Sitz neben Dhura. Die junge Frau mit dem langen, dunkelblonden Pferdeschwanz lächelte die beiden an. Sie nahm ihre Handtasche, kramte darin nach zwei Ohrstöpseln. Gleich darauf schloss sie die Augen und hörte Musik. Dhura und auch Adnan musterten sie genau. Die Frau trug ein blaues Trägerhemd, das genauso eng anlag wie ihre Shorts. Adnan sah, dass Dhura ihren Blick nicht von der knappen kurzen Hose abwenden konnte. Mit so einer knappen Hose hätte sie sich weder in Somalia noch in Tunesien sehen lassen können. Hier schien es nichts Besonderes zu sein. Adnan hatte bereits in Florenz am Bahnhof Mädchen mit diesen knappen Hosen gesehen. Jetzt streifte die Frau ihre Flipflops ab und legte ihre Füße auf den Sitz gegenüber. Das war der Sitz neben Adnan. Er starrte auf die rotlackierten Zehen. Nie im Leben hätte er sich getraut, seine Füße auf den Sitz zu legen.

Die Berge wurden immer höher. Adnan musste den Kopf ganz an das Fenster drücken, um die Gipfel zu sehen. Auf manchen lag etwas Weißes.

»Kann das Schnee sein?«, fragte er Dhura.

»Schnee? Was ist das?«

»Schnee im Sommer? Ist das möglich«, überlegte Adnan laut auf Französisch.

»Es ist Schnee«, mischte sich die junge Frau ein. Sie hatte inzwischen ihre Musik abgeschaltet. »Die Schneefelder schmelzen nicht. Sie sind das ganze Jahr über zu sehen.« Dann wandte sie sich an Dhura. »Du weißt nicht, was Schnee ist?« Dieses Mal verstand Dhura nicht, darum übersetzte Adnan.

Dhura schüttelte den Kopf. »Wo ich herkomme, gibt es keinen Schnee. Vielleicht im Hochland, aber nicht bei uns.«

Die junge Frau pfiff durch die Zähne und versuchte es dann mit einer Schnee-Erklärung.

»Wo kommst du denn her?«, fragte sie danach.

»Somalia«, antwortete Dhura, das verstand die junge Frau auch ohne Übersetzung.

»Bist du zum ersten Mal in Italien?«

Dhura nickte zaghaft, sie wollte nicht zu viel von sich verraten.

»Wo wollt ihr denn hin?«, fragte die Frau nun.

»Köln.«

»Ah, Köln. Ich werde Freunde in Stuttgart besuchen.«

Sie hätte auch Wanne-Eickel oder Bergisch-Gladbach oder Augsburg sagen können, Adnan und Dhura hatten sowieso keinen Schimmer, wo welche Stadt lag. Für die beiden waren dies nur merkwürdig klingende Wörter. Wahrscheinlich schauten sie so unwissend, dass die junge Frau ergänzte: »Der Zug hier fährt bis München, dann steige ich um. Von München nach Stuttgart dauert's noch zwei oder zweieinhalb Stunden. Vielleicht nehmen wir ja denselben Zug? – Wie geht's denn bei euch ab München weiter?«

Adnan übersetzte, dabei warfen er und Dhura sich einen verstohlenen Blick zu. Sie hatten weder Ahnung, wie sie von München nach Köln kommen sollten, noch hatten sie das Geld für die Zugfahrkarten. Doch das konnten sie nicht sagen. Matteo, der Pfarrer, hatte was von einem Bus gesagt. Vielleicht würde dafür das Geld reichen.

»Habt ihr eure Reisedaten verloren?«, fragte sie in freundlichem Ton. »Ist mir früher auch mal passiert. – Ich kann für euch nachschauen.«

Sie zog ihr Smartphone aus der Handtasche, tippte mit geschickten Fingern aufs Display. »Bingo. Wir können im selben Zug weiterfahren. Ich steige in Stuttgart aus, ihr müsst weiter bis Mannheim und dann umsteigen in den Zug, der euch nach Köln bringt. – Soll ich euch das notieren?«

Adnan nickte eifrig.

Die junge Frau kramte erneut in ihrer braunen Handtasche, bis sie einen kleinen Notizblock und Kugelschreiber gefunden hatte. Schnell schrieb sie die Verbindungen auf und gab Dhura den Zettel. »Hier habe ich noch meine Handynummer draufgeschrieben. Falls ihr Probleme habt. Ihr scheint mir keine Zugprofis zu sein. – Übrigens, ich heiße Angélique. Ich komme aus Frankreich, bin Studentin und reise diesen Sommer durch Europa.«

Aus Frankreich – Adnan hatte sich schon gewundert, warum die junge Frau so perfekt Französisch sprach.

»Wir kommen gerne mit dir mit, Angélique«, sagte Adnan erleichtert. Gleichzeitig plagte ihn noch etwas: »Hier ist Italien. Wir müssen erst nach Österreich und dann nach Deutschland. Wie ist das denn an der Grenze?«

Angélique schien keinen Verdacht zu schöpfen, dass die beiden ohne Pässe unterwegs waren, als sie antwortete: »Grenze? Die bemerkt ihr wahrscheinlich gar nicht.«

»Keine Kontrollen?«

Angélique schüttelte den Kopf. »Kontrollen hab ich bisher noch keine erlebt.«

Für einen Moment schloss Adnan erleichtert die Augen, dann schaute er sich wieder die hohen Berge mit den Schneefeldern, die sattgrünen Wiesen, die kleinen Bergdörfer und die asphaltierten Straßen an.

Angélique behielt recht, die Landschaft änderte sich kaum, außer, dass sie nun den hohen Pass, den der Zug erst hinaufgeschnauft war, auf der anderen Seite wieder hinabfuhren, in ein breites Tal, in eine große Stadt. Auf dem Bahnhofsschild stand nun: Innsbruck.

»Österreich«, sagte Angélique.

Das klappt wirklich problemlos, dachte Adnan. Das große Problem bestand ab München, dann hatten sie keine gültige Fahrkarte mehr. Doch das Abendrot, das die Bergspitze glühen ließ, war viel zu faszinierend, um sich mit diesem Problem rumzuschlagen.

Es war schon beinahe dunkel, als der Zug in den Münchner Bahnhof einfuhr. Angélique hievte ihren Rucksack aus der Gepäckablage.

»Mit so wenig Gepäck kommt ihr aus«, sagte Angélique vergnügt, »von euch kann ich noch was lernen. Ich packe immer viel zu viel Zeug ein.«

»Ich habe nicht mehr«, wollte Adnan entgegnen, doch er sagte lieber nichts.

Angélique bewegte sich traumwandlerisch sicher auf dem Münchner Bahnhof. Adnan und Dhura mussten ihr nur folgen, was bei den vielen Menschen schon schwer genug war. Was für ein Bahnhof! Außer der großen Halle gab es überall Läden: Blumenläden, Schmuck, Bücher, Tabak, Bäckereien, Schuhe, Obst- und Saftläden. Alles war so sauber, trotz der vielen Menschen. Zwischen den Läden sah Adnan auch Cafés und Restaurants, sofort meldete sich sein Magen, denn Matteos Brote waren schon vor Stunden verschlungen. Doch es blieb keine Zeit, um Essen zu kaufen. Sie mussten sich sputen, um den nächsten Zug zu erwischen. Trotzdem blieb Adnan abrupt vor einem Laden stehen, in dem alles rot-weiß war. Es war der Fan-Shop des FC Bayern München. Adnan wäre so gern hineingegangen und hätte für seine fußballverrückten Freunde in der Heimat etwas gekauft. Ein Trikot vielleicht oder eine Kappe.

Nun bin ich in dem Land, in dem Aymen Abdennour Fußball gespielt hat. Das würde Rahid und Nour bestimmt gefallen.

»Los Adnan, beeil dich«, hörte er Dhura drängeln.

Ach Rahid, wenn du das sehen könntest: Ich stehe vor dem Fan-Shop von Bayern München, dachte er, bevor ihn Dhura wegzog.

Gleich nachdem sie auf die Stufen des Zuges gesprungen und ins Abteil geschlüpft waren, schlossen sich die Türen des Zuges.

»Das war knapp«, stöhnte Adnan.

»Verdammt knapp«, keuchte Angélique und fächelte sich mit der Hand Luft zu.

Während die Mädchen versuchten, sich ein bisschen auf Italienisch zu unterhalten, sprach Adnan in Gedanken mit seiner Schwester.

Maya, der Bahnhof hätte dir gefallen. Von der Stadt München habe ich nichts gesehen. Außer den Lichtern. Aber es waren viele, helle Lichter, manche davon haben hohe Gebäude beleuchtet. Ich glaube, München ist schön. Unseren nächsten gemeinsamen Ausflug sollten wir nach München machen.

In der Gesellschaft von Angélique fühlte sich Adnan beschützt und sicher. Für eine Weile vergaß er sogar, dass Dhura und er keine gültige Fahrkarte mehr hatten. Für eine Weile war er ein Reisender wie alle anderen im Zug. Ein Reisender, der seine Verwandten besuchen wollte. Oder ein Junge, fast schon ein Mann, der mit seiner Freundin Dhura auf dem Weg ins Ferienlager war. Ein erschöpfter Reisender, dem die Augen zufielen.

Adnan wachte auf, weil ihn seine Blase drückte. Benommen schaute er sich um. Draußen war es dunkel. Dhura und Angélique unterhielten sich leise. Beide lächelten ihm zu, als er sich aufsetzte.

»Wo sind wir?«, fragte Adnan.

»Noch eine Viertelstunde bis Stuttgart«, antwortete Angélique.

»Oh«, entfuhr es Adnan, nur noch eine Viertelstunde mit Angélique. Adnan beeilte sich, ein Klo zu finden.

An der Toilettentür hing ein Zettel mit einem Wort darauf: Defekt! Adnan konnte zwar kein Deutsch, aber das Wort verstand er trotzdem. Er ging weiter den schmalen Gang entlang. Das Geschaukel des Zuges erinnerte ihn an das Geschaukel eines Bootes. Er hielt sich an zwei Sitzen fest und schüttelte energisch den Kopf. Diese Erinnerungen wollte er auf keinen Fall hoch-kommen lassen.

Adnan ging weiter. Bis zur nächsten Toilette schien es ewig zu dauern. Endlich, da war eine – und sie war frei. Während sich Adnan erleichterte, klopfte es an die Toilettentür.

»Fahrkartenkontrolle, kommen Sie bitte raus!«

Adnan verstand kein Wort. Hatte es jemand besonders eilig, aufs Klo zu kommen? Es gab doch gleich nebenan ein zweites. Was sollte das also.

Erneutes Klopfen.

»Kommen Sie raus!« Die Stimme klang drängender. Adnans Blick fiel auf den Spiegel. Er sah den hilflosen Gesichtsausdruck eines Jungen. Er versuchte seinem Spiegelbild aufmunternd zuzulä-cheln, doch das missglückte fürchterlich. Stattdessen verstei-nerte sich sein Gesichtsausdruck und sein Herz schlug schnel-ler.

Trotzdem versuchte er möglichst ruhig zu bleiben. Er drückte den Knopf der Klospülung, wusch sich die Hände und schloss die Tür auf.

Vor ihm stand ein älterer Mann in einer Art Uniform. Dunkel-blaue Hose, dunkelblaues Jackett, weißes Hemd. Er schaute sehr ernst drein und sagte wieder etwas, das Adnan nicht verstand. Entschuldigend zuckte er mit den Schultern.

»Fahrkarte«, sagte der Mann. »Ticket.«

Adnan begriff zwar, doch sein Blick hätte nicht verständnisloser ausfallen können.

»Ticket?«, wiederholte der Mann. Adnan kramte in seinen Ho-sentaschen, als würde es dort ein Ticket geben. Es gab auch ein Ticket, das reichte er dem Schaffner. Für den Bruchteil einer Se-kunde sah dieser zufrieden aus. Doch dann schüttelte er den Kopf. »No ticket to Stuttgart. Only ticket to München.«

Obwohl Adnan kein Englisch sprach, verstand er die Worte. Er wusste nicht, was er tun sollte. Er wollte weg, nichts wie weg von dem Schaffner. Er wollte keine Schwierigkeiten, sondern einfach im Zug bleiben bis Köln oder wo er eben umsteigen musste. Ohne nachzudenken, rannte er los. Rannte den schmalen Flur entlang. Er wollte zu Angélique, die würde ihm sicherlich helfen. Er stolperte über Koffer, quetschte sich an Mitreisenden vorbei, die sich zum Aussteigen bereit machten. Der Schaffner blieb ihm auf den Fersen. Es konnten nur noch ein paar Meter bis zu Angélique sein. Vor der nächsten Tür bildete sich bereits eine Schlange: Reisende, die in Stuttgart aussteigen wollten. Adnan quetschte sich an zweien vorbei. Dann stand er vor einer großen, vollbusigen Frau mit einem gewaltig großen Koffer. Koffer und Frau versperrten ihm den Weg. Die Frau sagte etwas zu ihm, das nicht besonders freundlich klang. Sie wich keinen Zentimeter. Trotzdem versuchte Adnan sich an ihr vorbeizudrücken. Am Koffer war er schon vorbei, als er wieder zurückgezogen wurde. Der Schaffner hatte ihn erreicht.

»Ticket?«, sagte er noch einmal.

Adnan schüttelte leicht den Kopf. Alle Umstehenden starrten ihn an.

»Papiere, Ausweis, Pass?«, fragte nun der Schaffner und hielt Adnan weiter fest.

Wieder schüttelte er den Kopf und ließ ihn dann hängen. Der Schaffner bugsierte ihn in eine Ecke und stellte sich direkt vor ihn, sodass keine drei Zentimeter Abstand zwischen ihnen waren. Dann griff der Mann zum Handy. Adnan verstand kein Wort, aber er wusste, dass es um ihn ging. Er schwitzte und suchte nach einem Ausweg. Doch was hätte er tun sollen? Den Schaffner umstoßen, über ihn steigen und sich durch den Gang quetschen, der mit Reisenden voll war. Weit würde er nicht kommen.

Der Zug hielt. Die Türen gingen auf und das Gedränge am Ausstieg ging los. Wollte nicht Angélique in Stuttgart aussteigen, überlegte Adnan. Hoffentlich nahm sie diese Tür, dann hätte sie ihm sicherlich irgendwie helfen können. Doch von Angélique war nichts zu sehen. Sie musste einen anderen Ausstieg gewählt haben. Adnan roch den Schweiß des Schaffners.

Als alle Reisenden ausgestiegen waren, kamen zwei Polizisten in den Zug. Sie wechselten ein paar Worte mit dem Schaffner, fragten Adnan noch einmal nach Fahrkarte und Ausweis. Mit hängendem Kopf verneinte er. Daraufhin nahm jeder der Polizisten einen von Adnans Armen, und sie bugsierten ihn aus dem Zug, gleich danach schlossen sich die Türen. Im Bahnhof gingen sie dicht neben ihm und hielten seine Arme mit festem Griff. Erst jetzt verstand Adnan, was gerade geschah. Dhura! Er drehte den Kopf zum Zug und sah, wie seine Freundin verzweifelt aus dem Fenster schaute. Ihre Blicke begegneten sich. In Dhuras dunklen Augen lagen Kummer, Furcht und eine tiefe Traurigkeit. Er sah, wie ihre Lippen seinen Namen formten. Dann rollte der Zug los. Adnan wollte ihr winken, doch die Polizisten hielten seine Arme fest. Dhura – Meine Freundin! Tränen standen in Adnans Augen. Tränen des unerwarteten Abschieds. Dhura!

Stuttgart

Trotz des Abschiedsschmerzes und seiner Angst vor den Polizisten schaute Adnan sich um. Wenn er doch nur Angélique finden würde! Für ein paar Sekunden klammerte er sich an den Gedanken, dass Angélique ihm helfen und ihn mitnehmen würde. Doch er entdeckte sie nirgends. Sie war längst von ihren Freunden abgeholt worden. Sie saß schon in der U-Bahn und bedauerte es, sich nicht mehr von Adnan verabschiedet zu haben. Da aber Dhura ihre Telefonnummer hatte, war sie sicher, bald von den beiden zu hören.

Adnan trottete zwischen den Polizisten. Die beiden brachten ihn aus dem Bahnhof. Dann stiegen alle in ein Polizeiauto. Einer der Polizisten setzte sich neben Adnan, dem nun die Tränen in die Augen schossen. Er wollte nicht weinen, aber er konnte die Tränen nicht zurückhalten. Der Polizist neben ihm sprach mit beruhigender Stimme auf ihn ein, doch Adnan verstand nichts. Sein Körper wurde vom Schluchzen geschüttelt. Er schloss die Augen, er wollte nichts sehen. Nichts von den Polizisten, nichts von dieser Stadt. Nichts. Er wollte zurück in den Zug zu Dhura. Oder – zurück nach Midoun. Zu Mutter. Zu Maya. Zu ...

Das Auto stoppte, gleich darauf saß Adnan in einem Büro mit mehreren Schreibtischen und Computern. Einer der Polizisten schaltete seinen Computer an. Der andere Polizist reichte Adnan ein Glas Wasser, das er in einem Zug austrank.

»Name?«, fragte ihn einer der Polizisten. Adnan verstand nicht. Dann fragte der Polizist auf Englisch, soviel Englisch verstand Adnan. Er nannte seinen Namen. Doch die nächste Frage verstand er nicht. Er schaute bedauernd. Ein anderer Polizist kam und fragte nun auf Französisch. Da konnte Adnan problemlos antworten und er wollte antworten. Dass er aus Tunesien, aus Midoun kam, dass er übers Mittelmeer nach Lampedusa gekommen war und dass er 14 Jahre alt war. Nein, einen Ausweis habe er nicht – noch nie einen besessen. Der Polizist nahm seine rechte Hand, drückte jeden einzelnen Finger auf ein schwarzes Stempelkissen und dann auf eine Unterlage. Danach kam die linke Hand an die Reihe. Adnan war noch beschäftigt, seine Finger abzuwischen, als der Polizist ein Foto von ihm machen wollte. Müde, enttäuscht, hungrig und abgekämpft wie er war, schaute er in Richtung Fotoapparat. Es entstand ein Foto von vorne, eins von links und eins von rechts. Zum Schluss wurde er noch gemessen. Obwohl es Adnan interessierte, wie groß er war, war er zu aufgewühlt, um nachzufragen.

»Komm mit«, sagte der Polizist nun und half dem müden Jungen beim Aufstehen. Erst jetzt begriff er, dass er nicht auf dem Polizeirevier bleiben konnte. »Muss ich ins Gefängnis?«, fragte er kleinlaut. Vor dem Gefängnis hatte er Angst. Er erinnerte sich noch, was Nachbarn in Midoun vom Gefängnis erzählt hatten. Sie wurden damals, nach den Demonstrationen, eingesperrt. Nach ihrer Freilassung berichteten sie von Fußketten, die sie am Abhauen hindern sollten, von schimmligen Wänden, von brutalen Wärtern, von Gestank, aber auch von Demütigungen und furchtbaren Schmerzen. Auf einmal war Adnan hellwach. »Muss ich ins Gefängnis?«, fragte er noch einmal.

»Nein, wir bringen dich nicht ins Gefängnis. Du kommst erst einmal in die Inobhutnahme«, antwortete der Polizist.

Inobhutnahme? Adnan hatte das Wort noch nie gehört. Doch der Polizist nickte ihm freundlich zu, als er sich neben ihn ins Auto setzte. Das besänftigte ihn und sein Pulsschlag ging etwas langsamer.

Sie fuhren durch die Dunkelheit, die hier gar nicht so dunkel war, weil überall Lichter leuchteten. Auf den Straßen. In den Häusern. An den Reklamewänden. Licht kam auch von den Autos. Das Polizeiauto fuhr einen Hügel hinauf. Nach ein paar Minuten hielt es bereits wieder.

»Wir sind da.«

Adnan stand vor einem dreistöckigen Haus. Sein erster Blick galt den Fenstern und der großen Glastür: keine Gitterstäbe – kein Gefängnis.

Einer der Polizisten klingelte, kurz darauf standen eine junge Frau und ein Mann an der Tür.

»Wir haben vorhin telefoniert. Wir bringen euch Adnan aus Tunesien«, sagte der Polizist erst auf Deutsch, dann auf Französisch.

Die beiden nickten. »Willkommen Adnan. Willkommen in Stuttgart, willkommen bei uns«, sagte die junge Frau auf Französisch und lächelte ihn freundlich an. Adnan lächelte scheu, aber sehr erleichtert zurück. Das konnte wirklich kein Gefängnis sein!

Die Polizisten verabschiedeten sich, dann wurde Adnan in den zweiten Stock geführt. Sie gingen einen Gang entlang, von dem viele Türen abgingen. An der zweiten oder dritten Tür blieben sie stehen.

»In dem Zimmer kannst du schlafen. So lange du willst. Es sind zwei Betten im Zimmer. Das linke ist belegt, das rechte ist für dich. Bitte sei leise und mach kein Licht an. Wir warten hier, bis du im Bett liegst. – Gute Nacht.«

»Gute Nacht«, sagte Adnan leise und schlich mit Hilfe des Lichts, das vom Flur ins Zimmer fiel, zu dem für ihn vorgesehenen Bett. Er hörte die regelmäßigen Atemzüge seines Zimmernachbarn, streifte Schuhe, Hose, Jacke und Hemd ab. Dann legte er sich ins Bett und obwohl die letzten Stunden seine Pläne komplett geändert hatten und obwohl sein Magen knurrte, war er fünf Sekunden später eingeschlafen.

Inobhutnahme

Als es einen lauten Knall gab, war Adnan hellwach. Aufrecht saß er im Bett und wusste nicht, wo er war. Was war das für ein Bett? Ein Bett mit weißem Leintuch und rotem Bettbezug. Wo war Dhura? Statt einer Antwort sah er das verdutzte Gesicht eines Jungen, etwas älter als er selbst. »Sorry«, sagte dieser, den Rest verstand Adnan nicht.

»Sprichst du Französisch? Oder Arabisch«, fragte Adnan auf Arabisch.

»Arabisch«, sagte sein Nachbar. »Tut mir leid, mir ist der Stuhl umgefallen«

Sein Arabisch klang zwar merkwürdig, fand Adnan, noch merkwürdiger als das von Dhura. Doch er verstand es.

»Du bist heute Nacht gekommen.«

Adnan nickte.

»Von woher?«

»Tunesien. Oder Italien. Oder Österreich. Oder München. Ich wollte nach Köln, aber sie haben mich ohne Fahrkarte erwischt und aus dem Zug geholt. Wo sind wir hier?«

»Inobhutnahme« – nun hörte Adnan dieses merkwürdige Wort zum zweiten Mal. »Ist ganz gut hier. Wir haben dieses Zimmer mit den Betten. Es gibt Essen, wir bekommen neue Klamotten und sie helfen uns mit dem ganzen Kram. Die Leute hier sind sehr nett und okay.«

»Kein Gefängnis?«

»Quatsch, du kannst jederzeit raus. Ich habe in den ersten zwei Tagen aber nichts anderes gemacht als geschlafen und gegessen.« Das war das Stichwort. Adnans Magen knurrte, er fühlte nichts als Hunger.

»Frühstück hast du verpennt, aber es gibt bald Mittagessen. Wie heißt du?«

»Adnan.«

»Ich bin Rafik und komme aus Syrien. Tut mir leid, dass ich dich geweckt habe. Ich geh mal.«

»Schon gut.« Adnan kroch wieder unter die Bettdecke und sah sich im Zimmer um: zwei Betten, ein niedriger Tisch, zwei Stühle, ein Schrank und ein Regal. An der weißen Wand hing ein Poster von einem Rennwagen. Das Fenster war groß, Adnan sah, dass es draußen regnete. Bis auf den Regen und das Rennauto ist es hier wie bei Claudio, dachte er. Aber ohne Dhura. Verdammt, ohne Dhura! Ob sie es bis Köln geschafft hatte?

Rafik steckte wieder den Kopf ins Zimmer. »Es gibt Essen.«

Das brauchte er nicht zweimal sagen. Adnan sprang aus dem Bett und schlüpfte in seine abgewetzten Klamotten.

»Das ist Adnan aus Tunesien«, sagte ein junger Mann mit schwarzem Kapuzenpulli und Jeans. Er trug einen Dreitagebart und sah cool aus, fand Adnan. Er hatte nur seinen eigenen Namen und etwas verstanden, was sich wie Tunesien anhörte. Denn der Kapuzenpulli-Träger sprach für ihn unverständlich – Deutsch. Dann zeigte er auf sich und sagte: »Paul.«

»Paul«, wiederholte Adnan und kam sich dabei irgendwie kindisch vor.

Paul stellte ihm alle vier Jungs vor, die am Tisch saßen. Rafik kannte er ja bereits. Dann waren da noch Tariq und Hakka, zwei Brüder aus Pakistan, die so dicht nebeneinander saßen, dass sich ihre Arme und Schenkel berührten, sowie Milad aus Afghanistan. Adnan nickte ihnen zu, kümmerte sich aber erst mal nicht weiter um sie, sondern stierte auf die zwei großen Bleche, auf denen Pizza duftete.

»Hunger?«, fragte Paul, Rafik übersetzte und Adnan nickte mindestens zehnmal hintereinander.

Alle grinsten, denn vor ein paar Tagen oder Wochen war es ihnen genauso gegangen. Milad holte sechs Teller aus dem Küchenschrank. Adnan war ihm mit Blicken gefolgt. Jetzt fiel ihm der Zettel auf, der am Küchenschrank hing. »Skhrank«, las er.

Die anderen kicherten. »Schrank«, sagte Rafik, der bereits ein bisschen Deutsch konnte.

»Schrank«, wiederholte Adnan. Am Fenster klebte ein weiterer Zettel, »Fenster«, las er.

»Das Fenster«, ergänzte Rafik.

»Die Pizza«, sagte Paul lachend und gab Adnan ein riesengroßes Stück. Der ignorierte das Besteck, genauso wie er sich nicht darum kümmerte, dass er sich die Finger an der heißen Pizza verbrannte. Die ersten Bissen verputzte er im Nullkommanichts. Erst nachdem er fast das ganze Stück verschlungen hatte, schaute er auf. Paul grinste und nickte ihm zu. Adnan grinste zurück. Dann aß er weiter.

»Weißt du, wer den Afrika-Cup gewonnen hat?«, fragte Adnan. Rafik schüttelte den Kopf. »Keine Ahnung, interessiert mich nicht.« Der nächste Satz, den Rafik übersetzte, war für Adnan wie ein Geschenk: »Möchtest du deine Familie anrufen?«

Was für eine Frage! Adnan nickte.

»Onkel Sami? Ich bin's, Adnan.« Er hörte, wie sein Onkel laut ausatmete.

»Endlich, mein Junge. Wir haben uns solche Sorgen gemacht, weil wir nichts von dir gehört haben.«

»Mir geht's gut. Ich bin in Deutschland, in Stuttgart.«

»Stuttgart? Nie gehört«, erwiderte der Onkel. »Gibt es da Arbeit für dich?«

Nun war es Adnan, der laut ausatmete. Er spürte wieder den Druck, der auf ihm lastete. Den Druck, schnell Geld zu verdienen und es nach Tunesien zu schicken. »Bin erst ein paar Stunden hier«, antwortete er ausweichend. »Onkel Sami, wie ist denn der Afrika-Cup ausgegangen?«

»Ghana hat gewonnen. Tunesien ist Dritter geworden. Ein Riesenerfolg.«

Adnan lächelte. Er hatte gewusst, dass Tunesien weit vorne mitspielen würde. – »Kann ich Mutter sprechen?«

»Bin schon auf dem Weg zu ihr«, sagte Onkel Sami. Adnan sah vor sich, wie der Onkel über den kühlen Gang ging und an ihre

Tür klopfte. Adnan hörte, wie sich die Tür quietschend öffnete. Er lächelte, dieses Quietschen war für ihn wie Heimat. Die Tür zu seiner Familie.

»Adnan, wie geht es dir?« Mutters Stimme. Adnan spürte vor Freude einen Kloß im Hals. Er musste sich richtig anstrengen, damit er etwas sagen konnte. »Gut, Mama, es geht mir gut. Ich habe gerade gegessen, habe heute Nacht in einem Bett geschlafen. Ich werde nachher duschen und dann wieder schlafen. Hier sind alle nett zu mir.«

»Wo bist du denn, mein Junge?«

»In Stuttgart, das ist eine Stadt in Deutschland.« Eigentlich wollte er noch sagen, dass er nicht wisse, wo das sei, und dass er lieber nach Köln gehen wolle, aber er dachte sich, dass die Mutter weder mit dem einen noch mit dem anderen Begriff etwas anfangen könnte.

»Stuttgart! Das ist gut«, sagte die Mutter stattdessen. Adnan wunderte sich und sie fuhr fort: »Im Hotel war mal eine sehr nette Familie aus Stuttgart zu Gast. Sie redeten mit mir, wollten viel über das Leben auf Djerba wissen und erzählten von ihrer Stadt. Das hab ich zwar vergessen, aber ich weiß noch, dass mir die Familie zwei Shirts für dich und eine Bluse für Maya mitgegeben hat. Und sie gaben mir ein gutes Trinkgeld. Sie waren sehr nette Gäste. – Vielleicht triffst du sie ja.«

Adnan grinste. Er hatte zwar noch nichts von Stuttgart gesehen, aber dass es eine große Stadt war, viel, viel größer als Midoun, größer auch als Houmt Souk, der größte Ort auf Djerba, das hatte er in der Nacht schon mitbekommen. Dass in Stuttgart allerdings vier- oder fünfmal so viele Menschen lebten wie auf ganz Djerba, davon hatte Adnan noch keine Vorstellung.

»Stuttgart ist gut«, sagte Mutter noch. Dann hörte er eine Kinderstimme. »Adnan, wann ist dieser Ausflug denn zu Ende?«

»Hallo Maya. – Ich habe verlängert, der Ausflug dauert noch eine Weile.«

»Ist es denn so schön, dass du andauernd verlängerst? Du musst doch zur Schule«, erwiderte seine kleine, pflichtbewusste Schwester.

Nein, nichts ist so schön wie Midoun, hätte er am liebsten ins Telefon gerufen. Nichts ist so schön, wie bei euch zu sein. Stattdessen sagte er: »Ja, es ist schön. Es würde dir hier gefallen. Gestern habe ich Apfelbäume gesehen mit so vielen Äpfeln dran, die könnten du und ich in unserem ganzen Leben nicht verputzen.«

»Bringst du mir einen mit?«

»Auf jeden Fall, liebe Maya.«

»Beschreib mir, wo du jetzt gerade bist.«

Adnan schaute aus dem Fenster. Es hatte aufgehört zu regnen.

»Ein hoher Baum voller Blätter wächst vor dem Fenster. Er ist höher als das Haus, in dem ich heute geschlafen habe. Und das hat schon drei oder vier Etagen.«

Er konnte hören, wie Maya vor Erstaunen den Mund aufriss.

»So hohe Bäume gibt es doch gar nicht.«

»Hier schon. Wenn ich aus dem Fenster schaue, am Baum vorbei, dann sehe ich ein Meer. Ein Meer aus Häusern.«

»Ist das schön?«, fragte Maya zweifelnd.

»Ich muss es mir noch genauer anschauen, darum werde ich noch eine Weile hier bleiben«, antwortete Adnan.

»Hast du meinen Stein noch?«

»Ich habe ihn gerade in der Hand. Er ist immer bei mir. So lange bis ich ihn dir zurückgeben werde. Zusammen mit einem Apfel.«

Nach dem Telefonat saß Adnan reglos auf dem Drehstuhl im Büro der Inobhutnahme. Er war voll mit Erinnerungen. Er war erleichtert und glücklich, dass er daheim anrufen konnte. Aber er war auch besorgt wegen Onkel Samis Bemerkung. Mühsam, wie ein alter Mann, stand er auf. Er fühlte sich wieder hundemüde. Darum schlurfte er in sein Zimmer, ließ sich auf das Bett fallen, kroch unter die Decke und schlief wieder ein.

Während der nächsten drei Tage machte Adnan nichts anderes als schlafen, essen, schlafen, essen. Er fühlte sich todmüde und ausgehungert. Er wollte an nichts denken, weder an seine Zukunft noch an Dhura. Er wollte einfach seine Ruhe haben. Und die gab man ihm im Haus in der Werastraße. Nur einmal musste er mit Paul zum Arzt. »Durchchecken lassen ist Pflicht«, übersetzte Rafik.

Nachdem der Arzt festgestellt hatte, dass er zwar erschöpft, aber gesund war, legte er sich wieder ins Bett.

Noch weitere zwölf Stunden schlief Adnan durch, danach fühlte er sich einigermaßen frisch, die Energie kam wieder zurück. Zum ersten Mal seit er in der Inobhutnahme angekommen war, war er früh genug wach, um mit den anderen frühstücken zu können. Und zum ersten Mal nahm Adnan wahr, wie jung Tariq und Hakka waren.

»Wie alt seid ihr eigentlich alle?«, fragte Adnan deshalb in die Runde.

»16«, antwortete Rafik. Es war deutlich zu erkennen, dass er am Tisch der Älteste war. Abgesehen von Paul natürlich.

»Ich bin 14«, sagte Milad und strich dick Schokocreme auf sein Brot.

»Tariq ist zwölf und Hakka acht«, antwortete Milad für die beiden.

»So jung?«, entfuhr es Adnan. »Was ist mit euren Eltern?«

Tariq schüttelte den Kopf, in Hakkas Augen schoßen Tränen. Obwohl es kaum möglich war, rutschten die beiden noch näher zusammen. Hakka saß beinahe auf Tariqs Schoß.

»Sie reden nicht darüber. Sie reden überhaupt kaum«, antwortete Paul für sie. Wie jedes Mal übersetzte Rafik für Adnan. »Wir wissen nicht, was passiert ist und was sie durchmachen mussten. Jedenfalls ist Hakka der jüngste Flüchtling, der ohne Eltern bei uns angekommen ist.«

»Er hat ja mich«, sagte der zwölfjährige Tariq plötzlich auf Englisch. Tariq, der große, aber auch noch sehr kleine Bruder.

Paul nickte und freute sich, dass Tariq ein paar Worte gesagt hatte. Den anderen verschwieg er, dass der Arzt große Narben am Rücken und auf den Oberschenkeln der Brüder entdeckt hatte. Er verschwieg auch, dass die beiden jeden Morgen schweißgebadet aufwachten und Hakka immer, Tariq manchmal nachts ins Bett machte. Er erzählte den anderen auch nicht, wie sehr die Brüder die Nähe des anderen brauchten. So sehr, dass sie immer zusammen in einem Bett schliefen. So eine Flucht war schon für Erwachsene schlimm, für Jugendliche war sie kaum aushaltbar und für Kinder ein grausamer Albtraum.

»Wollen wir heute zusammen in die Stadt, für dich Klamotten kaufen?«, fragte Paul Adnan in holprigem Französisch. Paul wollte schnell das Thema wechseln, denn die beiden Kleinen fühlten sich unwohl, wenn sie im Mittelpunkt des Gesprächs standen.

»Klamotten – aber ich habe doch kein Geld«, antwortete Adnan. Gleichzeitig sah er an sich runter, sah seine kaputte Hose, die auch in Claudios Waschmaschine nicht mehr ganz sauber geworden war, sein dünnes Hemd und den beige-braunen Pulli mit den Löchern an den Ellbogen. Alles, was er am Leib trug, war alt und kaputt. Auf einmal fühlte er sich schrecklich schmutzig.

»Für 150 Euro kannst du dir neue Klamotten kaufen. Die stehen jedem zu«, sagte Paul.

150 Euro hatten sie auf Lampedusa bekommen, damit sie aus Italien verschwanden. 130 Euro hatte der Zug von Florenz nach München gekostet. Waren 150 Euro nun viel oder nicht? Jedenfalls hatten die Jungs hier schicke Klamotten an: Jeans, Shirts und Turnschuhe.

»Um 11?«, schlug Paul vor.

Adnan nickte.

Zum Glück war Paul bei ihm, denn allein hätte er sich in diesem Wirrwarr von Treppen, von Straßen, von Plätzen, von hohen Häusern und vielen Baustellen nie zurechtgefunden. Doch Paul hatte den Überblick. »Ist nicht weit, wir können zu Fuß gehen«, sagte er. Damit nichts schiefgehen konnte, ging Rafik als Übersetzer mit.

Erst gingen sie zwischen kleinen Gärten, in denen Vögel zwitscherten, und schmucken Häusern endlos viele Stufen hinunter. Dann überquerten sie eine Straße, auf der außer einem Fahrradfahrer niemand unterwegs war. Noch mehr Stufen. Bei der nächsten Straße bogen sie links ab. Die Häuser waren mittlerweile deutlich höher und größer geworden. Vom Vogelgezwitscher war nichts mehr zu hören. Vogelgezwitscher wurde durch

Verkehrslärm ersetzt. Sie gingen an einem großen, hellen Sandsteingebäude mit grünen Fensterrahmen vorbei. »Das ist die Staatsgalerie«, erklärte Paul. »Ein Museum hauptsächlich für Bilder.«

Adnan konnte es nicht glauben. So ein riesengroßer, so ein schöner Bau – alles nur für Bilder! Wie viele Menschen könnten darin leben? Wahrscheinlich würde halb Midoun bequem darin wohnen können.

Es gab einen unscheinbaren Durchgang an der Staatsgalerie. Sie bogen um die Ecke und Adnan sah eine geschwungene Treppe, die an einem Innenhof vorbeiführte. In diesem standen Tische und Stühle sowie Olivenbäume. Adnan schaute noch einmal hin. Es waren tatsächlich Olivenbäume! Wie zuhause.

»Es ist schön hier. Sehr schön.«

Paul nickte und bog mit ihm erneut um die Ecke. Dann sah Adnan, woher all der Verkehrslärm kam. Auto hinter Auto. Auf vier Spuren. Die Abgase reizten Adnans Lunge. So viel Verkehr gab es weder in Midoun, schon gar nicht auf Lampedusa und auch nicht in der Toskana. Höchstens in Florenz. Nach ein paar weiteren Stufen waren sie unter der Straße. »Unterführung«, sagte Paul.

»Unterführung«, wiederholte Adnan und beschleunigte seine Schritte. In dem Gang unter der Erde, in dem es nach Urin roch, fühlte er sich nicht wohl.

»Die Oper«, sagte Paul, als sie auf der anderen Seite der Straße wieder nach oben kamen. Wieder so ein großes, beigefarbenes Gebäude. Mit Säulen. Es sah imposant aus, trotzdem hatte Adnan keine Idee, was eine Oper sein konnte. Er schaute Paul fragend an. »Eine Oper ist eine Art Theater, nur wird dort gesungen und manchmal getanzt«, versuchte er es mit einer Erklärung auf Französisch. Rafik grinste erleichtert, er hätte nicht gewusst, was eine Oper ist. Dann zeigte Paul nach links: »Parlament. Landesregierung.« Adnan sah auf das zweistöckige Quadrat mit den vielen Fenstern und nickte.

Sie gelangten in einen Park, gingen an einem kleinen See vorbei, in dem Enten schwammen. Mütter saßen mit ihren Kleinen auf den Bänken, die zum See drängten. Daneben saßen Verliebte.

Ein paar alte Leute genossen die Sonne, genauso wie zwei Männer in Anzügen, die aufgeregt miteinander redeten. Neben den Bänken gab es Blumenbeete. Ein grüner, ein schöner, ein friedlicher Ort. Adnan hätte sich gerne zu den Menschen gesetzt.

Sie gingen an noch weiteren hohen Häusern vorbei, bis sie auf einer großen Straße standen, in der kein einziges Auto fuhr.

»Fußgängerzone«, sagte Paul auf Deutsch.

»Fußgan...«, Adnan versuchte das Wort zu wiederholen, doch es ging völlig daneben. Sie lachten.

»Fuß-gän-ger-zo-ne.«

»Fuß-gänger ...« Dieses schwierige Wort würde er wohl nie lernen.

Nun war sowieso keine Zeit mehr dafür, denn Paul bugsierte ihn in eines der vielen Geschäfte. Überall hingen Hemden und Hosen, stapelten sich Shirts und Pullis.

Trotzdem wusste Adnan genau, was er wollte: Jeans, zwei langärmelige Shirts, einen Kapuzenpulli, so wie Paul einen hatte, und ein Paar Turnschuhe. Paul reichte ihm auch noch Socken und ein Fünferpack Unterhosen. Stolz trug Adnan seine drei Tüten durch die Stadt.

»Coole Klamotten – du hast einen guten Geschmack«, lobte ihn Paul.

Wirklich cool, dachte auch Adnan. Doch ein bisschen nagte das schlechte Gewissen an ihm. Gab er doch das Geld aus, anstatt es nach Midoun zu schicken.

»Hätte ich das Geld auch so bekommen?«, fragte er, weil ihm das schlechte Gewissen einfach keine Ruhe ließ.

»Einfach so? – Nein, das ist Kleidergeld und nur zum Kauf von Kleidung vorgesehen«, antwortete Paul. Er sagte es so, als habe er die Antwort schon öfters gegeben. Nun fand Adnan seine coolen Klamotten gleich noch viel cooler.

Aber es beschäftigte ihn noch etwas anderes. Auf dem Rückweg erzählte er Paul von Dhura. Und dass er unbedingt wissen müsse, wie es Dhura ging. Ob sie es bis Köln geschafft und ihren Onkel gefunden habe? Er würde sie so gerne anrufen, aber er hatte keine Nummer. Nicht mal ihren Nachnamen wusste er.

»Das ist blöd«, sagte Paul nur. »Dann wird es nicht einfach, etwas über deine Freundin rauszubekommen. Aber ich rede mal mit meinem Chef, vielleicht weiß der, was wir machen können. Mein Chef hat meistens gute Ideen.«

Im Zimmer legte Adnan erst einmal seine neuen Sachen aufs Bett und begutachtete sie wie einen kostbaren Schatz. Dann ging er unter die Dusche. Für diesen Schatz wollte er sauber sein. Er zog sich gerade den Kapuzenpulli über, als Rafik ins Zimmer kam. Bewundernd pfiff er durch die Zähne. »Sieht gut aus, Mann.«

Adnan grinste und freute sich.

Die Sonne schien, es war warm, obwohl es bereits Oktober war. Die beiden gingen in den Garten. Es gab dort eine Tischtennisplatte und einen Basketballkorb. Ein großer Baum spendete Schatten. Es war zwar keine Palme, wie in Midoun, aber man konnte sich auch an den Stamm lehnen, so wie er es mit seinen Freunden daheim gemacht hatte und wie es Rafik und Adnan jetzt machten. Nun fiel Adnan der große Sandkasten auf, er sprang auf, zog seine Schuhe aus und ging kreuz und quer durch den Sand. Automatisch suchte er mit seinen nackten Füßen nach einem flachen Kiesel, den er ins Meer hätte ditschen können. Es war zwar weit und breit kein Meer, doch Adnan schloss die Augen, fühlte den Sand unter seinen Füßen und hörte das Rauschen. Es war nur das Rauschen des Verkehrs, doch er stellte sich vor, das Rauschen des Meeres zu hören. Mit geschlossenen Augen sah er seine Lieblingsbucht mit den Felsen, sah ein paar Angler. Er wollte die Augen nicht mehr öffnen. Er wollte nicht, dass seine Bucht und das Meer wieder verschwanden.

»Alles klar bei dir?«, wollte Rafik wissen und riss Adnan aus seinem Heimatgefühl.

»Ja, alles klar.« Er schnappte seine Schuhe, ging zu Rafik, der immer noch unterm Baum saß. »Schön hier«, sagte Adnan.

»So schön friedlich«, meinte Rafik. »Keine Bomben, keine Granaten, keine Schüsse. Verkehrsrauschen und manchmal hupt jemand, das ist alles. Die ersten Tage habe ich immer auf einen

Schuss gewartet. Oder auf Schreie. Nichts. Diese friedliche Stille ist so unglaublich schön. Krieg ist dagegen so laut. So schrecklich laut. Wir haben unsere Wohnung verloren. Baff – eine Bombe hat alles zertrümmert, was mal uns gehörte. Alles war kaputt. Der Kühlschrank, der Herd, die Matratzen, unsere Kleider waren zerfetzt, meine Schulsachen, der Fernseher, der Computer, der Tisch. Einfach alles. Wo früher Wände und Fenster waren, gab es auf einmal riesengroße Löcher. Alles kaputt, alles weg. Nur noch Ruinen. Baff. Baff. Baff. Jedes Mal Tote und Verletzte. Schreie. Angstschreie. Schmerzensschreie. Immer war es laut. Ich liebe Stuttgart allein schon, weil es hier so leise ist.«

»Scheißkriege«, sagte Adnan, dann schwieg er und schaute zu dem Blätterdach hoch.

Nach einer Weile fragte er: »Wo ist deine Familie, Rafik?«

Der Junge hob einen Stein auf und pfefferte ihn in einen gelb blühenden Busch. »Sie ist in alle Winde verstreut. Meine Eltern leben in einem Flüchtlingslager im Libanon. Meine Mutter ist zu krank für die Flucht. Und sie haben auch kein Geld mehr. Das ganze Geld ging für die Schlepper drauf, die meine Flucht ermöglichten. Mein Bruder ist Arzt. Er flickt Leute zusammen, die von Assads Soldaten angeschossen und schwer verletzt wurden. Er arbeitet in einem Keller. Jeden Tag rettet er Leben. Jede Stunde kommen neue Verletzte. Mein Bruder hat kaum Zeit zu schlafen oder zu telefonieren. Er arbeitet ununterbrochen. Er ist ein Held.«

Adnan schaute zu Rafik. Der hatte die Augen geschlossen und fuhr leise fort: »Meine Schwester Mila war mit ihrem Mann in Homs. Er musste dort unbedingt hin und sie wollte ihn nicht allein lassen. Homs ist ein gefährliches Pflaster. Die Stadt besteht fast nur noch aus Ruinen. Wir haben ewig nichts mehr von Mila gehört. Aber sie lebt, da bin ich mir ganz sicher. Eines Tages werde ich sie wiedersehen. Meine ganze Familie werde ich dann wiedersehen. Sobald der Krieg vorbei ist, treffen wir uns alle wieder in Aleppo. In unserer Heimat.« Rafiks Stimme war voller Kraft und Überzeugung.

»Das wird ein schöner Tag, wenn ihr euch alle wiederseht«, sagte Adnan.

»Ja, das wird der schönste Tag in meinem Leben. Es kann keinen schöneren geben.« Nun hatte sich die Kraft in Rafiks Stimme in ein Zittern verwandelt. Er hatte immer noch – oder wieder – die Augen geschlossen. Eine Träne bahnte sich den Weg durch seine geschlossenen Lider.

Lange saßen sie schweigend da. Jeder hing seinen Gedanken nach. Sie sahen Hakka und Tariq in den Garten kommen und winkten ihnen zu. Schüchtern winkte Hakka zurück, während Tariq sich umsah, als müsste er sich vergewissern, dass es hier sicher war. Dann setzten sich beide in die große Sandkiste und begannen wie kleine Kinder zu buddeln und zu bauen.

Irgendwann fragte Rafik: »Und du? Warum bist du hierhergekommen? Und wo ist deine Familie?«

Es war Adnan fast ein bisschen peinlich, seine Geschichte zu erzählen. Sie hatte nichts mit Krieg und Bomben zu tun. Sie hatte mit Geld zu tun. Zögernd berichtete er vom Zustand seines Vaters, von der Arbeitslosigkeit der Mutter, von Onkel Sami und dessen Entschluss, ihn nach Europa zu schicken, damit er Geld verdienen könne, das er dann nach Midoun schicken solle. Adnan erzählte auch von der Angst, dass er das viele Geld, das Verwandte und Freunde und Nachbarn für seine Flucht gegeben hatten, nie und nimmer verdienen könne. Noch viel mehr müsse er verdienen, damit seine Familie daheim über die Runden käme.

»Das ist nicht einfach«, antwortete Rafik. »Immerhin gibt es morgen Taschengeld.«

Adnan schaute ihn fragend an.

»Wir bekommen jeden Tag 1,30 Euro Taschengeld. Das macht 9,10 Euro in der Woche. Wenn du das sparst, ist es wenigstens ein Anfang«, meinte Rafik.

»Wie lange würde es dauern, bis ich 1000 Euro abbezahlt hätte?«, überlegte Adnan und begann zu rechnen.

»Es dauert 769 Tage«, antwortete Rafik, der ein blitzschneller Rechner war. »Ein Jahr hat 365 Tage, also dauert es etwas mehr als zwei Jahre.«

Adnan stöhnte laut auf. So lange würde Onkel Sami nicht warten können. Außerdem musste er auch noch Geld für seine Familie verdienen. Es musste schneller gehen. Adnan musste dringend Geld verdienen.

Tariq schaute sich immer wieder um, als habe er Angst vor Verfolgern. Hakka dagegen baute eine Sandburg und schien die Welt um sich herum vergessen zu haben.

»Hallo Rebecca«, rief Rafik, als eine junge Frau mit Rastalocken im Garten erschien. Sie lächelte Rafik und allen anderen zu. Milad war auch in den Garten gekommen.
»Rebecca ist eine Studentin und bringt uns Deutsch bei«, flüsterte Rafik. »Sie ist klasse.«
Kurz darauf sagte Adnan seinen ersten deutschen Satz: »Ich heiße Adnan und komme aus Tunesien.«
Mit ihrem herzlichen Lachen und ihrer freundlichen Art schaffte es Rebecca sogar, dass Tariq und Hakka ein paar deutsche Wörter wiederholten. Die Brüder saßen aufrecht, als hätten sie einen Stock verschluckt. Adnan musste sie immer anschauen. Was hatten die beiden alles erlebt?
»Adnan?«
Er zuckte zusammen. Rebecca lächelte und wickelte sich eine ihrer Rastalocken um den Zeigefinger. »Das Blatt ist grün«, sagte Rebecca noch einmal und zeigte auf das Blatt, das sie von einem Busch gepflückt hatte und das nun vor ihnen auf dem Gartentisch lag.
Adnan brauchte drei Versuche, um den Satz so nachzusprechen, dass Rebecca einigermaßen zufrieden war. Hakka dagegen schaffte es schon beim ersten Mal. Rebecca lobte ihn, woraufhin der Kleine strahlte und ein Stückchen näher zu Rebecca rückte. Die anderthalb Stunden Deutschkurs mit Rebecca vergingen wie im Flug. Adnan wollte nun so schnell wie möglich Deutsch sprechen. Ohne Deutsch, das war ihm klar, würde er hier nicht leben können. Ohne Deutsch würde er nie Geld verdienen können. Deshalb würde er lernen wie verrückt. Erst bei Rebecca und später dann in der Internationalen Vorbereitungsklasse. Die würde er bald besuchen, das hatte Paul ihm schon gesagt. Er hatte ihm

auch gesagt, dass er dann wieder zur Schule gehen müsse. Eigentlich hatte Adnan nichts gegen Schule und Lernen. Doch dann hätte er weniger Zeit, um sich einen Job zu suchen und zu arbeiten. Aber irgendwie würde es schon funktionieren. Paul hatte ihm auch erklärt, dass er problemlos in Deutschland bleiben könne, bis er 18 sei. Danach sei es ungewiss. Adnan hatte nur genickt, denn wer konnte schon wissen, was in vier Jahren sein würde.

»Willst du noch einen Spaziergang machen?«, fragte Rafik.
Adnan schüttelte den Kopf. »Lieber morgen.« So viele Gedanken und Bilder sausten durch seinen Kopf. So viele Eindrücke. Er nahm keine Notiz von Rafiks enttäuschtem Gesicht, sondern legte sich aufs Bett und verschränkte die Arme hinter dem Kopf. Dann tauchte er plötzlich auf: der Mann vom Boot. Der Mann, dessen Namen er nicht einmal kannte und der im Meer ertrunken war. Adnan hörte den Schrei. Laut. Markerschütternd. Er hielt sich die Ohren zu, doch der Schrei blieb. Dann tauchte Khaled auf. Khaled – sein Bruder, sein Freund. Khaled, wo bist du jetzt? Hockst du noch auf Lampedusa oder bist du in Frankreich oder haben sie dich wieder zurückgeschickt?
Als säße sie neben Khaled erschien nun Dhura. Adnan sah ihren ernsten Blick und ihr scheues Lächeln. Er sah ihre Baseballkappe und die rote lange Bluse, die bis zu den Knien reichte. Er sah, wie sie die Baseballkappe abnahm und sich durch die kurzen, krausen Haare fuhr. Dann winkte sie ihm zu. Dhura – hast du es nach Köln geschafft? Hast du deinen Onkel gefunden? Geht es dir gut?
Neben Dhura schien Nicolas zu sitzen. Er grinste ihn an und schob sich einen von Claudios Mandelkeksen in den Mund. Dann stand der schlaksige Kerl auf und ging zu ein paar Olivenbäumen. Er schüttelte an den Ästen, sodass die Oliven nur so auf den Boden prasselten.
»Adnan, wach auf. Los, komm schon!«
Nicolas, Dhura … Adnan begriff erst überhaupt nicht, bis er Paul wahrnahm, der an seiner Schulter rüttelte. »Du sollst ins Büro kommen.«

Adnan rieb sich einen Moment die Augen, dann sprang er auf und ging ein Stockwerk tiefer. Er klopfte an die Tür. Herr Hennich, der Leiter der Inobhutnahme, telefonierte. Er winkte Adnan zu sich. »Ist für dich«, sagte er auf Französisch und reichte ihm den Telefonhörer.

»Hallo?« Adnan war gespannt, wer mit ihm sprechen wollte.

»Adnan?«, sagte eine Stimme, die er sehr gut kannte.

»Dhura! Wo bist du? In Köln? Wie geht es dir?«

Er hörte Kichern. »Hallo Adnan. Ja, ich hab's zu meinem Onkel nach Köln geschafft. Ich hatte großes Glück, dass keine Kontrollen mehr kamen. In Köln habe ich schon am Bahnhof zwei Männer aus meinem Land gesehen. Sie machten dort Musik. Die hab ich nach meinem Onkel gefragt. Sie kannten ihn nicht, haben aber rumtelefoniert und mir einen Tee spendiert. Irgendwann stand dann wirklich mein Onkel vor mir. Und nicht nur er. Auch meine Schwester hat sich nach Köln durchgeschlagen. Ich habe dir von ihr erzählt, erinnerst du dich?«

Adnan nickte. Als habe Dhura sein Nicken gesehen, fuhr sie fort. »Ich werde Deutsch lernen und zur Schule gehen.«

»Ich auch«, sagte Adnan. Dann wollte Dhura wissen, wie es ihm ergangen war, nachdem die Polizisten ihn abgeführt hatten. Adnan berichtete.

»Ich hatte solche Angst um dich«, meinte Dhura. »Ich wollte sogar aus dem Zug springen, um dir zu helfen. Aber als ich los wollte, fuhr der Zug schon weiter. – Ach, ich bin so froh, dass es dir gut geht!«

In all den Wochen oder Monaten, die sie zusammen unterwegs waren, hatte Dhura nie so viel geredet wie jetzt. Ihre Stimme klang so heiter, so erleichtert.

»Ich bin froh, dass es dir gut geht und dass du deinen Onkel und deine Schwester gefunden hast«, erwiderte Adnan, dann fragte er: »Meinst du, wir können uns wiedersehen?«

»Bestimmt«, antwortete Dhura. »Wir sind zusammen von Afrika übers Meer gekommen. Wir haben es zusammen bis Stuttgart geschafft. Da ist es doch ein Klacks, von Köln nach Stuttgart oder von Stuttgart nach Köln zu kommen. Wir schaffen das, das verspreche ich dir.«

Mit einem glücklichen Lächeln und mit »bis bald«, verabschiedete sich Adnan von seiner Freundin, nicht ohne sich zuvor ihre Telefonnummer zu notieren. Dann schüttelte er Herrn Hennich ergriffen die Hand. Adnan hatte keine Ahnung, wie der Dhura ausfindig gemacht hatte, aber er hatte es geschafft. Das würde er ihm nie vergessen. Das glückliche Lächeln lag immer noch auf seinem Gesicht, als er zum Abendessen ging.

»Wollen wir heute einen Spaziergang machen?«, fragte ihn Rafik gleich nach dem Aufstehen. Eigentlich wollte Adnan die Deutschlektion von gestern wiederholen. Aber Rafik hatte nun schon zum zweiten Mal gefragt, es schien ihm wichtig zu sein mit dem Spaziergang. Also zog sich Adnan seinen Kapuzenpulli an und trat mit seinem neuen Freund vor die Tür. Er hatte die Inobhutnahme bisher nur zweimal verlassen: um zum Arzt und zum Einkaufen zu gehen. Nun ging er neben Rafik her und schaute sich interessiert um. Sie liefen bis zur Kreuzung, dann bogen sie rechts ab. Auf der Straße fuhren nur wenig Autos. Die Häuser waren aus hellem Sandstein, alt, aber reich verziert. Muster an den Steinmauern, so etwas hatte Adnan bisher nur bei einem Schulausflug gesehen, als sie ins Museum gefahren waren. Doch die Muster in Tunesien waren anders als die, die hier in die Steine gehauen waren. »Wohin gehen wir denn?«, fragte Adnan. Der Hügel, den sie hinabgingen, schien kein Ende zu nehmen. »Wir sind gleich da«, meinte Rafik und zwinkerte ihm zu. »Wohin?« Adnan war schnell klar geworden, dass sie nicht einfach so spazieren gingen, sondern dass Rafik ein Ziel hatte. »Abwarten.« So sehr es Adnan auch versuchte, aus Rafik war nichts rauszubekommen.
Lange musste sich Adnan aber nicht gedulden, denn sie standen schon vor einer kleinen Autowerkstatt. Adnan blieb der Mund offen stehen, während Rafik ihn in die Werkstatt zerrte.
»Hallo Rafik«, sagte ein Mann in einem Blaumann.
»Hallo Herr Iliadis«, grüßte Rafik und sprach Deutsch, so gut es ging. Adnan wurde vorgestellt. »Ich helfe hier manchmal«, raunte Rafik ihm grinsend zu. »Macht Spaß.«

Adnan war sprachlos!

Obwohl er kein Deutsch verstand, begriff er, was Herr Iliadis sagte. Adnan zog seinen Kapuzenpulli aus und band ihn um die Hüfte. Dann hievte und rollte er Autoreifen vom Hof in eine Ecke der Werkstatt. Danach durfte er versuchen, die Schrauben an den Reifen aufzudrehen. Adnan sah sich die großen, dicken Schrauben an. Wie sollte er das schaffen? Nie und nimmer hatte er genügend Kraft dafür und Rafik auch nicht. Doch Herr Iliadis kam mit einem Werkzeug, setzte es an die Schraube und bedeutete Adnan, er solle versuchen, sie zu lockern. Adnan musste nur mit etwas Kraft dagegen drücken und die Schraube löste sich. Er strahlte. Es roch nach Gummi und Öl, Adnan fühlte sich pudelwohl. Danach kehrte er die Werkstatt, lernte die Wörter »Auspuff«, »Abgas«, »Bremse«, »Reifenwechsel« und »Lenkrad« und saugte die Matten eines Autos und die Sitze ab. Adnan hätte ewig bleiben können. Doch Rafik schaute auf die Uhr in der Werkstatt. »Rebecca kommt in einer halben Stunde. – Herr Iliadis, wir müssen gehen.«

Der Mann nickte und sagte etwas, das Adnan nicht verstand. Dann griff der Automechaniker in die Hosentasche seines Blaumanns und holte zwei Fünf-Euro-Scheine hervor. Adnan hatte sein erstes Geld verdient. »Danke, vielen Dank«, sagte er auf Deutsch und rannte mit Rafik den Hügel hoch.

Rebecca hatte sich verspätet. Da es immer noch angenehm warm war, saßen Hakka und Tariq im Sandkasten, warteten auf die Deutschlehrerin und gruben und buddelten im Sand. Es sah so friedlich aus. Adnan rieb sich seine noch vom Motoröl klebrigen Hände, dann setzte er sich zu den Brüdern und baute mit ihnen eine Sandburg. Er war doch erst 14, noch ein Junge, kein Mann.

Inhalt

Bibliographische Information der Deutschen Nationalbibliothek:
Die Deutsche Nationalbibliothek verzeichnet diese Publikation in
der Deutschen Nationalbibliographie; detaillierte bibliographische
Daten sind im Internet abrufbar: http://dnb.d-nb.de.

Gefördert durch ein Arbeitsstipendium des Förderkreises der Schrift-
steller in Baden-Württemberg

Umschlag: Agentur Marina Siegemund, Berlin
Satz: Katrin Kassel, Berlin
Druck: Clausen & Bosse, Leck

E-Mail: info@horlemann-verlag.de
Internet: www.horlemann.info

ISBN: 978-3-89502-391-0

Iris Lemanczyk
Shi Wu und die Kinderdiebe
144 Seiten
Klappenbroschur
4,95 Euro (D)
ISBN: 978-3-89502-377-4

Das chinesische Mädchen Shi Wu und sein blinder Freund Zheng werden
entführt und in die Millionenstadt Kunming verschleppt. Sie landen im
»Waisenhaus der glücklichen Kinder«. Dort müssen sie für die »ehrwürdige
Frau« betteln und schuften. Shi und Zheng werden geschlagen, müssen
hungern und werden abends mit den anderen Kindern in einen kahlen
Raum gesperrt. Die Angst, die Schmerzen und das Heimweh – Shi hält es
nicht mehr aus. Sollen sie die Flucht wagen, die noch keinem Kind gelungen
ist?

Regina Riepe, Evangelischer Buchberater, 01/2010:
**»Spannende Geschichte, auch als Schullektüre
interessant ...«**

HORLEMANN

Iris Lemanczyk & TiNO
Stern über Afrika
112 Seiten
Klappenbroschur
9,90 Euro (D)
ISBN: 978-3-89502-353-8

Die Geschichten entführen die Zuhörer und Leser in unterschiedliche Ge-
genden Afrikas und berichten von völlig einander verschiedenen Lebensum-
ständen und Begebenheiten. Dabei geht es um marokkanische Jungen und
vorurteilsbelastete europäische Touristen, um einen unerfahrenen afrikani-
schen Tourguide, um eine leichtfüßige kenianische Schnellläuferin, um le-
sehungrige Tuareg-Kinder, um eine Hasenjagd in Namibia, um ein Kinder-
soldatencamp in Westafrika. Gemeinsam ist allen ein hell leuchtender Stern,
den alle Erzählenden gesehen haben wollen. Er steht als Symbol für Hoffnung und verspricht glückliche Veränderungen.

AJuM, Kassel, 15.01.2014:
»TiNOs und Lemanczyks Texte sind eine unterhaltsame, lehrreiche und
spannende Lektüre. [...] Selbst gelesen oder vorgelesen bieten sie Gesprächs-
anlässe für alle. [E]in empfehlenswertes Buch für die Schulbibliothek.«

HORLEMANN

Iris Lemanczyk & TiNO
Stern über Indien
168 Seiten
Klappenbroschur
9,90 Euro (D)
ISBN: 978-3-89502-385-9

Die Autoren vermitteln in ihren Geschichten einen Eindruck von der bunten Vielfalt des indischen Subkontinents, von Aberglauben, schrecklichen Lebensbedingungen, von Aufstiegsmöglichkeiten, Tradition und Erfolg. Sie erzählen von Tehmina, die Samosa im Zug verkauft und das Taj Mahal besucht, von Aamir, dem am Tag des Tsunamis geborenen »Unglückskind«, von Usha, die ein Lungenleiden hat und zur Erholung in die Berge geschickt wird, von Kiran, der unbedingt tanzen möchte, von dem deutschen Jungen Janik, der mit seinen Eltern eine unvergessliche Busreise unternimmt, und von Mani, dessen Familie vom Wucherer Kirpal bedroht wird. Allen Kindern ist es vergönnt, jenen Stern zu sehen, der Hoffnung und Mut macht und gleichzeitig positive Veränderungen verspricht.